ワガママ令嬢に転生かと思ったら
王妃選定が始まり私は咬ませ犬だった

CHARACTERS

ヴァレリア・ルルーシアン
公爵令嬢。王妃選定の数日前に、
ピアノが生き甲斐だった
前世を思い出す。
メルティーナ・ダルトン
伯爵令嬢。聖女のようだと
民衆から慕われる
王子の恋人。
グレンバルディオ・ニルベネル
王子。王妃選定前から
メルティーナと相思相愛の
恋人同士だった。

カシューベルバ
国内で演奏家と言えば
まず名前が挙がる
人気ピアノ演奏家。
侍女
王妃選定中ヴァレリアにつく侍女。
イラストはニクソン令嬢。
他にモアノア令嬢、
アドリーヌ令嬢の二人がいる。
ジャネット
ヴァレリアの侍女。
彼女が幼い頃から仕えている
第二の保護者的存在。
オルフレッド・ランクーベ
絶世の美形と評判の公爵。
「呪われた公爵」とも
噂されているが……

ニルベネル王国で王妃選定――正確には王子妃となる王子の婚約者選定だが、未来の王妃の選定であるためか、王国ではいつの頃からかこのように呼ばれている――が始まり一年。本日、二人の候補者のうち一人が王子の婚約者として発表される。国の分岐点ともいえる重大な発表がなされるこの日、城の大広間には多くの貴族と王族が集められ厳粛な雰囲気が漂っていた。貴族達は王子の婚約者に相応《ふさわ》しい令嬢を頭の中で思い浮かべながら、国王陛下により公表されるのを神妙な面持《おもも》ちで待ち構えている。

「一年に渡り、我々は王妃候補二人を見定めてきた。ヴァレリア・ルルーシアン公爵令嬢。そなたの、陰の努力をひた隠し結果だけを見せる美しさ、周囲に誤解されても信念を貫く強さは素晴らしかった。我が国が抱える難題を解決し、民を救う姿……王族としてそなたを誇りに思う」

「私も貴重な体験をさせていただき、国民の一人として嬉しい限りです」

「メルティーナ・ダルトン伯爵令嬢。そなたも新たな芸術に対する探求心は良かった。そして何より、王子のことを身を呈して庇う献身は、簡単に出来るものではない……よくやった」

「……はぃ……お言葉……しかと受けとりました」

「二人の候補はそれぞれが魅力的な能力を持ち、選考には難航し最後まで意見が割れていたが、我が息子、グレンバルディオの婚約者に相応《ふさわ》しい者を決定した」

国王陛下は貴族を見渡し、次期王妃となる令嬢の名を発表する。

「次期王妃としてグレンバルディオの婚約者に相応《ふさわ》しいのは……」

＊　＊　＊

時は遡り、世界さえも変わる。

私、椚《くぬぎ》田《だ》希《き》依《い》は、高校を卒業後、ピアノ専攻で国立の音楽大学を受験した。

幼い頃にピアノに魅了され、親に自らお願いしてピアノを習い続け、ピアノ以外何もないと言っても過言ではない半生を送ってきた。脇目も振らずにピアノに人生を捧げ、人付き合いよりもピアノを優先してきたので、親しい友人と呼べる人もいない。それを悲しいと思ったことはない、私にはピアノがあったから。むしろ、ピアノさえあれば十分だった。

「そんなに夢中になれるものに子供のうちに出会えるのは素晴らしいことだよ」

親も親戚も近所の人さえも私がピアノを優先することに好意的で、いずれ私が音大に行くのは必然だと思われていた。私も当然のように音大を受験した。

大学受験の結果は……不合格。

私は志望校をある一つの音大に絞っていた。他の大学は考えておらず「必ず合格してやる」と思っていた。試験では今までにない程完璧に演奏することが出来、合格を確信していた……なのに何故か結果は不合格。それからいくら考えても不合格だった理由に見当がつかなかった。

「私の努力は間違っていたの？」

何度思い返してみても不合格になる要素を見つけられなかった。

「もしかしたら筆記の方で名前を書き忘れた？　受験番号を間違えた？」

そのぐらいしか落ちる原因が見当たらず、その日から私は何もする気にならなかった。勿論、ピアノにも触れていない。

私が音大を受験したことは近所の人達皆が知っていることなので、外出すればその話題を振られる。嘘を吐いたとしても大学に行ってないのはすぐに広まってしまい余計惨めな思いをするのは目に見えているため、素直に「不合格でした」と言うしかない。そうなると聞いてしまった人は、気まずそうな顔をした後に憐《あわ》れみや同情を見せる。そして私に気を使い言葉を選んでくれるのだが、私はうわべだけの優しい言葉と受け取って相手の目を見るのが怖くなった。結局、人に会わないよう自分から家から出なくなってしまったのだ。

「引きこもり」とは言われたくなくて自身の部屋からは出るようにし、家族の皆とも食事をした。家族で外食すると言われれば外出もした。けれど、今までピアノしかしてこなかった私は、ピアノが無くなると何をしていいのか分からなかった。

無気力になってしまった私に親は優しく「今まで少し頑張りすぎちゃったね、今はゆっくりしてもいいんじゃない？」と受け入れてくれていた。働く親を見送り後ろめたさを感じつつも、私はテレビで世間の情報を取り入れる。エンタメやニュース、バラエティーにドラマ……見たいわけではなく、世の中に取り残されないようにする為だった。どうにか家族の役に立とうとテレビで得た掃除術を実践していた。そんな日が、何年も続いたある日。

「ねぇ、車の免許取ってみたら？」

母親に提案され、私は自動車学校に通うことにした。

「今の状態ではいけない」「何かしらやらなきゃ」と焦る気持ちと裏腹に、やらない理由ばかりを探すようになっていた頃だった。自動車学校は行かない理由が見付からなかった。というより、「学校」だったから通うことにしたのかもしれない。

自動車学校は様々な年齢の人が一緒に授業を受けていた。皆は学校や仕事の休日を使って免許を取っていたのだろう。私は時間がありあまっていたので一日中授業を受けていて、帰る頃には辺りは暗かった。私が通う自動車学校は道幅が狭く見通しの悪いところにあり、気を付けて帰るよう言われた気がするが、おざなりに返していた。

その結果、私は授業を終えた帰り道で自転車に突き飛ばされ、車道に飛び出し跳ねられた。痛みなど感じる暇もなく眠気が襲い意識を手放す。

これが私の、『椚田希依』としての記憶。私がこの記憶を思い出した、あるいは、この記憶を持ったままこちらの世界で憑依してしまったのは、王子の婚約者が決まる一年前――王妃選定の直前だった。

「うっん……ん…」

まだ眠い。もっと眠っていたい。

「お、お嬢様、お目覚めになったのですね？」

夢にしてはハッキリとした声に瞼を開けると、見知らぬ人が真剣な表情で眠っていた私を覗き込む。

「へっ？　誰？」

相手と距離を取り辺りを見渡すも、記憶にない、というよりもまるで映画のセットのような部屋だった。まだ夢を見ているのだろうか？

「あの……私……どうしてここに？」

目の前の相手に尋ねると、驚いた表情を見せる。

「お嬢様は王宮からの帰りの馬車で事故に遭いました。車輪に不具合があったようで、大きく揺れた際に頭を強く打ち気絶しておりました」

王宮、馬車と口にする女性の言葉に私の頭はついていけなかった。王宮なんて行った覚えもなければ、馬車に乗ったこともない。それによく見ると目の前の人物は日本人離れした顔立ちをしている。きっと私はまだ夢の中で、映画の世界を体験しているのだろう。

「今はまだゆっくりお休みください。すぐにお医者様を呼んで参ります」

女性が部屋を出ていったので私は一人になった。これがどんな夢なのか思考を巡らせる。

「お嬢様と呼ばれているから西洋のお姫様だったりするのかな？」

ベッドから起き上がり、自らの足で立ち上がれば、感触がありとてもリアルな夢だ。好奇心で部屋を見渡し、鏡を発見したので自身の姿を確認する。

「……うわっ、美人」

鏡に映ったのは私の知る私ではなく、赤い髪と瞳の美しい女性の姿だった。

「現実みたい……え？」

両頬に触れると夢とは思えない感触に驚く。

「何？　私に……何が起きたの？」

急に怖くなり、心臓が早くなる。怖い怖い怖い。

混乱している私のところに、使用人に呼ばれた医者らしき人物とさらに一組の男女が登場した。

医者は冷静に私を診察し、その後ろでは落ち着きの無い女性を「大丈夫だから」と声を掛け宥《なだ》めている男性がいる。

「……多少の記憶の混濁はありますが、徐々に思い出すでしょう。今のところ目立った外傷はなさそうですね」

「多少」と言うが、私からしたら一切の記憶がない。この医者を本当に信用して大丈夫なのかと心配するも、「そこまで心配せず、今日は安静でいるように」とだけ言って去って行った。

「ヴァレリア、大丈夫？　心配したのよ」

医者が離れた瞬間、女性が駆け寄り私を抱き締めた。私の姿を見て、男性も安堵したように笑っている。

「……ぇっと……ぉ……母ぁさ……ま？」

年齢的に若いと感じるが、状況から察するに私とこの人達の関係はこう呼ぶのが正しいのだろう。

「良かったわ。ヴァレリアがなかなか目覚めないから心配していたのよ。来週には王城に移るっていうのに」

呼び方は正しかったようで安心するも、別の疑問が浮上した。

「……来週？　……王宮……移る？」

「そうよ、もう来週よ。王妃選定は……」

女性は私の頭を優しく撫でる。頭を撫でられるのが久しぶりで「王妃選定」という言葉を脳が処理するのに時間が掛かってしまった。

「王妃……選定……」

王妃選定。日本人として育った私には馴染みのない言葉だが、言葉通り王妃を選定する何かのことなんだよね、きっと……

「大丈夫。ヴァレリアなら、王妃になれる資質は充分よ……それとも体調が戻らず不安？」

不安が伝わったのかお母様が私を覗き込む。

私は王妃候補だったのか……

「……あの、王妃選定を辞退って……」

出来ませんか？　と女性の顔色を窺いながら口にする。

「え？」

「ぁっ、えっと……」

この反応からして辞退するなどもってのほか、のようだ。どう誤魔化そうか。

「頭をぶつけたせいで記憶が曖昧なので、今の状態で王妃選定に出場するべきではないのではないかと思いまして……」

いずれ日本人の私の記憶が消えヴァレリアの記憶が戻るのであれば、誤魔化しながら王妃選定に出てもいいが、ずっと記憶が戻らないのであれば王妃選定に出るべきではないと思う。

「ヴァレリア……あなた……本気で王妃選定を辞退したいの？」

「……あの……記憶が……混濁していて……そのぉ……このまま出場して大丈夫なのかなぁ……と……」

「そうね。貴方は目覚めたばかりで不安ですものね。だけど、大丈夫よ。お母様もお父様もヴァレリアを応援しているし、いつもあなたの味方だから」

優しく抱き締められ背中を擦《さす》られる。女性の優しさ溢れる行為から辞退は許されないんだと悟る。

その後、私が目覚めたばかりということで二人は気を利かせ部屋を出ていった。

「これは夢。現実……じゃないよね？」

手の甲や頬を抓《つね》ってみる。痛みを感じるが信じ切れない。抓《つね》れば痛いという思い込みで痛く感じているのかもしれない……頑張って現実逃避するも、未だに夢から覚める気配はなかった。

私の今の状況はヴァレリアという女性に「憑依」した状態なのか？　それとも……あの時に死んで、今の私は前世を思い出した状態である「転生」？　命にかかわる事故にあうと特殊な能力を授かったり過去を思い出したりすると聞いたことがある。ヴァレリアも頭を強くぶつけた衝撃で何日も眠り続けていたらしい。それで、過去の記憶が掘り起こされ今のヴァレリアの記憶が曖昧になってしまったのかもしれない。どちらにせよ、あの時私は死んだことになる。あの日、確かに自転車に突き飛ばされた。その勢いで車道に飛び出し車に跳ねられたのは鮮明に覚えている。痛みなど感じる暇もなく気を失い、目覚めたら今。

「私、死んだんだ……」

そう口に出せば、知らない人間として生きていくという不安と同時に、過去の私を知る人がいない世界であれば、また外に出ることが出来るかもという気持ちが芽生える。

「お母さん……お父さん……ごめんね」

最後まで心配をかけた上に、突然死んだ親不孝な娘で……だけど、ここでならゼロから生きていけそう。

私は、あの生活から逃げ出したかった。何か切っ掛けがないと変われなかった。流石に死にたいとまでは思っていなかったが、これくらいの急激な変化を、ずっと願っていたのかもしれない。


目を覚ましてから数日後、私は自分がヴァレリアという人物になったことを受け入れ、王妃選定とやらのために周囲の人間に話を聞いて情報収集を始めることにした。頭を強く打ったことが原因で倒れたこと、また記憶が曖昧だと伝えたこともあり、普段のヴァレリアとは違う言動をしても両親は不審には思っていない様子だ。「時間が解決するでしょうから、焦らず様子を見ましょう」と言った医師の言葉を信じ、深刻にならないように心掛け、「今は何も気にせず、ゆっくりでいいのよ」と前世の両親のように寛大に私を受け入れてくれている。

まず、今の私は使用人がいる家庭で育っている。周囲の人の顔つきや部屋の調度品は外国のもののようだ。そして、来週から始まる王妃選定に私は候補者の一人として立候補しており、辞退が許されない立場らしい。

「総合すると、ここってもしかして……貴族社会？」

前世で流行っていると話題だったアニメの中にそんなジャンルがあったのを思い出す。事故にあった女子高生が、大好きだった乙女ゲームの世界に転生してしまうというもの。

「私……乙女ゲームなんてしたことないんだけど……」

ゲームもアニメも詳しくない私が、あれを実際に体験してしまっているのかもしれない。おぼろげな記憶を懸命に引っ張り出す。

確か、貴族社会の要素を取り入れた世界で平民が王子に恋をしてしまう身分差のある恋愛ゲームに転生してしまうアニメだった。身分だけでなく王子には既に決められた婚約者がいるのも障害の一つだ。主人公の女の子は何も知らずに恋をして、後に婚約者がいるのを知るも、諦めきれず「純愛」を正義とし婚約者と対峙する。最後は、婚約者を断罪して主人公が王子と婚約し幸せになるストーリーだった。

「そんな世界じゃないよね？」

少しでも悪役扱いされる可能性は避けたい。更なるこの世界の現実的な情報を求めて、部屋の中に何か無いか探ることにした。

すぐに聞き込みを始めてしまったので見落としていたが、自室の机の上には多くの新聞が山積みとなっていた。以前の私は新聞をまめに利用し情報を取り入れていたらしい。この世界の情勢を知るには新聞はありがたいと感じ、手に取り目を通す。そして愕然とした。

「この世界の新聞はこんなものなの？」

こちらの世界の文字が読めることよりも、その内容に驚く。

国内の情勢を伝えるというよりも貴族の浮気や不倫など下世話なものが多く、前世のゴシップ紙に近い印象を受けた。中には「東部の領主が医療施設に多額の支援」など功績を称えるものや、「ある貴族の内部事情」などの不正を告発するような記事もあるが、大半を占めているのは王子の恋人についてだった。相当反響が良いのか何度も新聞の一面を飾っている。そしてその中には刺激的な表題で目を引くものが存在した。

「誰もが認める王子の恋人とワガママで有名な令嬢が王子妃の座を巡る」

他の新聞はそこまで挑発的な文面ではないが、ある一紙だけはとても踏み込んだ内容で掲載されている。その記事が事実なのか、事実だとしてもどこで情報を入手したのか気になるところだが、人間模様が詳細に書かれており、つい読み込んでしまう。

「王子と恋人のメルティーナ・ダルトン伯爵令嬢との出会いは、王家主催のパーティー。二人は政略など関係なく仲の良い友人として知り合う。日を追うごとに関係は親密となり、人目を忍び逢瀬を交わす二人の姿を目撃した者により噂が広まったことで、いつの間にか社交界では公然の秘密となる」

それならそのままダルトン伯爵令嬢と婚約すればいいのにと思うのだが、次期王妃となり、国の代表となる女性を何の選定もなく決定することは出来ず、件の「王妃選定」があるようだ。

王妃候補の条件としては「伯爵家以上の未婚女性」「貴族としての教養を身に着けている者」「年齢が王子と釣り合う者」である。ちなみに、暗黙の了解で年齢は十三歳から二十二歳までらしい。強制参加ではなく、その中から立候補者を募り五人前後まで絞り込んだ上で、選ばれた令嬢達が次期王妃の座を巡って争ってきた。

しかし今回、王子の心が既に決まっていることを誰もが知っている。そしてダルトン伯爵令嬢に目立った瑕疵《かし》はない。名目上選定はしなければならないが、彼女が次期王妃となることに何の問題もないのだ。そんなものに参加したところで己の経歴に傷が付くのみと理解している者がほとんどであり、立候補する者はほぼいなかった。そんな中、唯一名乗りをあげたのがヴァレリア・ルルーシアン公爵令嬢だ。

ルルーシアン公爵は、長年王家を支える存在で信頼も厚い。領民からも慕われ夫人も社交界での人脈が広い。二人に欠点と呼べるものはないが、あるとすれば王妃選定に参加するヴァレリア自身だろう。周囲が必要以上に気を遣い、彼女の願いを先回りして叶えてきた結果、世間知らずのワガママ令嬢が出来上がってしまった。平民でさえ、ヴァレリアの素行の悪さを耳にし、「そんな女が次期王妃になったら国はメチャクチャにされる」と嫌悪しているほどだ。

「うわぁー、この子、やっちゃってるわぁ」

他人事のように呟く。未だに自分がそのワガママ令嬢だなんて結び付かない。パーティーで三人が一堂に会した時のことを伝える記事では、爵位を笠に着て傍若無人に振る舞い暴言や嫌がらせをするヴァレリアに対し、そんな嫌がらせにも健気に耐えるダルトン令嬢……と、まるでよくある恋愛物語のように書かれていたため、劇のあらすじを読んでいるようにも感じてしまうのだ。実際、よく見ると新聞の端に、王妃選定を題材とした劇の宣伝が掲載されている。私自身、自分が渦中の人間でなければ無責任に楽しんでいたかもしれない。

つまり、私ことヴァレリア・ルルーシアンは、貴族からも平民からも日々の不満の捌《は》け口として手軽に正義を振りかざせる、分かりやすく都合のいい悪役なのだ。

頭が痛いが、王妃選定が始まればようやく慣れたこの公爵家を離れ、王宮での生活となる。どこまで情報が手に入るか分からないのだから、今後深く関わることになるだろう王子とその恋人について、情報をまとめることにする。

今回の王妃選定は次期国王と決定している王子の相手を決めるもので、王子の名はグレンバルディオ・ニルベネル。ニルベネル王国の第一王子であり、次期国王として能力も申し分ないと言われている。写真という技術はこの世界にはまだなく、更に新聞は白黒なので、似顔絵と共に特徴も記載されていた。それによると王子は、王族特有のまばゆい金髪に、王妃譲りの水色の瞳を持つとても美丈夫な青年らしい。

王子の恋人であるメルティーナ・ダルトン伯爵令嬢は可愛らしい顔立ちで、薄桃色の髪と瞳が特徴の令嬢だ。「きっと平民と貴族の架け橋となる王妃となってくれるだろう」とまで書かれ、平民の支持を得ていることがよく分かる。

対照的に、想い合う恋人達を引き裂く悪魔のような令嬢としてヴァレリア・ルルーシアンの紹介もされている。生粋の貴族であり、パン一つの値段も分からないような令嬢として紹介され「燃えるような赤い髪と瞳は国民の血税を吸い尽くす吸血鬼のようだ」と書かれている。似顔絵も似てはいるが片方の口角が上がり悪人のような笑みだ。貴族に対してここまで書けるのは、伯爵令嬢派閥のどこかの貴族に金を積まれたのだろう。

「信憑性もなければ公平さにも欠ける新聞ね……まあ、ゴシップ紙ってそんなもんよね」

辛うじて外見は参考になりそうなのが救いだろうか。それにしても、こんな記事を書かれては、ヴァレリアどころか公爵家への反発にも繋がるのでは……

そう考えていると、バタン、と大きな音を立てて自室の扉が開いた。

ノックもなく、無遠慮にヴァレリアの部屋に入ってくる失礼な男の存在は、先日知った。彼は明るい茶色い髪と瞳を持ち、私とは全く似ていない。

「まだこんなところで現実を認めずぐだぐだと……さっさと王妃選定を辞退してください。貴方のような人が王妃になれると本気で思っているんですか？」

この屋敷で唯一ヴァレリアに面と向かって非難してくる男、レイモンド・ルルーシアン。王子と同世代で王妃選定に立候補する可能性が高い私の代わりに、養子として引き取られルルーシアン公爵を継ぐことになっている人間。

「はぁ……」

以前の記憶は忘れてしまったが、関係は元から最悪だったのだろう。私も今では彼の声を聞くだけで疲れて溜め息が出てしまう。私だって王妃になる気は無いが、王妃選定を辞退することが出来ないのを目の前の男は理解していない。それどころか……

「あんなに可憐で心優しいメルティーナ・ダルトン伯爵令嬢という方がいらっしゃいます。あなたの出る幕はない、身のほどを知るべきです」

この男は、メルティーナ・ダルトン伯爵令嬢に心酔している人間の一人だ。

「そもそも僕は、あなたが公爵令嬢だなんて信じられない。僕がルルーシアン公爵を継いだら、貴方を公爵家から追放してみせます」

宣言するレイモンドは、自分の考えは正しく現公爵も同意し反対するはずが無いと思い込んでいる。きっと今頃、彼の頭の中では公爵となった自分が私を追い出し、王妃となったメルティーナ・ダルトンに忠誠を誓っているのだろう。

憐《あわ》れんだ目で私は彼を見つめていた。何故なら、私、ヴァレリア・ルルーシアンは両親にとても愛されている。王妃選定の辞退は許してもらえないが、落選しても私を捨てるようなことはしないだろう。自信満々の彼を見ていると、こんな思い込みの激しい人物が次期当主で大丈夫なのかと不安にも思う。

全く興味を惹かれない独り善がりな義弟の演説が終わると、彼は満足したように私の部屋から出て行く。

「お嬢様？」

再度溜め息をつく私に、心配したように私付きの使用人ジャネットが声を掛けてくる。

ジャネットは私が幼い頃から傍にいる使用人で、数年前に私付きとなり王宮にも共に入る予定でいる。公爵夫妻からの信頼も厚く、ジャネットの母も公爵家で長年使用人として働いてくれていた。王宮に入るには、かなり厳しい身辺調査を受けるが、それを問題なく通過した人物だ。

「お父様は何故、彼を養子にと選んだのかしら？」

レイモンドは公爵家を継いだら伯爵家の傘下に入る勢いだ。そんなことになれば、社交界でいい笑い者だろう。そして、あのゴシップ紙にも面白おかしく書かれるのが目に見える。

「お嬢様と年齢が近いことで不憫に感じた旦那様のご判断です。当時王都で蔓延した疫病で両親を無くし、引き取り手がなく孤児院に連れていかれる彼に同情したとかで、遠縁の旦那様が跡継ぎとして引き取ることにしたそうです」

そんな大恩あるお父様の娘、それも愛していると分かり切っているヴァレリアにあんな態度はいかがなものか……

「……そんな経緯があるのに何故？」

「……レイモンド様はきっと、伯爵令嬢のことを……」

ジャネットはそれ以上言葉を発しなかったが、続きを予想することは出来る。レイモンドは彼女のことが好きなのだと言いたいのでしょ？

「……相手は王子の恋人よ？」

「……止められなかったのでしょう」

ジャネットは過去の恋愛を振り返っているのか、人を愛するとはそういうもの……と、一人窓の外を眺めていた。恋愛……私の人生には無縁のものだった。人を好きになる以前に人に興味がなかった。私の全てはピアノ。ピアノが恋人で友人だった。

「愛……」

年齢を聞いてはいないが、ジャネットは私よりも二十は年上に見える。

ちなみに、私ことヴァレリア・ルルーシアンは十八歳で王子も同い年。私のライバルという名の王子の恋人は十九歳と一つ年上。一つぐらいの差は貴族社会ではゼロに等しい。それどころか生まれたばかりの赤ちゃんと婚約する成人男性も、女性の純潔を尊ぶこの世界では珍しくはないそうだ。幼い頃から誓約を与え純潔を守る貴族令嬢に対して、男は浮気も愛人も娼婦も許される。男性の不貞で婚約解消となっても、繋ぎ止めておけなかった令嬢が傷物として社交界で笑われる。相手が相当悪く証拠も揃い裁判で確実に勝利した時にのみ男性にそれ相応の代償が下るとか。それだけ婚約解消・破棄・離縁は女性側に大きな傷を残すものらしい。

義弟の恋も、慕っている相手がただの伯爵令嬢であれば、恋人がいようと問題はない。だが、王子の恋人だ。そんな相手に手を出せばどうなるか、本人もそれは理解しているのだろう。

自分に唯一出来るのは愛した人の幸せを願うこと……なんて下らないことを考えていそうだ。

「まるで主人公に恋をする当て馬みたいな役回りね」

「今なんと？」

「ううん、独り言」

そんなに好きなら、当たって砕けたらいいのに。本人にきっぱりと断られたら未練なく諦められるだろうし、中途半端に引き留めようとすればそれは小悪魔な証拠、万が一義弟を受け入れたら受け入れたで悪女ということが分かるのに……まぁ、あの様子だと受け入れられて利用されたとしても義弟は気付くことなく全力で彼女の味方になるんだろう。

それでも、玉砕覚悟で思いを告げるくらいの根性を見せるなら、あるいは、本気で私の悪行とやらを正す気で具体的な改善策を講じるなら、多少の暴言は目をつむった。それを、義姉に当たり散らすだけなんて……下らない男。

私は今回の件を公爵に包み隠さず伝えることにした。父の考えも知りたかったからだ。娘を愛し、幸せを願っている父親だとこの数日で実感しているが、貴族社会では跡取りが重宝されるだろう。本心では、女より男、実の娘より養子の跡取りと思っていてもおかしくない。

しかし、父は私の話を聞くなり、義弟の元を訪れた。

「レイモンド、ヴァレリアに言ったことは本当なのか？」

レイモンドは公爵に問い詰められ、すぐになんのことについて言われたのか見当がついたのだろう。父の後ろにいる私を一睨みした後、公爵に立ち向かう。

「はい。ダルトン伯爵令嬢こそ王妃に相応《ふさわ》しいと貴族の誰もが認めており、王子との仲も良好だと聞きます。それに対してヴァレリア義姉《ねえ》さんの噂は……好意的なものはなく、総合的に見ても王妃に相応しいとは到底思えません。王妃選定に出場したところで落とされるのは明白。その後公爵家に戻ってきても貴族社会で笑われるだけです。義姉《ねえ》さんのことを思えば今すぐにでも公爵家から解放された方が幸せになれると思います」

「……それが、レイモンドの考えなのか？」

　レイモンドの言葉に対し、怒るでも納得するでもなく公爵は冷静に受け入れる。この後どんな判断を下すのか、私には想像できなかった。

「はい」

　父の後ろで困惑する私に対し、自信満々に返事をして勝ち誇ったように笑うレイモンド。

「……すまないな、ヴァレリア」

「えっ」

　親としてではなく、公爵という立場を優先するということなのだろうか……

「今まで、こんな言葉を受けていたなんて。知らずにコレを跡取りに据えようと考えていた私を許してくれ」

「お父様？」

　公爵の言葉に混乱する。目の前にいる人は、「公爵家当主」ではなく「父親」であることを選んだ……のだろうか。しかし、思った以上に父の怒りがすさまじい気がする。

「レイモンド、ルルーシアン公爵家から出ていきなさい。養子縁組は解除し貴族籍からも除籍とする」

「お……お義父《とう》様……」

「二度と、私をお義父《とう》様と呼ぶな」

　私に向けたものとは違い、レイモンドにそう言い渡す父の声は冷たく低い。

「ぼ……僕が、公爵家を……継ぐのでは……跡取りが……いなくなりますよ？」

　自分は決して捨てられることがないと確信していたのだろうレイモンドは、公爵の言葉が信じられず引き攣《つ》った笑みを浮かべていた。

「跡取りはお前でなくても構わない。私が連れてきた日のことを忘れたか？」

「……あっ……」

　何かを思い出したのか、レイモンドは一気に顔色を悪くし、口をパクパクさせ始める。

「忘れたのか？　と聞いている」

　レイモンドを追い詰めるよう、公爵は再度問いかける。

「わ……忘れておりません……おっ、覚えて……おります」

「なら、言ってみろ」

「……『私達は家族となった……どんなことがあっても……私はレイモンドを家族として守る……レイモンドも……ヴァ……レリアに何かあれば、全力で……守ると誓えるか？』」

　震える声でレイモンドは父との約束の言葉を紡ぐ。

「それで、お前はなんと答えた？」

「……ち……誓い……ます……と……」

「覚えていたな。ヴァレリアにお前の口から『公爵家から追放する』と宣言された、と聞かされた時は信じられなかったよ。あの日『公爵家の一員として家族の為に精進します』と言い、涙を流していたが、あれは嘘だったのだな。子供に騙されるとは、私も甘く見られていたようだ。お前は自らの意思で公爵家の一員であることを放棄したんだ。今すぐここから出ていけ。お前の代わりなどいくらでもいる、勘違いするなっ」

「……ぁぁっ……おと……こ……公爵……様……」

レイモンドはようやく自身の立場を思い出したのか、公爵に縋り付くも、簡単に払い除《の》けられた。父が使用人に合図を送ると廊下で待機していた騎士が現れ、泣き叫び謝罪を口にするレイモンドを引きずるように屋敷の外へ放り出した。

「お父様、本当に良かったのですか？」

私が報告という名の告げ口をしたことで、レイモンドは屋敷を追い出されることになってしまった。レイモンドはまだ十六歳、一人で生きていくには幼すぎる。私としては、そこまでさせるつもりはなかった。両親が亡くなり遠縁であるお父様が引き取った、ということは、彼に頼れる親戚はいない。ましてや公爵を敵に回して追い出された人間を誰が引き受けるというのか。彼が今後貴族社会で生きていくのは不可能だろう。王子の恋人とも……実際二人がどのくらいの関係なのかはわからない、ただの顔見知り程度なのかもしれない。そんな人がレイモンドを支援するとは思えない。彼が今後どんな人生を送るのか、私には想像も出来なかった。

「ん？　何がだ？」

レイモンドと話していた時の冷酷な公爵は鳴りを潜め、父は優しい笑みを私に向ける。

「その……跡取りが……」

「跡取りはまた時間を掛けて育てればいい。それよりも私は家族を大事にしている。ヴァレリア、辛い思いをさせたな」

「……いえ……」

正直驚いた。跡継ぎより娘を選ぶ貴族……どんなに温かい家族を装っていても必要なのは跡継ぎだと、公爵もそうなのではないかと内心思っていた。

「ヴァレリア。私は公爵という立場上、非情な選択をしなければならない時もある。寂しい思いをさせ仕事を優先したとしても、その先には領民と家族の幸福があると思っている。上に立つ者として厳しい判断を下したとしても、それが常に正しいとは限らない……間違うこともある。今回私の判断は間違い、ヴァレリアには辛い思いをさせた。申し訳なかった」

「そんなっ、お父様の責任ではありません。今回このような結果になったのは、私と彼の折り合いが悪く改善する努力を怠《おこた》ったことにあります。謝罪するべきは、私の方です」

ヴァレリアという人物を受け入れることを優先するあまり、レイモンドの存在を不快だと感じ拒絶していた。過去二人がどんな時間を過ごしたのか分からないが、家族なのだから歩み寄る努力をするべきだったのかもしれない。反省する私に、父は申し訳なさそうな表情を見せ頭を撫でてくれた。


あの日から家族が三人となったが、大きな支障はなかった。もともとレイモンドは両親の前で私と話すことは少なく大人しい優等生として生活しており、父だけでなく社交界に精通している母も、レイモンドの本性や伯爵令嬢への思いを知らなかったそうだ。改めて友人達に尋ねたところ、レイモンドの気持ちに勘づいていたのは本当に僅かな人数、それももしかしたら、と疑念を抱く程度だったらしい。これに関してはレイモンドも最低限の貴族の振る舞いは出来ていた、ということだろうか。

王宮に登城する日が近づいてくる。荷物の準備などは使用人が行うも、慌ただしさは私にも伝わり、邪魔にならないよう大人しく過ごす。

登城する日は王妃選定に携わる審査官により決定され、指定された日に問題なければ登城する……のだが、二日前になって審査官から突然の登城日変更の通達が届いた。私としては行きたくなかったので「やったぁー」と喜んだのだが、両親は静かに憤慨し父は王城に確認しに出向いてしまった。

怒りに任せて王城に向かう父の姿に不安を覚えたが、母は優雅に紅茶を頂きながら「お父様なら大丈夫よ」と微笑んでいた。その後、帰ってきた父の話によると、用意されていた私の部屋に不具合が生じ早急に対応しているところらしい。そのため、私は予定より五日遅い入宮となった。伯爵令嬢の方は問題なく予定どおり登城したらしい、嫌な予感しかしない。


そして、私の登城の日。永遠の別れかのように両親に見送られる。

「いってらっしゃい、ヴァレリア。くれぐれも体に気を付けるんだぞ」

「大丈夫、ヴァレリアなら合格しちゃうわ。もし落ちても、ヴァレリアの魅力に気付けない男に嫁ぐことはないわっ」

恋人を引き裂く悪女という私の噂を両親も知らないわけがないのに、全力で応援してくれる。そんな二人の姿に前世の両親を思い出す。あの二人も私を責めることなく、なんでも受け入れ応援してくれた……結果を残せなかっただけでなく、迷惑を掛け続けた不甲斐ない娘に最後まで優しかった。今度こそ、両親を悲しませたくない。たとえもう一人の候補と王子が恋人同士で今回の王妃選定が出来レースだったとしても、両親や公爵家の名前に瑕《きず》がつく結果にはしない。

その願いだけで、私は今回の王妃選定に参加する。

そして、決意した矢先に心が折れた。

まず、王城内に入るだけでかなりの時間を所要した。私が登城する日程が変更となったのを門番に伝えられていなかったのだ。王城側から登城予定日を変更してほしいと要請があり、その結果連絡が行き届かず王城前で立ち往生、にもかかわらず門番の騎士は私達を鋭い視線で睨み付けている。私達が勝手に登城日を勘違いもしくは一方的に変更し、連絡を怠《おこた》ったと思っているような態度だった。

時間を掛け確認した結果、ようやく話が伝わり私達の登城が許可される。自分達の伝達不足だと理解した騎士は顔を青くするも、謝罪することはなかった。これは本当に伝達ミスなのか？　あるいは王子の恋路を邪魔する私に対する当て付けなのか？　それとも王子からの指示によるものなのか？　と色々考えていたが一応今回の原因は、騎士達の伝達不足ということに落ち着いた。

後味の悪い気持ちのまま門を抜け建物が他近づくと、一人の使用人と一人の騎士が出迎えていた。馬車が停車し扉が開かれ目の前の景色に圧倒される。どうしても前世の記憶の方が色濃いので、こういうとき咄嗟に前世を基準とした反応が出てしまう。

「……ルルーシアン公爵令嬢様。ようこそおいでくださいました。本日より令嬢がご使用になる部屋を案内させていただきます」

使用人と騎士により、今後使用する部屋へと案内される。引っ越しでもないので荷物は少ないだろうと考えていたのだが、予想以上に多く、公爵家の使用人が何度も往復しながら運び入れる。騎士はその様子を見逃さないように凝視しているようだ。

騎士に気を取られていると、私を出迎え部屋まで案内してくれた使用人の女性と目が合う。

「本日から私がルルーシアン令嬢の担当使用人となります。候補者の食事の準備やドレスなどの身の回りのお世話、貴重品の管理は専属侍女の方にお願い致します。その他に必要なものがあれば私を通して審査官の許可を得てからご用意いたします。私は、候補者のお傍で補佐することはありますが、主不在の部屋に許可なく入室することはできません」

流石王城というべきか、使用人の教育が徹底されており冷静で表情を崩さない子だ。しかし、私をじっと見つめる姿が何かを訴えているように感じられ気になった。

彼女が優秀で私がどんな問題児でもそつなくこなすだろうと指名されたのか、使用人達の中で立場が弱く私の世話を押し付けられてしまったのか……なんとなくだが、後者には見えなかった。しかし彼女の胸中までは分からない。

「そう、ありがとう。あなたの名前を伺ってもよろしいかしら？」

尋ねると、少し躊躇《ためら》いを見せる。王子の恋路を邪魔する私には教えたくないのだろうか。

「……私の名前はマ……マリンです」

マリン。可愛い名前だ。しっかりと私の目を見て告げる彼女に悪い印象はなかった。

「マリンね、これからよろしく」

「……よろしくお願い致します」

またこちらの顔をじっと見られる。癖なのかもしれない。彼女は決められた説明が終わると「審査官に無事にルルーシアン令嬢の登城が済んだことを報告をしに行きます」と、部屋を出ていった。

手際よく使用人が荷物の整理をしていく。ただ見ているのを申し訳なく感じつつも、貴族である公爵令嬢の私が手伝うのはよろしくないというのを学んだので何もせずじっとしている。邪魔にならないよう片隅で静かにしているとノックの音が部屋に響く。登城初日に私を訪ねてくる者に心当たりがなかった。マリンが何か伝達事項があり戻ってきたのか、私の登城が遅れたことへの詫びに審査官が現れたのか、それとも門番の騎士の態度への謝罪か？　今一つ答えが出なかったので現れた人物で判断することにし、扉を開けるようジャネットに促す。

相手は登城で不手際を犯した騎士とは違う騎士だった。彼の上官だろうか？

「グレンバルディオ王子より言伝です。『公平性を保つ為に両候補者の出迎えは控えさせていただいた。王妃候補紹介パーティーは三日後。令嬢には慌ただしくなってしまったが、一日でも早く王城に慣れてほしい。何かあれば出迎えた使用人もしくは騎士、審査官に遠慮なく申してくれて構わない』とのことです」

「はい。承知しました」

騎士は私が何か申し出があった時に聞く気があるのかと聞きたくなるほど速やかに、王子の言伝を終えた途端去って行く。公爵家の優秀な使用人が部屋の片付けを終わらせると、様子を観察していた騎士が口を開いた。

「王城内での王妃候補指名の侍女は一人しか認められておりません。他の方は部屋が整い次第、お引き取りください」

その言葉には棘《とげ》があるように聞こえた。「邪魔者の王妃候補の侍女は更に面倒だから、さっさと公爵家へ帰れ」といったところか。ぞんざいな扱いの連続に腹が立ちつつ、こんなにも受け入れられていない状態でまともに過ごせるのか不安を覚える。今ここで「私だって辞退が許されるのならしてるっつうの。そうさせたのは慣例もあるけど選定前から堂々と恋人やってるあんた達の守るべき人間でしょうがっ」と叫んでやりたい。

不満を誰にもぶつけること無く我慢して荷物の整理してくれた使用人達を見送ると、監視の騎士も役目を終えたのか部屋から出ていき、私とジャネットだけが残った。

「……お嬢様は、大変大人になりましたね」

「どうして？」

「公爵令嬢が登城するというのに、不手際の連続。そもそも突然の予定変更はあちらのミスによるものですのに、その謝罪もなくその後の対応も目に余ります。騎士に対して『愛想よくするべき』とは言いませんが、あの態度はいかがなものかと思います」

言葉こそ騎士の言動の非難だが、そんな態度を取られても堪《こら》えたヴァレリアへの感心のほうが大きく感じ取れる。幼い頃から傍にいたため、私を娘のように思っているのだろう。

相手に問題があるにもかかわらず私が感情を荒げることなく受け流した行為にジャネットが成長を感じた、ということは、過去の私は彼らのような人物が現れた時に感情が暴走するタイプだったに違いない。となると、もしかして、過去のヴァレリアの言動は、やり方は間違っていてもそもそも相手方に非があったのだろうか？　ヴァレリアが異常なまでに感情を荒げていたので周囲の人間も経緯や相手の失態よりヴァレリアの行動の方が記憶に残った可能性がある。ヴァレリアが感情のコントロールさえ覚えればいくらでも挽回出来る失態だったなら、私をこんなにも可愛がっている両親があの噂を敢えて泳がせているのも納得出来る。

しかし、現状としてはワガママ令嬢の登城であり、対応する者達の態度は丁寧さに欠けていた。やはり恋人同士を引き裂く「悪役」として知れ渡っているのだろう。先程の騎士達は自分達に伝達不足が判明したにもかかわらず謝罪しなかったし、仕事とはいえ私の荷物を整理する使用人を犯罪者かのように凝視していた。王城に危険物を持ち込む可能性を考えてのことなのかもしれないが女性騎士に監視の交代を願いたいところだった。しかし、悪女が女性騎士を指定、となればあらぬ疑いを掛けられそうだ。

「……次期王妃を決定する選定で不手際の連続。非を認めたにもかかわらず謝罪すらないなんて……公爵令嬢を蔑《ないがし》ろにするということは、公爵家を蔑《ないがし》ろにしているようなもの。このことは旦那様に報告させていただきます」

冗談交じりの悪態ではなく本気で不信感を示すジャネットの姿に焦る。

「まっ……待って、登城して一日目でお父様に報告は早いんじゃないかな？」

お父様に報告してことを荒立てたくはない。登城日変更時に既にお父様は一度王城に乗り込んでいる、二回目は避けたい。ルルーシアン公爵の「忠義に厚く信頼のおける人物」という評判を下げることはしたくない。

「いえ、これは正当な判断です。公爵令嬢に対しても問題ですが、万が一他国の王族を出迎えなければならない時に今日と同じようなことが起きれば外交問題になります」

ジャネットの言葉は正しいが、きっとその時は何度も情報の確認がされ騎士もそれ相応の行動をするだろう。そもそも態度に問題のある人物は重要な任務に就くことはないだろう……と思うも、結局はジャネットの圧に負け、お父様に手紙が届けられることになった。

手紙が届いたらお父様が何をするか……そう案じていると、荷造りの最中、お父様に呼ばれた際の記憶が蘇った。

『ヴァレリア』

『はい』

『これを持っていきなさい』

渡されたのは高級そうなケースに入ったカトラリーだった。食事など王城で準備されるのでわざわざこちらが準備する必要はないように思える。もしかして以前のヴァレリアは潔癖症だったのだろうか、と首を傾げる私にお父様が続ける。

『王城とはいえ危険が付き物だ。食事の際はこれを使いなさい』

『これは？』

『銀食器は毒が入った食べ物に触れると変色すると言われている』

『毒……』

映画でそんなシーンを見たことがあるが、実際本当に渡されるとは思わなかった。王城は国で一番安全な場所と認識していたが、一番暗殺される場所の間違いだったのかもしれない。

『お父様……これが本当に私の身を守ってくれるのか、試したいです』

『……わかった』

私の突拍子もない発言にも拘わらず、父は毒を準備してくれた。簡単に用意出来るのは、父が公爵だからなのだろうか？　それともルルーシアン公爵家が何らかの形で毒物に深く関与しているのか？　あるいは簡単に毒が手に入るような国なのだろうか？　疑問は生まれるが、ひとまずカトラリーが本当に毒に反応するのか実験に集中する。

毒を混ぜた水を銀のスプーンでかき混ぜると、黒く変色した。

『カトラリーは常に、公爵家で用意した物を使った方がいいかもしれない』

それは、私が食べる物に毒が混入される可能性があるので注意しろというお父様からの警告のように聞こえ確認せずにいられなかった。

『私は……命を……狙われているのですか？』

『……ヴァレリアだからではなく、王妃選定では何が起きても不思議ではないという意味で用心に越したことはないということだ』

用心しなければならないという事実には変わりない。

『……はい』

突然現実を突きつけられたようで、途端に不安が支配する。自分なりにこの世界のことを知ったような気がしていたが、そう単純なことではなかったようだ。

『私達が傍で守ってやれたら良かったんだが、貴族の中でも公爵という立場の私は誰よりも国の慣例に倣《なら》う存在でなければならない』

子を守りたいが、国の重役を勤める一人として慣例に従うお父様の姿に誠実さを感じた。

お伽噺のヒロインには助けてくれる王子様や魔法使いが現れるが、ここは現実で、私はおそらく悪役で、自分でどうにかするしかない。私が誰かを頼れるのは、公爵家にいる間までだ。

『お父様、それでは少しお願いがあります……』

私の願いにお父様をすぐに対応し、とあるものを追加で贈ってくれた。

『本当に危険だと判断したら、これを使って屋敷に戻るか王妃選定を辞退しなさい』

『はい』

カトラリーと一緒に大事に受け取り、誰も介さずジャネットに直接手渡した。あれらが役立つ事態にならないことを祈るばかりだ。


登城して三日が経ち、遂に王妃候補紹介のパーティーが開催される日となった。名前を呼ばれエスコートなく一人会場に入れば、至るところから睨み付けるような視線が突き刺さる。

今の私は恋人達を引き裂く悪役だと理解しているので、人前に出て視線を受けると過剰に反応してしまう。前世、大学受験以外でもピアノの発表会などで人前に立つことがあったが、最後は人の目を避けるように生きていた。つまり、こんな沢山の人が集まる場所に参加したのは久しぶりだ。緊張し、不安な気持ちを抱えて辺りを見渡すと、両親の姿を発見した。二人は私を見て力強く頷いてくれた。その姿に勇気をもらい、会場の中央まで震える足を動かし続けることが出来た。王子の婚約者候補大本命の伯爵令嬢は爵位順により先に入場し、私が後から令嬢の隣の位置に付く。

私が到着すると、令嬢は私に微笑み軽く頭を下げた。余裕を見せつけられ、私も釣られるように頭を下げる。直接見た彼女は新聞の似顔絵通り可愛らしい表情が似合う女性だ。柔らかい薄桃色の髪色に瞳、身長も私と比べると小さく庇護欲を掻き立てる容姿。この国の女性の平均身長は分からないが、私の方は前世の体よりも十センチ以上は高く、体感として百七十センチ近くはあるモデル体型といえる。柔らかい薄桃色の彼女と真っ赤な私が並ぶと噂の印象も相まって聖女と悪女のように見えるだろう。

貴族の準備が整うと皆で王族を出迎え、その後王妃選定に参加する私達二人が紹介される。

「ヴァレリア・ルルーシアン公爵令嬢」

「メルティーナ・ダルトン伯爵令嬢」

名前を呼ばれ軽く頭を下げお辞儀をする。この時からすでに私達候補者の審査が始まっていると言える。

「王妃選定とは、爵位に関係なく次期王妃に相応《ふさわ》しい者を選定する場。王城において二人は平等となり、一方を特別扱いすることは許されない。これから候補者はあらゆる場面に遭遇するだろうが全てが選定に関わっていると肝に命じること」

爵位関係なくという言葉を聞くと、私個人に言われているように聞こえ考え込んでしまう。

「それではパーティーを始めよう」

国王陛下の言葉を合図にパーティーが開始すると、誰よりも早く行動を起こす男性の存在があった。彼は会場の視線など気にすることなく一人の女性へと一目散に駆け寄る。ゴシップ紙に描かれていた人物にそっくりな人。彼が王子のグレンバルディオ・ニルベネルだろう。

「グレン」

私の隣にいる令嬢は、王子のことを愛おしげに呼んだ。愛称で呼ぶ程の仲であるのを隠していないどころか、令嬢の方は私の反応を確認しているところを見ると、見せつけたかったのだろう。周囲はそんな二人を運命の恋人のように微笑みながら受け入れている。ゴシップ紙では令嬢のことを「慈悲深く寛大、心優しい聖女のよう」と表現していたが、実際は年相応の、恋人を取られたくなくて必死に私に牽制する普通の女の子だった。

そんなことしなくても私はあなたとその男を取り合う気はありませんよ、と教えてあげたかったが、強がりでそんな発言をしているだけととられるか、戦略の一つとして余計警戒を強められるかのどちらかだろう。

もう一人の当事者である王子の方も、私が視界に入っていないのだろうかと思うほど、完全に二人だけの世界に入り込んでいる。先程審査官に「平等に」と言われたばかりなのだが、これが平等と言えるのだろうか？　王族が率先して慣例を蔑《ないがし》ろにする行為をしても許されるのだろうか……

「ん？」

状況を観察していた私は、更にあることに気が付いた。

二人の衣装の柄が似ているように感じるのは気のせいだろうか。いや、似ているどころか一緒だ。更にエスコートの為に手を重ねている二人の手首には同じブレスレットが見える。

それ、匂わせなんてものじゃなく、完全にわざと周囲に見せつけるように振舞っていますよね？「偶然の一致ですね～」と言うには無理がありますよ。え？　いいの？　こんなあからさまに恋人扱いしているなんて……私が可哀想などではなく、品位ある王族の振る舞いとしていいんですか？

呆れながら二人を眺める私を見て、周囲の声が耳に届く。

「あの方、惨めね」

「あの二人が恋人なのは見ていれば分かるものなのに、全く知らなかったみたいね」

「ルルーシアン公爵家も、あの方が身内にいてお可哀想に……」

噂の内容は目に余る二人の慣例違反ではなく、私への「心優しい」言葉だった。この場にいる者は、今が「公平な王妃選定の場」であることを忘れているのではないだろうか？

私の噂をしている令嬢達の方を向けば、一斉に口を閉じ視線を逸らす。きっと彼女達は、私への悪態で睨まれたと思っているのだろう。「違う」と言いたいが、そんなことよりもこの状況が異常だと理解している人を探すほうが先決だ。そう思って周囲を見渡すと、私のように何かを探す夫人や令嬢の姿があった。

「本日はあの方はいらっしゃっていないのかしら？」

「ランクーベ公爵よね、最近では王族主催のパーティーでしか拝見できませんものね」

「私も今日はまだ拝見しておりませんわ」

「医療施設に多額の支援をしたと噂がありましたし、領地の方で何かあったのではありませんか？」

「あの方の周囲には、やはり不幸が続くのかもしれませんね」

「怖いですわね……では、本日のパーティーは欠席かしら？」

女性達は会話をしつつも誰一人同じ方向を見ておらず、誰かを探し続けているようだ。美しく着飾った女性達がこぞって探すような人物なのかと、私も気になって辺りを見渡してしまう。

「ヴァレリア」

初めてのパーティー会場でどう過ごしていいのか分からず周囲に流されていた私の意識を呼び戻したのは、父の声だった。名前を呼ばれた方へ振り向けば、両親がいた。二人の存在で抱えていた不安や不満が薄らいでいく。今の私には二人とジャネットしか味方がいないことを実感する。

それからのパーティーは両親が知人に挨拶するのを隣で微笑みつつ、美味しい料理を食べる場だった。貴族として食べ物にがっつくのは、はしたないだろうかとも思ったが、両親から咎《とが》められなかったため、私は全ての料理を見定め気になるもの全てを制覇することに専念した。

結局王子はパーティーが終わるまで伯爵令嬢を「特別に」エスコートし続けていた。二人は私にも挨拶したかったのか視界に何度か入り込むが、食事に夢中になってしまった。たまに視線を感じることもあったが、恋人達の邪魔をするつもりはないので気にしない素振りを続ける。彼らの違和感のある行動に気付いた貴族達も、私が伯爵令嬢に対して感情のまま詰め寄るのを期待しているようだったが、私は二人に全くもって興味はないので、ワガママ令嬢の大立ち回りを発揮することはない。

それよりも私は、王妃選定候補者紹介パーティーで慣例を蔑《ないがし》ろにするような行動をとる二人がこの後どのような結末を迎えるのかの方が気になった。貴族だけでなく王族が見ている中で決行したのは二人の失策だと私には思えてならないのだがどのような評価がくだされるのだろうか。それによって、この国の上位者がどんな思想の持ち主なのか判断出来るといえる。私を挑発することばかりに意識が向いている二人、そんな二人を理想的な恋人と捉えている貴族、そして会場全体を見渡すように鋭いまなざしで観察している国王と審査官。

様々な思惑が交差する社交界の縮図ともいえる状況に辟易しながら、料理に舌鼓を打つ。

前世含め初めての経験となったパーティーは、美味しい料理を無料で食べることが出来た、という思い出に終始した。これだけで王妃選定の候補になって良かった……と、頑張れば思えなくもない。いや、無理矢理にでもそう思わないと、私は今後の状況を乗り切れる自信がなかった。

「暇だなぁ」

王妃選定候補者紹介パーティーが終わった翌日から、私はもう暇だった。王妃に選ばれたいとは思っていないので、課題に取り組む時間以外は自由と考えていたが、その課題もなかなか言い渡されないのだ。結果、思索に耽《ふけ》る時間ばかりが増える。

　過去の私は、本気で王妃になるつもりだったのだろうか。恋人がいる男性と強引に結婚したところで愛されることはないのはわかっているはず。もしかしたら当時は王子のことを盲目的に愛していたのだろうか？　それとも王子と結婚し権力が欲しかっただけか？　いくら考えても過去の私の感情を思い出すことは出来なかった。

「お嬢様、少し庭園などを散歩してみてはいかがですか？」

　私があまりにも部屋から出ずにいるのを心配したジャネットが提案する。

「散歩？　そうね」

　王城に住むことになったとはいえどこまでの自由が許されているのか分からず、また、仮に許されている振る舞いでも同行せねばならないジャネットの負担になるような行動はいかがなものか、と思っていたのでジャネットからの提案は嬉しかった。

　早速、ジャネットと二人で王城の庭園を散歩する。流石は王城、どこまでも手入れをされており綻びなどは見受けられない。どこまでも美しい庭園が続く。

「はぁ、癒される」

「ふふ、お嬢様は本当に変わりましたね」

「えっ？」

「以前までは、花を見ても興味を持たれなかったので」

「あぁ……確かに……そうかも……」

以前のヴァレリアのことは分からないが、私も花を見て癒されるなんて思ったのは初めてかもしれない。花を堪能して気分転換が出来たところで、ふとある願いが口をついた。

「……ピアノ……弾きたいな……」

ピアノを思い出す存在なんて何もないのに、自然と言葉が出たことに自分自身でも驚いた。

前世で音大に落ちた瞬間からピアノには触れなくなり、見ないようにしていたのに……環境が変わり、気持ちも変わったのだろうか？

一度はピアノから逃げていた私が、今はピアノを弾きたくなっている。ジャネットに見えない位置で、ピアノの指使いで手を動かしてみる。鍵盤を弾く感触や音は想像で補う。体が違い以前のように滑らかにとはいかない指使いだが、楽しいと感じられるようになっていた。

「本物……弾きたい……のかもしれない」

まだ、ピアノを前にして本当に弾けるのかは自信が持てないでいたが、この世界の音楽は、どんなものがあるのだろう？　聴いてみたい、という気持ちが芽生え始める。

「ねぇ、ジャネット？」

「はい」

「本が読みたいのだけど、王城の図書室は自由に入っても構わないのかな？」

「はい、図書室は王城へ許可された貴族であれば誰でも入室が可能とされています」

「そっか」

明日、図書室に行って楽譜を調べてみようと決意する。

だが、その矢先に事件が起こった。散歩から帰ると、扉の下から手紙が差し込まれていたのだ。

『お前のような人間は王妃には相応しくない。命が惜しければ今すぐ辞退しろ。これは警告だ』

「ひっ……」

血のような赤色で書かれた脅迫状に、悲鳴とも言えない声をあげ、手が震える。

王城の、王妃選定候補に与えられた部屋の前まで簡単に侵入出来るということは、命を狙うのも容易《たやす》いということになる。命を狙う脅迫状の手紙を前にして、私は本当になんて所に来てしまったのだろうと冷や汗が流れる。

「これは……」

私の異変に気が付き手紙を確認したジャネットは、私を抱き締めソファに座らせる。ジャネットとしては急いで公爵に連絡を取りたかったのだろうが、こんな時に私を一人置いていけないと判断しマリンに王城の騎士を連れて来てくれるよう指示をした。

程なくして騎士を引き連れたマリンが戻る。

「何がありました？」

現れた騎士は王妃選定候補として王城に上がった日、王子の言伝を頼まれた騎士だった。

「私達が部屋を空けている間に、これが部屋にありました」

騎士はジャネットから手紙を受け取り確認すると、「審査官に報告はする」と言い去って行った。

悪い噂しかない私が相手でも流石に今回は誠実に対応してくれると信じたかった。その反面、もしかしたら私の自作自演と思われているのではないかと考えてしまう。せめて騎士から報告を受けた審査官だけは、なんの先入観なく事件として調査を進めてほしいと願う。

しばらくして、事前連絡なく人が訪ねてきた。相手は候補者紹介パーティーで国王の隣にいた人物、審査官の一人だろう。

「本日からヴァレリア・ルルーシアン公爵令嬢の侍女として仕える者達です。候補者の安全面や生活補助等を協議した結果、侍女一人使用人一人では不便さや不都合が生じると判断し、三名の侍女を付けることになりました」

侍女として現れた人達は、彼に促され順番に挨拶していく。パトリシア・ニクソン伯爵令嬢、グレイスティー・アドリーヌ子爵令嬢、ラヴィンローズ・モアノア子爵令嬢の三人だ。

紹介されたどの令嬢のことも、良いのか悪いのか記憶を失った私には情報がない。私の情報源は、公爵家の人間の話以外はあのゴシップ紙同然の新聞紙だけなので、情報が偏《かたよ》っている。一応王妃選定を受けている者が、貴族令嬢を知らないというのは如何なものかとは思うが、貴族名鑑などもないので直接会ってご挨拶して覚えるしかなかったのだ。

「それから……ルルーシアン公爵令嬢、少々、ご令嬢お一人だけでお時間をいただいてもよろしいでしょうか？」

審査官の口ぶりからして他人に聞かれたくない話なのだろうと察し、彼女達三人とジャネットには一旦席を外してもらって審査官と二人だけの話をする。

「手紙の件については報告が上がっております。差出人はまだ特定出来ておりませんが、侍女一人使用人一人では万一の際に対応できないと判断し、候補者には急遽三名の侍女を配置することになりました。令嬢達には候補者に対し危害を加えないことはもちろん、犯罪に荷担することも禁ずる宣誓書に署名して頂いているので、何か問題が起きた場合我々が処罰の判断を下します」

私宛の警告文の存在を知り、審査官は迅速に対応してくれていたのを知る。あの不愛想な騎士が審査官に報告してくれたに違いない。

「それでも侍女三名は大袈裟にも感じますが……」

私への警告で審査官の手を煩《わずら》わせ、さらに人員も増やしてしまったことが申し訳ない。やはり私は、どう動いてもワガママになってしまうらしい。

「いえ、王妃選定は何が起きるか分かりませんので対応が遅れたこちらの責任です。登城日をこちらの都合により変更し、さらにはこのようなことが起きてしまい申し訳ありません」

「そんな、謝罪なんて結構です。このようなことが起きるなんて誰も予想できませんから……あの、もしかして、登城日変更も情報の行き違いなどではなく……」

先程の警告文のような嫌がらせがあったのかもしれない。登城日変更の知らせを受けお父様が王城に勢いよく乗り込んだが、その後何故変更になったのか詳細は教えてくれなかった。もしかしたら、今回の件と何か繋がりがあるのだろうか。

「……今現在箝口令を敷き、本来であれば口外致しませんが、当事者である令嬢にはお伝えしておきます。本来の登城日に合わせ一週間前には令嬢の部屋の準備は整っておりました。ですが、登城前日になり、カーテンが切り裂かれベッドやソファも汚れ、令嬢を迎えることの出来ない状態となっていました。そこで、大変失礼ながら登城日を変更していただき、急遽こちらの部屋をご用意致しました」

「そんなことがあったのですね……」

登城前日にそんな事件が起きれば入居日が変更になるのも仕方がない。

私の部屋でだけ起きたということは、確実に私個人に対する嫌がらせ……私が登城するのを快く思っていない人間が王城にいるということになる。犯人候補として一番に上がるのは、王妃選定のもう一人の候補者である伯爵令嬢。しかし、ほぼあちらの令嬢が選ばれると誰もが予想している現段階でそんなことをする必要があるとは思えない。一番可能性のある動機は、王妃選定とは関係なく私個人に恨みがあり犯行に及んだ……だ。だが、そうなると、二つ用意されていた候補者の部屋のうち、私の部屋を狙えた理由が分からない。犯人は王城に出入りしても怪しまれない人物で、尚且つ王妃候補の情報を得ることが出来る人物……？

「前回のこともありこのようなことは考えられたことにもかかわらず、管理が行き届かずルーシアン公爵令嬢には迷惑をお掛けしてしまいました」

「いえ、私は特に……ん？　……あの……もしかして前回の王妃選定でも何か似たような事件が有ったのですか？」

「前回のことも」という言葉が引っ掛かり質問すると、彼はゆっくり瞬きをする。

「……お気をつけください。王城は令嬢が思う程美しいものではありません」

王妃選定を任される程の人だ。今までにも多くのことを経験し私のような若輩には想像もつかないことを目撃してきたのだろう。

審査官があえて濁したので前回の王妃選定についてそれ以上は聞けなかった。しかし、次の王妃を決める選定は国に大きく関わり、色んな人の思惑が渦巻いているのだろうということは容易に想像出来る。

「……ですので、令嬢もここが王城だと油断せず、毒味などは普段以上にしっかりと行ってください」

考え事に気を取られ、審査官の話を理解するのに数秒掛かった。突然耳に入ってきた「毒味」という言葉で脳が反応する。

「……ど……毒……味……ですか？」

「はい。その為の使用人や侍女ですから」

審査官の「当然」と言わんばかりの表情に私は狼狽《うろた》える。

毒味と言われて、当たり前のようにお父様から託されたカトラリーを使うものと思い込んでいた。しかし、考えてみれば審査官がカトラリーの存在を知るはずがない。彼が提案しているのは、毒が入っていないか、主人が食べるものを先に味見する誰かを立てろ、ということだ。

「それは……誰かを……犠牲に……ということですか？」

死にたくはないけど、だからと言って他人を犠牲にするなんて出来ない。私のせいで誰かが代わりに障害を負う、ましてや死ぬことになんてなってほしくない。

「はい。私としては毎回なさるのをお勧めいたしますが、毎回が無理なようなら不定期にするのも効果がありますよ」

審査官は私への報告や忠告を終えると、不穏な空気だけを残し去って行く。私は審査官の言葉を一人受け止められずにいた。絵本でも魔女が毒を盛ることがあれば、相手を蹴落とすために暗殺を指示する場面も描かれている。けれど物語を盛り上げる為の演出などではなく、王城では我が身に起こりうることと改めて実感すると、恐怖の度合いが違う。

今の私は、早く犯人が捕まってくれと願うしかなかった。

＊＊＊

警告文のことは忘れたいが、時間があれば誰が犯人なのかを考えてしまう。

散歩に出たのはジャネットの提案で突発的に決めたことだ。犯人からしたら、事前に計画を経てることはできなかったはず。

常に機会を窺い使用人や騎士の隙をついて私の部屋に手紙を忍ばせる。そんなことが出来るのは王城で働く者や関係者しか考えられない。

登城してから私が会ったことのある騎士や使用人なのか、私に恨みのある人物が王城務めの人物を買収して犯行に及んだのか……

考えれば考えるほど容疑者は沢山浮上する。

「大丈夫ですか？」

先日私の補佐となった、ニクソン令嬢が声をかける。

令嬢達も、私に脅迫文が送られてきたのは知っている。

「平気」

「紅茶を召し上がりになりますか？」

「そうね、お願い」

私を気遣ってくれる彼女達はどうなのだろう？

審査官が選出したので信じたいのたが、その審査官も信じて良いのか分からない。

疑いだしたら、全員が怪しい。

もう、頭を空っぽにしてピアノを弾きたい。

「あ……ピアノ……」

ピアノの楽譜を探すために図書室に行きたかったのに、色々ありすぎて後回しになってしまっていたのを思い出す。

「あの……私、図書室に行きたいのだけど……」

「はい」

私としてはジャネットと二人で図書室に行ってきますので皆さんはのんびりとお待ちになっていてね……と続けるつもりだったのだが、紆余曲折の結果、五人でゾロゾロと移動することとなった。

いくら警告文が届き命を狙われているからといって、これはやり過ぎのように感じる。

これからもこんな風に移動するのかと思うと、申し訳ないが面倒に思えてしまう。

図書室に到着しても一人になることがなく、私が何を選ぶのかを皆が見逃さないように凝視している。

やはり私は彼女達に「監視」されているのかもしれない。

そう思うと、選ぶ手も止まる。

「選びにくい……」

つい本音が漏れてしまう。

「皆さん、少しの間一人にさせてもらえないでしょうか？」

本棚から彼らに向き直って頼み込む。

「……ですが……」

侍女達は、互いに視線を交わし私の傍から離れていいものか躊躇《ためら》っている様子。責任感からくる行動なのか、それともやはり誰かに私の一挙手一投足を監視しろとでも命令でもされているのだろうか……

「図書室から出るわけではありませんので問題ないと思いますよ」

警告文を送った人間が、事前申請など必要のない図書室に気まぐれで訪れた私を襲ってくるとは思えない。少し距離を取ってほしいだけで、図書室に一人にしてほしいとお願いしているわけではない。

私の要望に対して不本意ながら納得していただき、ようやく周囲の視線が気にならなくなったため、静かに本と向き合う。私の目的は芸術と文学の棚だ。総記などはゴシップ紙で充分だし、この世界で前世の知識を生かそうなんて意欲もない。そんな意欲を出して、間違っても王妃に選ばれてしまったりしたら最悪な事態だ。

私は他の棚には目もくれず芸術のコーナーにある音楽の楽譜を見つけ、何冊も読み耽《ふけ》る。前世の知識にある世界的に有名な方達の名前は見当たらず、私が通って来なかっただけなのかそれともこの世界は前世とは根本的に違うのか、初めて知る曲ばかりで時間を忘れるほどのめり込んだ。

「お嬢様」

「……えっ……あっ、はい」

集中し過ぎるあまり、反応が遅れた。後方には訪れた時同様に侍女達全員の姿があり、代表で声をかけたのはジャネットだった。

「そろそろお戻りになった方がよろしいかと」

時計など確認していなかったが、かなり時間が経っていたらしい。

「……そうね」

私としてはもう少し調べたかったのだが、断念して中断することにした。しかし、楽譜を見て分かったことがある。

もう一度、ピアノに触れたい。

その思いは確実に、私の中に根付いている。

「ルルーシアン公爵令嬢は芸術に興味がおありなのですか？」

質問してきたのは、ニクソン伯爵令嬢だ。

「……少しだけですが興味があります」

「では、王子を観劇などに誘ってはいかかですか？」

　芸術コーナーの棚にいたので、ニクソン令嬢は私が観劇に興味があると思ったようだ。映画などで中世ヨーロッパの観劇は生演奏だったのを思い出し興味を惹かれるも、そこで何故王子が出てくるのか疑問だった。

「王子を……誘う？　どうして？」

何故王子を誘う必要があるのだろうか？　もしかして、王妃候補は選定中一人で出掛けることも許可が下りないのだろうか？　もしそうなら自由が無さすぎる……

「えっ……王子との距離を縮めるのにいいかと思ったのですが……」

私の返しにニクソン令嬢は困惑しながら応える。王子に選ばれるよう良好な関係を築いた方がいいのでは？　という提案だったらしい。

「あぁ。私、あの人に興味ないからそういうことはしないわ」

王妃候補に選ばれたくない私としては、好きでもない人と出掛けるなんて時間の無駄としか思えなかった。それに、前世から男の人と義務的な会話以外したことがないので何をどうするのが正解なのか分からない。考えなくても彼との時間が気まずいだけになるのが予想出来る。

「「「「え？」」」」

私の予想外の言葉に全員が声を揃え驚いた声をあげる。

「ルルーシアン公爵令嬢は……その……王子のことを……」

……もしかして過去のヴァレリアは王子のこと好きだったのだろうか？　恋愛に縁遠い生活を送ってきた私としては理解できなかった。私が忘れた記憶の中で、ヴァレリアと王子に何らかの接点があり、その結果思いを寄せていたのかもしれないが、今の私には面倒としか思えない。

しかし皆は私の「興味ない」という言葉に困惑している様子。そのことについて踏み込んだ質問をしていいのか窺っているのが分かる。考えてみればそうだ、対外的には王妃選定に自らの意思で立候補したとされている人間が、王子に興味がないとは思わないだろう。

とはいえ、そもそも次期王妃に相応《ふさわ》しい者を決定する選定で来ているのに、王子の気を引くことに意味があるのだろうか？　不仲でなければ問題ないだろうし、王子の心を射止めた方がいいなら既に結果は決まっている。王妃選定とは、本人の資質を見極めるものではないのだろうか？　マナーとか教養とか他国の要人のおもてなしの仕方とか……

「……そういえば、王妃選定ってどんなことするの？」

部屋に戻り、紅茶の準備をしてくれているアドリーヌ令嬢に尋ねた。

「……私共にも伝えられておりませんし、全てのことが選定の対象となる……としか……」

パーティーでも審査官がそのようなことを言っていた。ここにいる貴族令嬢は私と同じくらいの年齢なので、現王妃の選定に立ち会った者はいない。私の侍女として公爵家から一緒に登城したジャネットは、上位貴族ではないのでお父様やお母様が話していない限り王妃選定の内容については知らないだろう。そもそも、候補者を平等に判断すると言っていたのだから前回と同じもので試されるとは思えない。


いくら考えても考えがまとまらない……こんな時こそピアノを弾きたい。他の気が紛れるような娯楽を探すにも前世のようなものがあるとは思えない……いろんなことを考えても、辿り着くのは「ピアノが弾きたい」だ。受験前までは毎日弾いていた……王妃選定中ピアノを弾くことは出来なくとも、聴くぐらいは許可されないだろうか……

「……リサイタル……」

「どうされました？」

誰かに聞いてほしいわけでもなく呟いた言葉を、モアノア子爵令嬢は聞き逃さなかった。

「ううん。ただ、ピアノが聴きたいなぁって思っただけよ」

「ピアノですか？　王城に演奏家を招くことは事前に許可さえ下りれば可能なはずです」

王城に演奏家を招く？　なんたる贅沢。そんなこと許されるの？

「いいの？」

「申請さえ通れば可能なはずです」

「そうなのねっ。なら、ピアノで有名な方って誰かしら？」

「ピアノでしたら、カシューベルバ様ではないですか？」

すぐに名前が出るということは、かなり有名な方なのだろう。前世の記憶から引っ張りだしても、カシューベルバなんて演奏家は聞いたことがない。全ての演奏家の名前を網羅しているとは言わないが、有名な方は自信がある。それでもやはり聞いたことがないのは、この国は私の知識や常識が通用するような国ではないのかもしれない。

「カシューベルバ……様……皆さんはどう思う？」

モアノア子爵令嬢を信じていない訳ではないが、一人の意見だと当日「他の人にも聞いておけばよかった」と、後悔することになるかもしれない。王妃選定中、何度も演奏会が許可されるとも限らない。許可を得ることが難しいのなら、その一回を無駄にしたくない。

「私もカシューベルバ様のピアノは素晴らしいと感じました」

「とても人気な方ですよね」

他の二人も同意見だったので、万人受けするピアノ演奏者なのかもしれない。

「その方に演奏会をお願いしたら迷惑かしら？」

私が尋ねると、三人は驚いた表情を見せる。

何？　もしかして、ちょっと変わった人だったりするの？　それとも、演奏家を招くのに何らかの暗黙の了解があったりするの？

「迷惑ではないと思います。王城で演奏出来るのは演奏家にとっては名誉なことですから」

良かった。噂に疎《うと》いとか、常識がないとか思われたのかと思った。しかし、それなら何故、三人は驚いたのだろう？

　謎は解けないまま私は審査官に王城での演奏会の許可を頂き、演奏家のカシューベルバにその旨お願いする手紙をモアノア令嬢に託した。

　彼からの返事はすぐに届き、それから何度か手紙のやり取りを得て王城での演奏に承諾してもらえた。人気演奏家を招くにあたりそれ相応の金額を支払うことになり、私に払える能力がないのでルルーシアン公爵家へ請求を回した。両親を頼ったことで私が演奏会を開催しようとしていることが両親に伝わり、お母様も演奏会に招待してほしいとあった。だが、それだけでなく、なんだが私が王妃選定にやる気を出していると思われている模様。手紙には、「お母様の人脈で多くの貴族も招待なさい」と招待客名簿も一緒に送られていた。面倒なことになってしまったと内心は思ったが、今更「止めます」とは言えず名簿に記載されている全ての人に招待状を送る準備をして、ジャネットを通してマリンに全ての貴族に届けてもらう。

　マリンは平民だからか、私以外の貴族との接触を避けているように見えた。新たな侍女が来たので自己紹介をと思ったのだが、顔を背《そむ》ける仕草をしたのでマリンにはジャネットが対応するように指示をした。私の安易な提案で最近は侍女達も忙しくなってしまった。

　私はただ、自分がピアノを弾きたかっただけ。そして、どうせ弾くならこの国の曲を聴きたいなぁと軽い気持ちだった。

「これがワガママというものなのかもしれない」

　過去のヴァレリアも安易な発言でこうやって周囲を巻き込でいた可能性があったのではと、今更過去の悪評の原因に思い当たってしまったのだった。

招待状を送ってからは、参加者の出・欠席の確認や、場所の設営に一日の流れの計画など、やらなければ当日は貴族の安全の為に騎士も配置しなければならないので何度も確認し安全性を話し合う。

慌ただしく過ごしている中、演奏会前にカシューベルバとの対面が叶った。

私が彼に「当日の演奏は自由で構わない」と大雑把に伝えてしまった為に、彼は演奏会場等を事前に確認しておきたいと願い出る。私は彼に万全の演奏していただくべく、答えられる質問は全て正確に答えた。招待客の人数や客層、当日の雰囲気を事細かに聞かれ会場の音の反響も確認していた。そこまで事前準備をしてから曲目を決めるのだと……

私だったら「自由」と言われたら、自信のある曲目で固めていただろう。場所の雰囲気や相手など考えもしなかった。この方は演奏家としてプロなのだと、曲を聴く前から勉強になったのと同時に、私のピアノは独りよがりだったのかもしれないと頭を過《よぎ》った。もしかしたら、私が試験に落ちた理由がわかりそうな気がした。

私の頭はピアノのことで占めていたが、他者から見れば王妃選定の為に人脈を作ろうとしていると噂されていた。ルルーシアン公爵夫妻は人格者だが、王妃選定に参加する本人は傍若無人だと社交界では知れ渡っているので、今更地盤を固めようとしても手遅れだと囁かれている。公爵夫人と親しい方達は勿論参加するが、中立の立場の夫人達が演奏会に参加するのは「カシューベルバの曲が聴けるなら誰が開催しても参加する。そこに政治的意味はない」としていた。なので、私が彼の演奏会を開催したところで王妃選定において夫人達が私を支持することはないという意味だった。

「私としては、その方が有り難い」

一人納得していた。

そして私は今、別の問題に直面している。王城で演奏会を開催するのに、もう一人の王妃候補と王子を招待するべきか否かを侍女達に相談することにした。

「王子には報告と共にお誘いしてもいいと思いますが、ダルトン伯爵令嬢は……」

そこでニクソン令嬢は口籠ってしまった。

「止めた方がいいと思う？」

「おそらく……あの方達は……二人で……いらっしゃるかと」

ニクソン令嬢は何も悪くはないのに私に気を使っているのが伝わる。

私が開催した演奏会に、王子と恋人のダルトン伯爵令嬢の二人が一緒に現れたら、貴族達には強い印象が残り主催者である私が一人ぼっち惨めに映るのでは？　と心配をしてくれているのだろう。

「そうね。王子には報告と共に来ないと思うけど誘ってみるわ」

ダルトン伯爵令嬢は私からの誘いを何かの罠だと感じると思うので、王子だけに手紙を送ることにした。


数日経過しても王子からの返事は届いていないが、別に気にもならず日々を過ごしている。

「ルルーシアン公爵令嬢」

「ふぇっ、はい？」

庭園を散歩していると後方からダルトン伯爵令嬢に声をかけられた。

王城に入り既に一ヶ月は過ぎていたが、王妃候補紹介パーティー以来王城内で令嬢に出くわすのは初めてだった。私がほぼ部屋に引きこ……演奏会の準備をしていたので会わないのは当然で、皆は最終確認の最中だが私のすべき事前準備は全て終えていた。後は当日を待つだけとなったので散歩をして頭を休めていた。

広い王城なので会うことはないだろうと令嬢のことは頭になく、更に今は演奏会のことで頭を占めていたので不意の令嬢との遭遇に驚きを隠せないでいる。別に会いたくないわけではない。パーティーで王子といるのを見せつけるような行動をとる彼女に近付きたくないと思っただけで嫌いとかではなく、苦手なタイプだなぁと感じていただけ。

「カシューベルバ様の演奏会を開催するとお聞きしました」

令嬢に隠していたわけではない。あれだけの人数を誘えば王妃候補の私の行動が伝わるだろうとは予測していたが、まさか声をかけられるとは思っていなかった。

「はい。あの方の演奏を聞きたくてお願いしましたら、快く引き受けていただきました」

「宜しかったら、私も参加したいのですがいけませんか？　招待されるのを待つべきだったのですが、偶然会えましたので声をかけさせていただきました」

直接「参加したい」と言われると、断り難い。

立場上お互い距離をおいた方が何かと噂されないと思ったので招待状を送らなかったのだが、この人は周囲の反応など気にしない人なのかな？　それとも私など関係なく、カシューベルバのファンだったりするのかな？

「令嬢が参加してくださるなんて嬉しいです。では後程、招待状を送りますね」

王妃候補の対面は何事もなく無事に終わり、私が相手に対して過剰に身構え過ぎていただけなのかもしれない。これでダルトン伯爵令嬢を演奏会に誘うべきか悩んでいたのも解決されたので、当日は楽しむだけだと安堵するのも束の間、二通目の手紙が部屋に届いていた。

「お前のような人間は、早くここから立ち去れ。消えろ」

前回と同じように騎士に手紙を渡す。二度目ということもあり、神妙な面持《おもも》ちでの対応となる。

「手紙に気が付いたのはいつですか？」

騎士の取り調べのような事情聴取が始まった。

「庭園を散歩し、帰るとありました」

「散歩はどのくらいの時間ですか？」

「三十分……くらいでしょうか？」

部屋から庭園まで往復約十五分、散歩に五分、ダルトン令嬢との談話が約十分の計三十分の間に手紙は入れられた。外部の者が部屋を探し回り手紙を置くことも出来なくはない時間だし、これが二回目の犯行であれば尚更だ。しかし、以前とは違い騎士の巡回が増え警備も強化されている。万が一見慣れない者がいた場合は、容疑者として警戒されるはずだ。

「部屋には誰か残ってはいなかったのですか？」

「今は演奏会の準備で忙しく、部屋に誰もいない瞬間もあったかもしれません……」

私が不安になっているのに捜査にあたる騎士から鋭い視線が突き刺さる。彼の「お前の自作自演だろ？」「自業自得だ」という心の声が聞こえて仕方がない。手紙は回収され、部屋に不審なものが残されてないか確認し問題ないと判断されると騎士は去っていった。

前回は審査官に報告し、王子には報告はしなかった。だが、二度目となれば警備の問題等もあり報告するべきだろう。モアノア令嬢に、詳細は私から伝えるので、と王子との面会を頼んだ。なんならそれを理由に王妃選定辞退を申し出ようかと期待しながら待てば、モアノア令嬢は一人で戻ってきた。

「ルルーシアン令嬢……王子ですが……」

「どうしたの？」

何故かモアノア令嬢は言いにくそうにしている。

「王子は大変忙しく……時間が出来次第伺うと……」

この反応、王子はモアノア令嬢の言葉を、私が「王子に会いたい」とワガママを言ったと判断したのだろう。王子の中の私は王妃候補の一人というより、恋人との仲を裂きに来た悪魔に違いない。私としては大事になる前に解決したかったが、王子がそのような対応なら自分で解決するしかない。

恐怖から目を背《そむ》けるために、ダルトン令嬢への招待状の準備を始めた。

「ルルーシアン公爵令嬢、招待客を増やすのですか？」

会場設営を担当しているニクソン令嬢が尋ねる。

「あぁ、うん。ダルトン伯爵令嬢をね」

「えっ？　ダ……ルトン令嬢を……ですか？」

以前は「招待しない」と話していたのに、突然「招待する」と言えばニクソン令嬢が驚くのも当然。私にどんな心境の変化があったか気になるのだろう。

「そう。さっきね、散歩していたら偶然ダルトン令嬢に会って、カシューベルバ様の演奏を聴きたいので招待してほしいと申し出があったの」

「そうなのですね。令嬢はそれで宜しかったのですか？」

「問題ないわ」

「……ダルトン伯爵令嬢をお誘いすれば、きっとあの方は……」

「王子と一緒に現れる？」

「……はい」

「ふふっ。もし二人で登場したとしても私は何も気にならないし、演奏会の主役はカシューベルバ様であの二人ではないわ。それに本当に二人で訪れたら……あの方達は大丈夫なのかしら？」

「……それはどういった意味でしょうか？」

「今は王妃選定の最中、そんな愚かな行動をすれば自分達の首を絞めるだけよね。あの二人もその辺は分かっていると思うわよ」

ね、と同意を求めて見渡すと、私の言葉に誰一人納得していなかった。

あれ？　もしかして私の考えの方が間違っている？

「……あの、私よく分からないのですが……二人で現れることは愚かな行為ですか？」

「『王城内で起こる全ての事柄が選定に関わっている』と候補者紹介時に審査官から説明もあったから、そんなあからさまにどちらかを贔屓《ひいき》するような言動は減点対象だと思うわ」

「そうですかね……」

……もしかして王妃選定って、依怙贔屓《えこひいき》上等の出来レースが当たり前だったりするの？

どちらにせよ、招待状の準備が出来たので、ダルトン令嬢に直接渡すよう、モアノア令嬢に頼んでおく。招待客が増えたことで、座席の見直しも必要だ。

　そして演奏会当日、招待状を送った人達は遅刻することなく参加している。公爵令嬢の招待であり、人気のカシューベルバの演奏会に遅刻をしてくる貴族は滅多にいない。勿論そこにはダルトン令嬢もいたが、隣に王子の姿はなかった。詳細は無かったが開始一時間前に「参加できなくなって申し訳ない」と知らせが届いていた。王子も出席しエスコートされると思っていたダルトン令嬢は、突然一人となり肩身の狭い思いをしている。招待客はお母様が厳選したのでルルーシアン公爵家と親しい者が多く、中立の立場の人達はダルトン令嬢を擁護などせず状況を静かに見極めていた。

　私の予想だが、王子は本当に急遽来られなくなったのだろう。それをダルトン令嬢は直前に知るも、自ら招待を望んでいる手前、当日になって公爵令嬢主催の演奏会を欠席することも出来ず敵陣に一人乗り込むという状態になってしまった。私としては何かするつもりはないのだが、かなり居心地は悪いだろう。彼女の方から参加したいと申し出があったので招待したに過ぎないのに、私が彼女に嫌がらせの為に呼んだと思われそうだ。それでも演奏が始まればそんなことは関係なく、皆がカシューベルバの奏でる曲に夢中になることを願うばかりだ。

　開始時間となったので主催者として挨拶をするも、招待客は私の言葉よりカシューベルバの演奏を心待ちにしている。招待客を焦らすのもよろしくないので早々にカシューベルバに託すことにした。彼は貴族の前で演奏することに慣れていて、色めき立つ女性達の反応にも冷静に対応し周囲に流されることなく演奏を開始する。私も一曲聴いただけで彼の能力に圧倒された。

　演奏が終わりカシューベルバを先に退出させた後、主催者として全員と会話をする。勿論ダルトン令嬢にも話しかけた。

「今回演奏会を開催するにあたり令嬢を誘うべきか悩み招待状を躊躇《ためら》ってしまった為に、令嬢から『参加したい』と申し出ていただき感謝しております。次回からは事前に招待状を送らせていただきますね」

周囲に「私から誘ったのではありませんよ」とアピールしたつもりだったが、貴族達は「公爵令嬢主催の演奏会に、伯爵令嬢が誘われてもいないのに強引に催促するのはあまりに不躾、礼儀知らず」と受け取っていたことに私は気付くことはなかった。

「えっ、えぇ。私の方もカシューベルバ様の演奏を拝聴出来ると気持ちが急《せ》いてしまい、令嬢に招待を催促してしまい申し訳ありませんでした」

貴族社会に不馴れな私には、彼女の口がひきつっていることに気が付いても意味を汲《く》み取ることは出来なかったのだ。

「いいえ、カシューベルバ様の演奏は素晴らしいですものね」

私は令嬢が純粋に彼の曲が聴きたかったのだろうと、言葉をそのまま受け取っていた。そのまま招待客の一人一人と挨拶を交わし演奏会は終了する。見送りも終え会場の片付けを侍女達に任せ、ジャネットのみを連れてある人が待つ控え室に向かった。

「はい」

「ルルーシアンです」

「どうぞ」

私が部屋に入ると本日の主役がソファから立ち上がり、お辞儀する。

「本日は私の為にこのような機会を頂き感謝いたします」

「いえ、皆さんカシューベルバ様の演奏に感激しております。私も間近で拝聴することが出来、勉強になりました」

「ありがとうございます。ルルーシアン令嬢もピアノにご興味がおありですか？」

「はい、私もピアノを弾きたいという思いが強くなりました。もしカシューベルバ様が宜しければ私の先生になっては頂けないでしょうか？」

　私が前のめりに希望するも、カシューベルバは渋い顔をしている。

　私としては本気でピアノの先生を望んでいるのだが、もしかしたら彼自身に興味があると誤解されたのだろうか。カシューベルバは整った顔立ちなので、今までに私と同じような申し出を受けことがありその時に何かしらのトラブルがあったのかもしれない。それでなくとも貴族の中で断トツの悪評を持つ令嬢の提案は面倒だろう。もう一押しして駄目なら素直に引き下がろう。

「今は王妃選定の最中。そのような貴重な時期にピアノに時間を費やしてもよろしいのですか？」

「そのことでしたら問題ありませんよ」

「問題……ない……ですか……」

　確かに公平に判断される「王妃選定」であれば他のことにかまけている場合ではないが、今回の選定に限っては私がどんな行動を取ったところでダルトン伯爵令嬢が選ばれるのはほぼ決定事項だ。なので、王妃候補としてあまりにも不適切だ、と思われなければ何をしても構わないだろう。

　そう思っての発言だったのだが、後日、このときの私の発言が本当に怖かったとカシューベルバから教えてもらった。事態が分かっていない愚かな令嬢であるならいい、権力を使って令嬢を引きずり下ろす算段がついているがゆえの余裕なのでは、と。

　そんなカシューベルバの苦悩など全く気付かなかった私だが、私が公爵令嬢ということで失礼のない断り文句を探しているのだろう、程度は察することが出来た。

「あの……もしも都合が悪いようでしたら、遠慮なく断っていただいて構いませんよ？　王妃選定が終わってダルトン伯爵令嬢が選ばれるまでの間、ピアノのレッスンを受けられるのであれば、家名を落とさず功績を上げない手段が確立出来てありがたいですが、無理強いは出来ませんので」

「え？」

「カシューベルバ様もご存じでしょう？　既に王妃選定の結果は決まっているようなもの。私はあの方達が人脈や功績を得る為の時間稼ぎとして候補に立っているだけです」

「お、お嬢様っ？」

　客人との会話に侍女が口を挟むのは礼儀がなっていないが、驚いたジャネットの反応は少し嬉しかった。誰もが思う事実を口にしただけだが、ジャネットだけは私が王妃になる才覚があると信じてくれている。だからこそ、堂々と言葉を続けられる。

「王子とダルトン令嬢が恋人同士なのは、貴族であれば誰もが知る事実。それでも慣例に倣い王妃選定はしなければなりません。対立候補が現れず王妃選定が行われないのは問題だと考え名乗りをあげたまでです。他のご令嬢も名乗り出て人数が揃い次第辞退をと考えていたのですが……結局こうなってしまいました。ですので、私が今すべきことは、ダルトン令嬢を立て王妃選定での評価が上がらないようにしつつ、公爵令嬢としての格を落とさないものを模索し邁進《まいしん》することなのです」

「……ルルーシアン公爵令嬢は……その……全てを理解した上で候補に名乗りを挙げたのですか？」

私の言葉を俄《にわ》かには信じられないといった表情のカシューベルバは再度確認してくる。

「……貴族ですからね」

真実は私にも分からないので、誤魔化しておいた。ただ、過去の私が立候補した理由を今の私が決めていいのであれば、そういうことにしてしまいたいのは本当だ。そんな自己犠牲は本来の私にはないのだが、今はそういうことにしておこうと思う。

「お嬢様……」

私の気持ちを初めて知ったジャネットは複雑そうな表情を見せる。

「……わかりました。この依頼、お受けいたします」

私の考えが伝わったのか、カシューベルバは私のピアノの先生を引き受けてくれることを了承してくれた。

演奏会が無事に終了すると、様々な噂が王城内に飛び交い、隔離されているように過ごす私のところにも届くようになった。やはり見目麗しいカシューベルバについての噂が大半を占め、私を過度に賛美する声は出ていないようで安心した。

そして演奏会として使用していた場所を再び借り、ピアノの練習が始まった。室内にはカシューベルバと私とジャネットの三人しかいない。練習室の外にニクソン令嬢とアドリーヌ令嬢が控え、私の部屋にはモアノア令嬢が残る。部屋の前には騎士が一人待機するようになった。私としては練習姿を見られるのが好きではないので本当なら誰もいてほしくはないのだが、王妃候補が先生とはいえ男性と二人きりでは良からぬ噂がたつということで、信頼のおけるジャネットが室内にいるのだ。

「どうぞこちらにお座りください、まずは基本姿勢から……」

まずは基本姿勢からと言われていたのに、座った途端気持ちが抑えられず、鍵盤に触れていた。突然楽譜も見ずこの国では珍しい曲を奏でる私の姿に、二人は驚きの表情を隠せずにいる。しかし私はピアノに触れられたことに感動して、二人の反応にかまっていられなかった。辛い記憶に支配され避け続けていたピアノだが、今はその頃の記憶よりも発表会などで思い切り引いた記憶を思い出す。楽しい。もっと弾いていたい。

一曲を気分よく弾き終え、はっと我に返る。

「……ルルーシアン公爵令嬢は、以前にもピアノをされていたのですか？」

「あっ……えっと……」

どう答えたらいいのか悩む。前世の私はピアノ漬けだったが、今の私は過去の記憶がない。ヴァレリアとしてピアノに触れたことがあるのか分からない。

返事に困っている私の代わりにジャネットが興奮気味に答えた。

「お嬢様は天才です。今までピアノに触れたことなどなかったのに」

「初見で……ここまで……」

信じられないという表情で私を見るカシューベルバに、「違う」と叫びたかった。前世の私は、大袈裟かもしれないが、ピアノに人生を捧げていた。私が天才だったなら、天才が人生を捧げてピアノに打ち込んでいたのなら、大学受験に失敗なんてしなかった。

「……なるほど、技術『は』素晴らしいですね」

「は」という言葉が気になった。やはり、私には何かが足りていないのだろう。そしてカシューベルバは一曲聴いただけで、私の欠点を見抜いた。

それから、カシューベルバの……いや、師事する間柄となったのだ、先生と呼ぼう……先生の言葉通りに練習を重ねる日々が続いた。ピアノに触れていくうちに指が技術を習得していくも、技術以外はまだ感覚を掴めないでいる。

「何が足りないんだろう……」

「焦ってはいけませんよ。ゆっくり曲を知り、情景を思い浮かべてください」

先生の言葉は理解している……前世でも何度も同じ指摘を受けた。けれど、何がダメなのか分からない。その曲の時代背景を調べ、そこから考えられる情景を思い浮かべている。それでも少しの手掛かりも掴めることなく、言われるがまま弾き続けた。

「それでは今日はここまでとしましょう」

「……はい」

私としてはまだ練習が可能だが、先生の都合もあるので切り上げた。納得出来る演奏ができないまま先生を見送り、ジャネットや外で待機していた二人と一緒に部屋に戻る。私のピアノには何か足りないと感じるも、糸口が掴めない。練習日の後はいつも考え込んでいた。

何度目かのピアノ練習後、何が足りないのか自問自答する私にジャネットの提案で気分転換の散歩をしていると、マリンと偶然出会った。

「あ……あの……ルルーシアン公爵令嬢」

「ん？　なに？」

「わ……私に令嬢のピアノを聴かせてもらえないでしょうか？」

マリンには演奏会以降も私があの場所を使用する許可の取り次ぎを頼んでいたので、私がカシューベルバにピアノを習っているのを知っている。

「……私、練習風景はあまり人に見せたくないの」

練習風景を見学するよりも、発表会などしっかり準備したものの方がいいだろう。

「そうなのですね……ではピアノの演奏会を開催してはいかがですか？」

「それはいいですね。しましょうよ、お嬢様っ」

突然のマリンの提案にジャネットが嬉々として賛同する。

「演奏会？」

人前で弾くのは嫌いじゃない。

だけど、今の私のピアノは何かが足りないと感じている。

こんな状態の私が人前で弾いてもいいのだろうか？

「王妃候補のルルーシアン公爵令嬢の演奏といえば、多くの方が集まりますし、選定にも影響があるのではありませんか？」

「……少し考えてみようかな」

「はいっ」

断ろうと思っていたのだが、私のことを嬉しそうに話す彼女に流されていた。

部屋に戻り演奏会について待機していた侍女の三人に話すと、彼女達はあからさまに困惑の表情を浮かべる。

「私は反対です。ピアノを始めたばかりでは人前で緊張されるのではありませんか？　令嬢のピアノの腕前を疑っているのではなく、初めてで大勢の前でお披露目すれば普段の実力が発揮出来るとは思えません。何度か私達の前で練習してから臨んでも遅くはないのではありませんか？」

「私もニクソン令嬢と同意見です」

いつも冷静なのがニクソン令嬢で、彼女の意見に同調したのがアドリーヌ令嬢。

「……今判断を下すのではなく、カシューベルバ先生と相談してからでもいいのではありませんか？」

「そうね、一度相談してみるわ」

ジャネットは今すぐにでも演奏会を開催し公爵夫妻に私の演奏を見せたいようだが、モアノア令嬢の助言で私が一度立ち止まるとニクソン令嬢とアドリーヌ令嬢は安堵していた。

＊　＊　＊

「皆さんに報告があります。カシューベルバ先生と話し合った結果、演奏会を開催することに決定いたしました」

この私の報告は、当然喜ぶ者と困惑する者がいた。私自身も悩んだが、先生に「同じ環境から抜け出すことで成長することもある。人前で弾くことも経験だ」と言われたので開催することを決めたのだ。

「それで今回の演奏会、寄付金を集めて医療施設など支援を考えています」

王妃選定候補者紹介パーティーで支援していた貴族の話を思い出し提案する。

「それならば……」

誰よりも躊躇いを見せていたニクソン令嬢も渋々納得する。

会場は観劇などで使用される場所を借りるので、今回は事前にチケット制を導入。

チケット代はこの世界での標準的な観劇の料金とし、そこに私の出演料などで嵩を増やすことはしない。

その後、私の演奏の対価として設定金額のない寄付金を頂戴する。

集まった寄付金は、全額寄付する予定ではいる。

どのくらいの金額が集まるかは想像がつかないが、「王妃候補」という期間限定の名刺が使えるので集客は見込める予想だ。

皆私の腕前がどんなものか怖いもの見たさで集まるのではないかと思う。

その後、社交界でネタが新鮮なうちは多少話題となるだろう。

場所が決定されれば招待する客の人数も把握しなければならないので、次の準備に取り掛からなければならない。

今回は私が出演者となるので練習しながらの準備となる。

前回の演奏会で要領を得たとはいえ忙しい。

前回躊躇していたダルトン令嬢にも事前に招待状を送った。どうせ王子と共に現れるのであればと、最初から二人に一番良い席を確保してあると明記した。返事はすぐに届き、「王子と共に参加させていただきます」と書かれていた。王子の確認を得てから書いたとは思えない、きっと彼女の独断なのだろう。

「私としては構わないけど……王子の行動を独断で決定するのは、どうなんだろう？」

つい、手紙に対して言葉で返してしまった。

「ルルーシアン公爵令嬢、本当に開催されるおつもりですか？」

ニクソン令嬢の「今ならまだ止められますよ？」という思いが伝わる。彼女は私が演奏会で失敗し貴族に笑い者にされるのではないかと心配しつつ、私付きの侍女である彼女達も私の巻き添えとなり社交界で惨めな対応をされるのではないかと不安なのだろう。

「私の独断だから、貴方達の迷惑になるようにはしないわ。もし、他の貴族に責められたら『止められなかった』とだけ言えばいいわ」

演奏会を失敗しても、「公爵令嬢のワガママを止めることは出来ませんでした」と口にすれば誰もが彼女達に同情する。

ニクソン令嬢達とは対象に、私の実力を知るジャネットは当日の招待客や私の着るドレスなどを積極的に悩んでいる。彼女に声をかけて招待客の最終確認をすると、満遍なく貴族達を招待するようだ。観劇をするような場所を使用する為、多くの貴族を招待しなければ空席が目立ってしまう。今回は公爵側の人間と伯爵側の人間を分け隔てなく招待することにした。

演奏会三日前には、当日使用する場所の確認を行う。昨日まで人気の観劇が上演されていたので、座席も満席で確認が今日となってしまった。会場は正面にステージがありフラットな客席と壁に添うように二階三階とある。上の階は値段が高くなり、主に貴族や裕福な平民が席に着くことが多い。ステージ上で客席を見渡せば、ピアノを弾いていても周囲を見渡すことが出来る作りだった。

「会場にはピアノは一台なのですか？」

　案内をしてくれている劇場の支配人に尋ねる。

「予備のピアノは一台奥にあります」

　万が一ピアノ線が切れた場合、すぐに修理ができればいいが、出来ない場合にはピアノごと交換した方が早い時もある。手入れはされていると思うが、当日何が起きるか分からないので、事前に予測出来ることは全て解決して不安を一つでも取り除いておきたい。

「では、幕の裏に一台予備を配置して貰えますか？」

「……畏《かしこ》まりました」

「客席からも確認したいのですがいいでしょうか？」

　カシューベルバは演奏会の場所を事前に確認していた。前世の私はピアノさえ弾ければ会場の設備を気にしたことはなかった。自分が気持ちよい演奏さえすれば、それが成功だと思っていたから……

「はい、どうぞ」

　支配人に案内され色んな箇所の客席に座り、ステージがどう見えるのかを確認する。フラットの右から中央、左と座り、最後列の場所からも確認し今度は二階席三階席と確かめていく。私が念入りに確認する姿を支配人は訝しげに見ているのに気が付いていたが、前世の記憶がある分、整った環境を知ってしまっているのでどうしてもこの世界の技術を疑っている自分がいた。

　とはいえ会場に誇りを持つ支配人からすれば、劇場に詳しくない令嬢に指摘されたくないのだろう。「何も知らない私に疑われるのが不満だ」と表情が言っている。

「ありがとうございます、もう充分です」

確認は充分にし、不満はない。後は当日、私が練習通りにピアノを弾くだけだ。

当日どれだけの人が集まるのか……過去の私に友人も人脈も皆無だろう。そんな人間がこんな大きい場所で演奏会を開催したところで本当に来てくれるのか……チケットは購入しても当日何らかの理由で来られない人が多数存在していたら……考えれば考えるほど、不安は止めどなく湧き出てくる。その不安を払拭するにはひたすらピアノを練習するしかなかった。


そして、演奏会当日の朝。

夢で悪夢に襲われ、何度も振り払った。そのせいだろうか、朝起きてもとある問題が発生した。

絶好調と言えない条件の中、会場に向かうと新たな問題を耳にする。

情報の行き違いなのか、開催者が私で演奏者がカシューベルバだと思い込んで話す人が何名も存在したのだ。招待状には演奏者ヴァレリア・ルルーシアンと明記していたが、よく読んでいなかった人達は前回同様に私ではなくカシューベルバが演奏するものだと勘違いしていた。

カシューベルバが演奏すると思っていた招待客は、ピアノを習いたてのワガママ令嬢が演奏すると分かればどんな反応するのか……

始まる前から不安を感じ、無意識に首を撫でた。

開始時間を前に、私を心配したカシューベルバが現れる。今までの経緯や私の現状を伝え二人で話した結果、私はこれから支配人にあるお願いをすることにした。

急遽ピアノの向きを変え、真正面から客席を見える配置にしてもらったのだ。何故なら悪夢に魘《うな》されていたとき、夢だけではなく現実でも頭を何度も振っていたらしく、そのせいで私は首を痛めてしまったのだ。

侍女達に知られると心配し、当日でも「中止しましょう」と言い出しかねないので、ジャネットにだけ伝えて、直前まで首筋を冷やす為にタオルを何度も濡らして対応していた。

どうして私は大事な時にこんなことになるのだろうか……運が悪いのかもしれない。幸いピアノはバイオリンなどとは違い首で支えるということがないので、弾く分には問題はない。頭を動かすことがなく、かなり姿勢がいい状態で弾き続けることになる。お辞儀などは多少浅いが、そこは許していただきたい。

招待客の入場が始まり緊張感が増していく。待機所までは伝わらないが、招待客が入っているざわめきが聞こえる。

落ち着け……たとえ空席が目立っていても気にするな。来てくださっている招待客に最高の演奏をする為に集中しろ、下手なものを聴かせるな。

目を閉じて精神統一をし、曲を思い返し指のストレッチをする。

「ルルーシアン公爵令嬢、時間です」

「……ふぅ……はい」

一度大きく深呼吸をしてから立ち上がる。私の演奏会がついに始まる。

緊張はしているものの、久しぶりのこの感覚が楽しくもあった。多くの人の前で弾くなんて前世の記憶を含めても受験の時以来。

侍女達にはせっかくの機会なので客席で見てもらうことにした。マリンにも指定席を用意するつもりだったのだが、本人が「周囲に貴族がいると緊張するので目立たないところで聴かせていただきます」と関係者として会場の隅で見ることを望んだ。なので、会場にはいるはず。ジャネットだけは、彼女達に気付かれないように冷えたタオルなどを用意してもらう為にステージ横で待機している。カシューベルバも気を使ってステージ袖で様子を確認している。

一歩一歩踏み出し、ステージの中央まで緊張を抱えながら進んで、客席の前に立つ。

不安になりながら視線をあげれば、見渡す限り人で埋め尽くされ空席はないように見える。二階三階席を確認した瞬間、首に負荷が掛かり痛みが走った。これから演奏するのにさらに痛めたくなかったので上の階を確認するのは途中で断念し、小さくお辞儀をして座る。

気持ちを整えてから、私は弾き始めた。

「おぉ」

弾き始めた瞬間、客席からの声を聞こえたがそれ以降はピアノに集中する。私が今回選んだ曲は全てこちらの国のもの。私よりも彼らの方が聴き慣れているので失敗すればすぐに気付かれてしまう。

気持ちよく弾いていても胸には緊張があり集中が途切れることはなかった。一時間の演奏会は、私としてはあっという間に終わり、今持てる技術の全てを出しきった、という心地だった。席を立ち、最後まで聴いてくださったお客様にお辞儀をすれば、盛大な拍手に包まれた。そのままステージを去る。

「お嬢様っ」

ジャネットは私が捌けるとすぐさま、冷えたタオルを差し出してくれる。

「ありがとう」

タオルを首に当てると冷たくて気持ちいい。アドレナリンの効果なのか、演奏中は痛みを感じなかったが終わると、次第に痛みと熱が現れる。私とジャネット、カシューベルバが待機室に移動すると、会場で聴いていた侍女達も現れた。

「凄かったです」

一番に感想を述べてくれたのはアドリーヌ令嬢だった。

「はい、私も感動いたしました」

「短時間の練習であそこまで弾けるようになるなんて素晴らしいですね」

モアノア令嬢とニクソン令嬢からも賛辞を頂き無事に演奏会を終えることが出来た。

「ありがとう」

招待客が先に会場を後にし、少し休んだ後私達も王城へと戻った。

首の痛みもあり今回の演奏を大満足だとは言えないが、沢山の人が私の演奏を聴きに集まってくれたのが嬉しく、浮かれながら部屋を目指す。その間、皆から賛辞の言葉をもらい、直前まで不安を口にしていたニクソン令嬢とアドリーヌ令嬢は演奏会を開催したことは間違いではなかったと話してくれた。


演奏会が終わり、痛めていた首の状態も回復した。後で聞いた話だが、第二の目的である寄付金もかなりの額が集まったらしい。ほとんどが公爵夫妻の関係者からの寄付だが、集まったことにはかわりない。そこで、集まった寄付金をどこに寄付するのかが最近の悩みの種となっている。

「候補としては災害で被害を受けた領地の支援か、食料難の支援…疫病が蔓延し両親を失った子供の孤児院への支援、医療関係者……あげればきりがないのよね」

誰かに話すことで頭の中が整理されていくので、今はニクソン令嬢に話し相手をしてもらっている。

「……どこか一ヶ所だと不満というか……災害に優劣を付けているようなので、数ヵ所にした方がよろしいかもしれません」

助けを求める側からすると支援に優劣をつけるというのは良くない、というニクソン令嬢の意見は正しい。だけど、困っている人全員には金額的に難しい。

「……そうよね……」

災害が起きた地域の復興支援に食料支援、親を失った子達の拠り所である孤児院にその後の教育支援。それから職業支援も必要になってくる。あとは医療施設も支援を求めている。

「もう、訳わかんなくなって来た……寄付金のアドバイザーみたいな人いないかな？」

ひとまず、特定の地域に全てを寄付するのではなく何ヵ所かにということになった。そこから先は私には限界があったので、最終的にお父様の公爵に相談し専門家に託すことにした。父というより公爵の立場で手紙のやり取りをした時、お母様からも連絡があった。内容としては、もうすぐある毎年恒例の狩猟大会のドレスについてだった。

「ドレスは依頼しますか？」

手紙を読み終える頃合いをみて、ジャネットが声をかける。

「……そうね」

私としては狩猟大会の会場である森の中にドレスで行く感覚がわからなかった。山では動きやすい恰好が鉄則だと思っている。前世でのテレビ番組の受け売りでしかないが、それでも多少の知識はある。何が起きるかわからない山に動きにくい恰好で臨むのは自然を舐めているとしか思えない。なので、私としてはドレスのような身動きの取りにくい服装は嫌なのだが、お母様の想定しているドレスは間違いなくそういうことではない。「王妃選定中は貴族が集まるところでの評価も重要になってくるわ。公爵家の潤沢な資金を見せるのも作戦の一つよ」とのことで……

「ルルーシアン公爵令嬢、こちらが届きました」

ドレスについて悩んでいるところに、演奏会に訪れた貴族から贈り物が届くようになった。侍女達が誰から何を頂いたのか記録を取っていると、まさかのダルトン伯爵令嬢からの贈り物もあった。箱の中身を確認すると香水だ。これは深い意味を考えるべきだろうか？　この国では女性が女性に香水を贈る時は「貴方、臭いわよ」という皮肉が込められていることがある。

「これは……どういう意味？」

贈られた香水を一度試すも問題はないように感じる。ミステリーものだと、香水に何か仕掛けられていたりする。大抵は睡眠、催淫、酷い物は硫酸など皮膚に影響を及ぼすような薬品などもあっただろうか。

「素敵な香りですね」

「……そうね」

ニクソン令嬢が香りを誉めたので香水自体には何もないようだ。確かに、令嬢本人の名前で危険な物を贈ってくるとは考え難い。しかし令嬢本人が送ったという証拠はないので、令嬢の名前を騙り令嬢に罪を着せたい誰かが送ってきた可能性も考えられる。この香水は令嬢が贈ったものと確認が取れるまで使用は控えた方がいいのかもしれない。その為にも贈り物をしてくれた貴族にお礼の手紙で確認が必要だ。もし、相手が贈っていなければ「その贈り物は私ではありません」と返事があるはず。そうなれば、調査する必要がある。

　王妃選定に名乗りを上げただけで、ここまで人を疑わなければならないなんて……

「また、引きこもったらどうしよう……」

　あの頃に戻りたくない。折角ピアノにも触れられるようになったのに……

　贈り物を頂いた方全員に感謝の手紙を送り相手の反応を待つも、何も起こらず静かな日々が続く。強いて挙げるなら先日首の痛みを治そうと冷やし過ぎたせいで軽い風邪をひいたくらいだ。とはいえ殺伐としている王城で本当に心を許せる相手はジャネットだけ。彼女の存在と両親からの手紙が癒しと共に心の支えとなっている。

「ドレスの柄かぁ……」

「どうかされました？」

「ん～、ドレスの柄が同じにならないようにって大変なのね」

　お母様の強い思いから狩猟大会の為にドレスを新調することから逃れられず、催促するように何度も手紙が届く。私がドレスを依頼していないのは、デザイナーから請求書がこないことで確認しているよう。ドレスの金額がどのくらい気合を入れているのかの判断基準らしい。一番最近の手紙には、忠告のようにドレスの柄について書かれていた。

「そうですね。偶然であっても互いに気を使いますし、基本は爵位の低い者が別のドレスに着替えることになりますね」

爵位の下の者が……では万が一私とダルトン令嬢が同じドレスだった場合、あちらが着替えるのだろうか？　そんなことになったら私が嫌がらせをしたと思われる？　彼女が私に嫌がらせするとは誰も思っていないだろうから。王子の恋人で何もしなくても王妃選定に選ばれる状況で態々自身の名誉に傷が付くようなことはしないだろう。そもそも、ピンクの髪と瞳の彼女と赤い髪と瞳の私という要素だけだと同じ系統を選びそうだが、顔の雰囲気がまるで違うので、各々が似合う色や柄をえらべば同じものにはなりにくいはずだ。

お母様の手紙を再度読み返し、侍女達にも見せて指示を出す。

「こういうことだから、皆さん、当日着る服装に隣国の濃紺の生地は使わないでね」

「「畏《かしこ》まりました」」

今ある問題が解決し散歩に行くと偶然マリンに遭遇する。

マリンは私付きの使用人だが、侍女のニクソン令嬢やモアノア令嬢アドリーヌ嬢とは違う仕事を担っている。私が使うシーツや枕カバーの交換の手配などや、お茶会などを開催する際の使用場所の椅子やテーブルの手配を主にしているのだ。そのため、部屋より庭園や廊下で会う方が多い。

「先日のピアノ、とても素晴らしかったです。短期間であそこまで弾きこなすなんてルルーシアン公爵令嬢は天才なのですねっ」

素直な感想を述べるマリンの言葉を聞き、嘘をついているようで苦しい。

「……いや……私は天才なんかじゃ……」

前世の記憶がひっかかって、マリンの賛辞に素直に「ありがとう」と返せなかった。

「いえ、天才ですよ。素晴らしくて感動しました」

「……ありがとう」

この話題をいち早く変えたいという心が表情に現れてしまっただろうか、空気を読んでマリンが会話を誘導してくれた。

「もうすぐ狩猟大会ですね」

「うん、そうね」

「必要な物はございますか？」

「う～ん、今のところお願いしたいことは特にないかな」

「……当日のドレスなどはもうお決めになったのですか？」

「本格的にはこれからよ」

「ルルーシアン令嬢であればどんなドレスでも似合いそうですね。形やお色みなども全くなのですか？」

「ん～、まだだけど隣国の濃紺……クシュン」

朝からくしゃみをする私を見ていたジャネットが心配の声をあげる。

「お嬢様っ。狩猟大会も控えておりますので、そろそろお部屋に戻った方がよろしいかと」

「申し訳ありません、私が引き留めてしまい」

「違うの、私が体調管理を怠《おこた》っただけだから気にしないで」

マリンのせいではないのに、こういう時に身分が出てしまうのがなんだかモヤモヤする。これ以上気を使わせたくなかったので大人しく部屋に戻ることにした。風邪が悪化しないよう体調管理には気を付けなければ……

「クシュン」

結局、狩猟大会までに風邪は完治しなかった。くしゃみや鼻づまりなどはあるがそれ以外の不調はなく、悪化していないのがせめてもの救いか。朝から馬車移動で今大会の狩猟場を目指し、到着する。前世では車酔いをする人間だったので馬車の揺れが心配で酔ってしまったらどうしようと不安でいたが、醜態を晒すことがなく無事に到着し安心する。前世の記憶があってもそれは前世のことで、今の身体は前世とは違うのだと理解する。

馬車から降り見渡した会場は、森の中であるのに既に多くのテントが設営されていた。ニクソン令嬢は私達が無事に到着したことを責任者に報告し、モアノア令嬢は令嬢達が休むテントの場所を確認、アドリーヌ令嬢は騎士にどのように護衛するのかを確認に向かった。私はジャネットと二人で状況を見守る。

「ルルーシアン公爵令嬢……そのドレス……素敵ですね」

そう声をかけてきたのはマリンだった。彼女は使用人として周囲の掃除などを任されていたらしく先に到着していた。

「ふふ、ありがとう」

私の今日のドレスは深い緑色で狩猟大会二日前に、公爵家から届いたものだ。

「私はてっきり濃紺のドレスをお召しになると思っていました」

「え？　どうして？」

私はマリンに今回のドレスの色を話していただろうか？

「あ……その……ドレスの話を聞いた時に隣国の濃紺と仰っていたのでてっきり……」

マリンとそんな話をしていたのを思い出す。

「あぁ、あれね。テントに入れば分かるわ」

彼女は使用人だが、私と一緒に貴族に用意されたテントへ入る。

「えっ……」

「まぁ」

テントに入った瞬間、マリンとジャネットが感嘆の声を漏らす。二人が目撃したのは、テントの内側が隣国の濃紺の生地で作られとても豪華なものだった。

「今回の狩猟大会に選ばれたこの場所は南部に近くて、王都に比べ気温が高いから、テントの柄で見た目から涼しくなるようにと新調したそうなの。今回の狩猟大会は王妃選定にも含まれるから特別なものをと話し合った時に最近隣国から届いた濃紺の生地を使用するって話を母が耳にしたらしくて、私に手紙で知らせてくれたの。その話をしようとして途中で終わったのよね？」

「……そうだったのですね」

テントを新調したことを知らないで入った令嬢達はいつもとは違うテントに釘付け。柄が夜空のような模様にも見えて、外の暑さを忘れさせてくれる。

「えっ」

「うそっ」

「……どうするのでしょうか？」

不意にあまりよろしくないざわめきが波のように広がった。何が起きたのかと辺りを見渡すもすぐには気付かず、何度か周囲を見てようやくざわめきの正体がわかった。ダルトン令嬢が到着していたが、私や周囲の人間が見過ごしていたのだ。何故なら、彼女のドレスが隣国の生地で作られていたのである。そのため、テントの壁に同化してしまっていた。

彼女の周囲は誰も今回のドレスは「濃紺を避けるべき」と伝えていなかったようで、目が狼狽《うろた》えている。きっと誰かが伝えただろうと考え、誰も伝えていなかった……単純な伝達ミス。

王城からこの場所までは、正確な時間は分からないが馬車で一時間以上の距離にある。今から王城へ戻り、着替えてまた来るには時間が掛かりすぎるので得策とはいえない。予備のドレスもなければ、ここは森の中で、簡単に着替えを用意することは出来ない。多くの貴族を収容出来るテントの布を変えることも難しい……

どうすることも出来ず、誰もがダルトン令嬢のドレスを見て絶句している。私の後ろに控えているマリンなんて顔を真っ青にしていた。

ここで私がフォローをすれば嫌みに取られてしまうのは考えるまでもない。本人が冗談めかして触れる分には問題ないが、こちらから気安く触れることは出来ない。本人に任せるしかないのだが、当の本人であるダルトン令嬢は明らかに動揺している。

「これは一体どうしたらいいの……」

何もできないまま、誰もが気まずい雰囲気を醸《かも》し出していた。

「準備が整いました、皆様会場の方へご移動ください」

呼びに来た騎士に救われ、いち早くダルトン令嬢がテントから出ていき皆が大きく息を吐いた。今回の狩猟大会が前途多難であるのを確信した瞬間だった。

狩猟大会へ参加する男性達に今一度ルール説明がされ、男性達は真面目に聞いているが、私はダルトン令嬢のドレスで頭がいっぱいだった。

ダルトン令嬢は王子の恋人で、公認の仲。誰一人反対していないと思っていたが、実際は違うのかもしれない。王子の恋人であるダルトン令嬢を邪魔に感じて恥をかくように、ドレスにあの生地を勧めた可能性がある。

つらつらと考え事をしていると、いつの間にか狩猟大会の幕が上がり、男性達は森の中へと入って行く。私達は狩猟を終えた彼らが帰ってくるのを待つのだが、どこで待つのかを考えると自然と足が重く感じる。周囲の人間達もかなりゆっくりとした動きに見えた。

中に入ると、王妃選定の参加者には特別席が設けられ、貴族達を見渡せるような配置になっていた。決められた席へ行くと、既にダルトン令嬢は着席していて、ドレスがさほど目立つことはなく、安心して隣の席に着いた。とはいえ私から声をかけることは出来ない。

「ごきげんよう、ルルーシアン公爵令嬢」

「ご……きげんよう、ダルトン伯爵令嬢」

ダルトン令嬢に先に声をかけられ安心するも、挨拶が終わるとその後が続かない。気を抜くと彼女のドレスに目が落ちてしまいそうで、私は必死に視線を固定する。

「令嬢とは演奏会以来ですね」

「そうですね。素敵な香りの香水を頂き、ありがとうございます」

「まぁ、それは嬉しいです。付けていらっしゃらないのでお気に召していただけなかったのかと不安でした」

「いえ、残念ですが今日は狩猟大会でしたので控えました。機会があれば、その時は是非利用させていただきます」

「そうなのですね。私、令嬢が今日香水を着けてくださるのを楽しみにしておりましたのよ？」

「本日がパーティーやお茶会であれば身に付けたのですが、本日は流石に……いずれ使用させていただきます」

「本日ご一緒したかったので、本当に残念です」

「まぁ、そうだったのですか？　それは残ね……えっ？　もしかして、令嬢はその香水を今もお付けになって？」

　風邪によって私の鼻は調子が悪く、匂いは全く感じられない。王妃候補紹介パーティーで感じた令嬢や夫人達のむせ返るような香水の香りにも今日は鈍感だった。

「勿論です。グレンもこの香りが好きなのですよ？」

　ダルトン令嬢は花が綻ぶような笑顔だった。……グレン……ねぇ。令嬢は本当に恋人であるのを隠す気がないらしい。これはもしかしたら、マウントを取るってやつかもしれない。だが、今はそれどころではない。

「なんてことをっ、今日は狩猟大会ですよ？」

　私は彼女の行動が理解できず、声を荒げてしまう。

「まぁ、そんなに怒らないでください。グレンとは好みが似ていて話がよく合うのです。今回、王妃候補となったルルーシアン令嬢にも彼の好みを教えて差し上げようとしただけなのに……酷い」

私の突然の大声に過剰に怯えているように振舞うのは、私が令嬢に対して嫌がらせをしていると周囲へのアピールしているように見えなくもないが、今はそれどころではない。

「何をおっしゃっているのですか？　狩猟大会で香水なんて危険な行為、侍女の方達は誰も止めなかったのですか？」

「危険？」

ダルトン令嬢は香水の何が危険なのか全く分かっていない様子だ。私は前世の知識から知っていたが、もしかしてこの世界では常識ではないのだろうか？

「香水の原料は植物。花や果実、木の皮や根です。人間よりも動物の方が鼻はきくので、遠くにいてもその香りに引き寄せられ、蜂や熊が現れます」

「へっ？」

私の鬼気迫る説明にダルトン令嬢はそんなこと初めて聞いたという表情だった。辺りを見渡すとダルトン令嬢以外にも顔を青くしている令嬢がちらほらいる。

「香りを消すことは出来ないので、蜂や熊に遭遇した時の対処を話します。蜂は黒いものに近寄ってきます、一匹の時は刺激せずに屈んでゆっくり後ずさりして逃げてください。熊は絶対に背中を見せないでくださいね、襲われますから。走って逃げたら追いかけてきます、大声で威嚇も駄目です。視線を合わせずにゆっくりと後退するのが良いかと。最悪の場合、川で香りを消すことも頭に入れておいてくださいね。私は今から騎士の方にテントの周囲を厳重に警備してほしいとお願いしてきます。香水を着けている方はテント内に留まり、香りが外に漏れないようお願いします」

私とニクソン令嬢とアドリーヌ令嬢とモアノア令嬢の四人で騎士が待機している場を目指す。テントというより森の近辺を護衛していた騎士に経緯を伝え、テントの周辺を強化するよう伝えた。

戻るとテント内で人の群れが二つに別れていた。もちろん、香水を着けている人間と着けていない人間に、だ。香水を着けていない人間は匂いが移るのを避けたいのだろう。香水を着けている人間の方は、匂いが混ざりあい自分達でさえ鼻を覆っている者もいる。今だけは爵位関係なく香水を着けていない者か優位となり、香水を着けている者は顔を伏せ身を縮めていた。愛する人や気になる男性に良く見られたい、いい香りだと思ってもらいたいのは分かるが、時と場合を考えてほしい。

暫くすると狩猟を終えた男性達が帰ってきた。が、同時に獲物として襲われ逃げ惑っていた熊が、私達のテント近くまでやって来た。テントの向こうに熊の姿を見てしまった令嬢達は驚くも、先程の忠告が彼らにも届いていたのか静かに身を潜めている。私の独断で騎士をテント周辺に待機させたのが功を奏し、熊は速やかに駆除され被害者が出ることはなかった。それでも仕留める最中、熊も必死に抵抗し、偶然かもしれないが、香水を着けている者が集められていた場所が引き裂かれた。令嬢達の悲鳴が響いたのは言うまでもない。

問題はあったものの狩猟時間を終え結果発表となる。今回一番多くの獲物を仕留めた勝者は、グレンバルディオ王子だと発表された。貴族内で忖度があったのか、本当に彼が狩猟を得意とするのかは私には分からなかった。熊が貴族テント近くに来ていたことを知らされていない王子は、獲物をこの場で一番に贈りたい人物として恋人のダルトン令嬢を指名しており、かなり浮かれている。

狩猟大会で優勝した者の獲物を貰うのは名誉なことで、その女性はクイーンとして表彰され、今大会の優勝者とクイーンの名が刻まれる。何もなければダルトン令嬢は素直に喜べたかもしれないが、様々なことが重なり彼女はひきつった笑みを見せていた。本来では栄誉あるクイーンとなるはずだが、香水で熊を誘き寄せた女性の一人としても、強く記憶されてしまうことだろう。

そんな狩猟大会をなんとか終え、無事に帰宅する。色々あったせいか、気力、精神力が大分削られた一日となった。侍女達も疲れているはずなのに、私のお風呂の準備などをしてくれる。「私のことはいいよ」と言いたかったが素直に甘えてしまう。

紅茶を淹れてくれるジャネットがハーブティーを差し出す。お風呂から上がりハーブティーを頂けば、ベッドで休む頃には瞼が重く一気に疲労を感じ眠ってしまった。


狩猟大会を終えてから私の方はとても静かだが、使用人達はなんだか忙しない。わけを聞けば、「本日ダルトン令嬢がお茶会を開催しております」とのことだ。狩猟大会直後にお茶会だなんて、彼女は精力的に活動している模様。やはりこのくらい体力がないと、貴族を纏め上げる王妃は務まらないのだろう。

私は他人事のように彼らを眺めながら、いつものようにピアノの練習場へ向かう。途中でマリンの姿を目撃したが、彼女も忙しく駆け回っている。私専属でも人が足りなければダルトン令嬢のお茶会の準備をするようで、彼女が滞在している邸の方から走り去る姿は切羽詰まっているようにも見えた。ダルトン令嬢が開催しているお茶会はそれなりの規模のものなのだろう、私はお茶会など開催するつもりはないので、時間があるのであれば存分にダルトン令嬢の補佐に勤めてほしい。そして能力を認められたらダルトン令嬢が王妃となった時、厚待遇で迎えられてほしいと思う。

私は王妃にも王子妃にもなるつもりはないのでマリンを出世させることは不可能。出来ることは公爵家に戻った時、彼女も引き連れて行き公爵家の使用人として雇うくらいだ。それでも公爵家の使用人より、現在の王城の使用人のほうが肩書きは良いだろう。

王妃選定後、ダルトン令嬢にマリンのことをお願いしようと改めて思いながら練習場に到着し、私はピアノと向き合っていた。

私にとっては王妃選定よりピアノの方が大事。何曲も楽譜通り忠実に間違うことなく弾く練習を何度も繰り返す。

「私には何かが足りない……」

答えを求めるように無心に弾き続ける私は、ジャネットの声が掛かるまで練習を辞めることはなかった。

私が部屋に戻る頃にはダルトン令嬢のお茶会もお開きとなり、慌ただしさは消えていた。

それから数日も経てば王宮はすっかり静けさを取り戻した。気分転換に庭園を散歩しようとすれば、私を拒むように雨が振りだす。傘を差すほどではないが庭園を歩くのは躊躇《ためら》ってしまう。前世のように洗濯機がある世界ならまだしも、この国は全てが手洗い。それらの洗濯はどのように割り当てられているのか分からないが、私の身の回りでのことはマリンが責任者となっている。私は庭園の散歩を諦めて新たな楽譜を探すことに変え、図書室を目指すことにした。

「ル……ルーシアン公爵令嬢……」

声をかけられ振り返る。そこにいたのは先程まさに思い浮かべていたマリンだった。ダルトン令嬢のお茶会の日ぶりに会った彼女は、以前までの明るさが陰り少し疲れが見える。

「マリン……大丈夫？　少し顔色が悪いように見えるけど？」

「あっ、はい。大丈夫です」

無理して笑う姿が余計心配になる。

王宮であれば使用人も貴族階級の者がほとんどだ。平民のマリンでは何かと苦労するだろう。優秀でもそうでなくても嫌味を言われやすい立場のはずだ。特に今は確実に落ちることが決まっている王妃候補の使用人を割り当てられてしまっているから、私に不満がある人がマリンにそれをぶつけているかもしれない。

「私に出来ることがあればなんでも言ってね？」

「……はい」

そうは言ってみたが、彼女が王妃選定参加中の私に助けを求めるにはかなり時間をかけて覚悟を決めてからだろう。周囲から告げ口と捉えられ更に立場を悪くする可能性もある。

「あの……」

「ん？　なに？」

「ルルーシアン公爵令嬢は……ウィリッシュ侯爵のパーティーに参加されるのですよね？」

勝手に使用人の待遇について思いを馳せていたので、マリンの質問は予想外だった。そもそもパーティーがあることも知らなければ、ウィリッシュ侯爵という人物すら私は知らない。

「……どうかしら？　招待状が届いていないから考えもしていなかったわ」

「……きっとこれから送られるかと……」

なぜ平民のマリンが貴族のパーティーに詳しいのか、いや、そもそも「貴族の方といると気後《おく》れする」と言っていたから勝手にそう思っていたがマリンは平民ではないのか？　もしかしてウィリッシュ侯爵とやらの知り合いなのだろうかと彼女を凝視してしまい、マリンが俯く。端から見れば、ワガママ令嬢が使用人を叱責している姿に映っているだろう。暫くの間、私達の間に沈黙が流れる。

もしかして、先日のダルトン令嬢のお茶会で誰かに何かを聞いたか言われたかしたのだろうか。それで動かざるを得ない状況なのかもしれない。

「あの……もし、招待状が届いたら参加されるのですか？」

「ん～、どうかしら」

「……ウィリッシュ侯爵は王妃選定にとても重要な家門の一つと聞きました……参加された方が……」

しどろもどろに口にするマリン。恐らく、ダルトン令嬢のお茶会で何かあったのだろう。そして、言える範囲で私に情報を提供しているに違いない。

私としては王妃選定で選ばれたくないのでパーティーなどは遠慮したいのだが、そんな私の思いとは裏腹にマリンは一人敵陣へ乗り込み情報を持ってきてくれた。私の為に……そこまでしてくれたのだ。彼女の努力を無駄にするわけにはいかない。

「……招待状が来たら、前向きに検討するわ」

これが私の出来る精一杯の答えだった。

そして、予言……ではないが、後日、ウィリッシュ侯爵からパーティーの招待状が届いた。侍女に聞けば、こちらのパーティーは毎年開催されるもので、ご子息達の婚約者探しの為だとか。上二人は既にお相手がいるが、下二人がいないので毎年この時期にパーティーを開催しているそう。マリンが事前に知らせてくれていたので、念の為お父様にどんな人なのか手紙で聞いておいた。

「ウィリッシュ侯爵は常に中立の立場を保っている貴族だ。ルルーシアン公爵家とは長年友好関係、ダルトン伯爵とは面識はそれ程だが、王妃の実家とは事業の関係で深い交遊がある。近いうちウィリッシュ侯爵家のパーティーの招待状が届くだろうから欠席するのは得策ではない。むしろ、ウィリッシュ侯爵主催のパーティーで問題を起こす方が問題。侯爵を自身の力で味方に着けるのは王妃選定に有利となるはずだから頑張りなさい」

　情報と激励の言葉が届く。娘に甘いと思っていたが、慣例を重視する者として「自身の力で頑張りなさい」と私に有利になるような手配はしない公平性が、長年王宮からの信頼を得ているところなのだと思わせられた。人気の演奏家の演奏会や自身の演奏会など、積極的に動いてしまい、今回もウィリッシュ侯爵について尋ねたところを見て、お父様は私が王妃選定に前向きだと判断しているに違いない。あるいは、この機会に娘を見極めているのかもしれない。出来るなら避けたいところだったが、ますますパーティーの欠席が難しくなってしまった。


　ウィリッシュ侯爵のパーティーまであと数日となった日、両親からドレスが届いた。お父様への手紙から私が侯爵のパーティーに参加することを知ったお母様が新しいドレスを手配してくれたのだ。私としてはお披露目の時に着用したドレスでも構わなかったのだが、新たなものが送られてしまえば着ない方が勿体無い。侍女が私の部屋でドレスの最終チェックをしている間、私は庭園を散歩することにした。そこで偶然見かけたマリンは、何かあったのか爪を噛む仕草をしていた。

「マリン？」

「ルッ、ルルーシアン公爵令嬢っ」

私が声を掛けたことで驚いたのか、すぐに爪を噛むのをやめ、普段通りのマリンになる。

「何かあったの？」

「いっ、いえ、特に何もありません。普段通りです」

基本的に人に興味のない私でさえ気付いてしまうマリンの異変。それを隠そうとしているが隠しきれていない。私には言えないことなのだろう。

「そう？　何かあれば言ってね？」

　聞いたところで解決できそうにないことには深追いしない。興味本位で聞いても相手に不快感を与えるだけだ。前世でそれだけは嫌と言うほど学んでいる。

「はい……あの……先程荷物が運び込まれたように見えたのですか……何かあったのですか？」

「荷物？　あぁ、うん。ウィリッシュ侯爵のパーティーに着ていくドレスが届いて……そう、ウィリッシュ侯爵からパーティーの招待状が来たの。マリンの言ったとおりね」

「そうですか。良かったです」

「ねぇマリ……」

「お嬢様っ」

「ジャネット、どうしたの？」

　いつも不快なことがあっても優雅な振る舞いを崩さないジャネットが、私達の会話に割って入って来る。見慣れない慌てた様子に嫌な予感がした。

「ドレスの確認は終わりました。ですが、アドリーヌ子爵令嬢が家族から緊急の知らせを受け、子爵家に戻りました。また、騎士の方がニクソン令嬢とモアノア令嬢に話があるとのことです」

「緊急だなんて……アドリーヌ令嬢は平気なの？」

「はい、本人は大丈夫と……ですが、私の独断で、数日は子爵家で問題の解決に努めるよう言い含めました」

「そう……わかった。そのほうがいいわ。ニクソン令嬢とモアノア令嬢は部屋にいるなら、私も行った方が良いかしら？」

　騎士が動くということは、きっと例の手紙の件だろう。

「いえ。話はお二人にとのことで騎士の方に別室に案内され、部屋には今誰もおりません」

「そう……なのね」

　二人だけが呼ばれたという言葉が引っかかってしまった。もしかして、二人が犯人？　王宮に上がってからの知り合いだが、犯人であってほしくないと容疑者から外していた……きっと、ジャネットも騎士が二人を呼んだ時点で薄々何の話か気付いているはず……だから、こんなにも慌てて私に知らせに来たのだろう。

「……ドレスですが、箱に入れられていた為、多少のシワがございました。今は部屋でドレスのシワ伸ばしをしております」

「そっか……わかった。ありがとう……」

「お嬢様。この後は……ピアノの練習などどうでしょう？　それとも図書室で新たな楽譜など探しましょうか？」

ジャネットの提案は私が落ち込まないためだと分かる。

「……うん……ピアノ……練習しようかな……」

私が何も考えず無心になれるのはピアノしかない……

「では、私もご一緒させていただきます」

ジャネットは私を一人にするのが心配なようだ。お母さんみたい、と前世の母を思い出す。

「ありがとう……マリンは？」

「私はまだ仕事があります」

「そうよね……仕事があるのに引き留めちゃったわね」

「いえ。それでは、私はこれで失礼します」

私は宣言通りピアノの練習場へ向かい、マリンは急いで建物に入っていく。

騎士に呼ばれた二人が私に嫌がらせをした犯人だとは考えたくないが、頭から離れないでいる。

彼女達二人は私に嫌がらせをする為に侍女になったのか、誰かに雇われてお金の為に仕方なく犯行に及んだのか、それとも家族が人質に取られどうしようもなく？　最後であれば私も少しは救われる。

折角のピアノを前にしても中々弾く気にはなれず、ただ座っている状態だった。指が鍵盤に触れても音を発するだけで、曲を奏でることは出来ないでいる。

「はい」

突然ジャネットが誰かに返事をしたのが耳に入り、視線をピアノから外す。彼女が扉を開けるのを椅子に座ったまま眺めていると、扉の先には騎士がいた。その瞬間、なんの報告なのかわかってしまった。

「……やはり……そう……ですね。では……は今……わかりました」

騎士の声は聞こえず、ジャネットの返事も途切れ途切れなので予想して繋ぎ合わせるしかできなかった。真実は知りたいが予想通りであってほしくない……犯人を知りたいが知りたくない。だけど、ジャネットの「やはり」という言葉が頭から離れない。

集中できないままピアノ練習場を後にして、騎士に案内され自身の部屋に戻る。足どりは重く、ジャネットと会話することなく到着した。きっと、部屋に戻れば事件の話があるのだろう。そう思うと部屋に戻るのが憂鬱と感じてしまう。犯人は捕まってほしいし平穏な生活を送りたいと思っていたが、こんなに近い人間が犯人であってほしくなかった。私の知らない人であってほしかっ……

「あっ……」

部屋には、ドレスで隠れてはいたが家族の緊急事態として帰ったはずのアドリーヌ令嬢と、更には騎士に犯人として呼び出されていたはずのニクソン令嬢とモアノア令嬢までいた。

「ルルーシアン公爵令嬢にお伝えしなければならないことがあります」

混乱する私に騎士は淡々と告げる。「伝える」というのは犯人のことだよね？　だけど、部屋の雰囲気からしてニクソン令嬢達や、ましてやアドリーヌ令嬢が犯人のようには思えなかった。

「えっ？　あっ、はい、どうぞ」

「警告文の犯人を取り押さえました」

騎士からではなくニクソン令嬢から報告が上がる。申し訳ないが騎士に呼び出されたと聞いてから、私の頭の中で「容疑者として連行された」と変換されていた。なので、犯人はニクソン令嬢とモアノア令嬢なのだと覚悟していた。それなのに、容疑者から「犯人を取り押さえました」と報告され、理解が追い付かないでいる。

「犯人が？　え？」

「どうされました？」

「いえ……なんでもありません。どうぞ続けて……」

「はい。犯人はマリンでした」

「……マ……リン？」

　言葉の意味も、マリンが誰なのかも分かる。だけど、頭が理解していない……何故マリンが？

「先ほどジャネット様よりルルーシアン公爵令嬢に、私達が『部屋にいない』ことをお伝えしていただいたかと。ですが本当は、皆が騎士と共に隣の部屋で待機しておりました」

「ほぉ……」

　つまり、『部屋に誰もいない』のは本当だったが、いない理由が虚偽で、皆は隣の部屋にいた……ってこと？　なんのために？　そしてなぜマリンが犯人の名前として登場する？

「そこにマリンが侵入し、ルルーシアン公爵令嬢のドレスを引き裂く瞬間を目撃しました」

「……引き裂く？」

　何故マリンがそんなことをするのか理解できず、ドレスに視線を向ける。だが、部屋にあるドレスに損傷は見えない。何？　どういうこと？

「罠に使用したドレスは、別の物を用意しておりました」

「これ……が……」

隣の部屋から切り裂かれたドレスが運ばれ、言葉をなくした。袖が片方無く、上部と下部を繋いでいる部分は縫い目の部分が大きく開かれていた。まるで腕を裂き、そのまま腹部にナイフを突き刺されたような状態だ。とてつもなく深い恨みを感じる。

「私達が目撃し、現行犯で騎士に取り押さえられた際、三通目の手紙を所持しておりました。中身を確認したところ、二通の警告文と同一人物と判断できました。確認の為、審査官にも調査を依頼いたしますが、令嬢のドレス損害の犯人として今地下牢に投獄中です。これから騎士により聴取が行われます」

「……そう……なんだ……」

現行犯で取り押さえられたことでマリンが犯人であるのは確かで、犯人を取り押さえる為にこんな芝居までしてくれたみんなを疑っているわけではない。けど、どうしても信じられないでいる。

私の混乱を気遣い、令嬢三人は部屋を後にした。残された私はジャネットが淹れてくれた紅茶を眺め続ける。

「皆様お嬢様が心配で、今回のことを計画したようです」

「皆が私を？」

私と彼女達はそこまで親密になったとは思っていない。彼女達は、私が王妃候補となり、事件が発生したため、危険回避の為に審査官が条件に合う者を選んだに過ぎない。面倒な役割を押し付けられたに過ぎないのに、とても責任感が強い令嬢達なのだろうか。

「はい。互いを疑うときりがないため、前提として私達を除外し、それ以外の人物でお嬢様の行動を把握でき、候補者の部屋付近を歩いていても不審に思われない人物が怪しいと判断しました」

王宮内を自由に歩き回れる者は限られてはいるが少ない訳じゃない。使用人達や侍女、騎士に審査官だって犯人かもしれないのに……なぜマリンに絞ったのだろう。

「……よく……マリンが怪しいって分かったね？」

「いえ、犯人候補の一人というだけでした」

「だけど、マリンがいる時に……」

「いえ、私達は色々な場所で似たような話をしておりました」

「そうなの？」

「はい。あちら側の使用人がいる場所だったり、お嬢様の行動を把握出来る騎士訓練場の近くだったり、王子周辺だったり……私がお嬢様にお伝えしたタイミングがマリンの前だった、というだけです」

「す……凄いね……」

なんだか、ドラマみたい。犯人に罠を仕掛けたってことだよね？　しかも、さりげなく王子周辺って言った……？　確かに彼も十分怪しいが王族に罠を仕掛けるなんて……

「マリンも候補の一人ではありましたが、私達はてっきりダルトン令嬢陣営の……とにかくマリンだと断定していたわけではありません」

「そっか……私……いつの間にマリンに恨まれていたのだろう……」

呟いたところで、答えは返ってこなかった。

何か嫌なことが起きると安全な場所に立てこもるのは、前世から変わらない私の弱さだ。部屋から一歩も出ない私に、皆が心配した表情を向ける。

外を眺めれば雨が降っている。私が散歩できないのは雨が降っているからだ。部屋の空気がどんよりしているのも窓を開けて空気の入れ替えが出来ないから。気分が憂鬱なのも全て雨のせい。

この時期は雨が続くらしい。そんな日が何日も続くと部屋にいるのも息が詰まる。私が王宮内で行動出来る場所は図書室しかない。部屋から抜け出せなくなる前に、少しでも外に出ようと図書室に行く。こんな気分で楽譜を探しても気もそぞろで全く頭に入ってこない。無駄に時間が過ぎていくだけで気分転換も出来ていないのを認め、今の状態ではダメだと図書室を出る。

「あっ……」

部屋の前で待機する騎士を見て何の話か瞬時に理解した。

「ルルーシアン公爵令嬢、少々お時間をよろしいですか？」

「……はい」

戻ってきたばかりの私は騎士を部屋へ招き入れる。侍女が気をきかせて紅茶を差し出すが、彼は手で遮り「談笑に来たのではない」と示す。

「犯人がようやく自供を始めました」

騎士の「犯人」「自供」という言葉でマリンが犯人であるのが確定した。

「……はい」

「マクミリアンという名に聞き覚えはありますか？」

「……マクミリアン？」

マリンの動機を告げられる覚悟をしていたので、思わぬ質問に困惑する。騎士に告げられたマクミリアンという名前には全く聞き覚えがない。

「ご存じありませんか？」

「……はっ、はい……知らないか、思い出せません」

「マクミリアン・ローベル子爵令嬢です。記憶にありませんか？」

「……分……かりません」

正確に聞いても、私にはその名前の人物に心当たりがない。

マリンは犯人じゃない？　マクミリアンという人に雇われたか脅されたかして仕方なく犯行に及んだ？　直前に出会った彼女が挙動不審で落ち着きがなかったことを思い出す。そうだ、きっと、騎士の言うマクミリアンという人物による指示に違いない……

「マクミリアン・ローベルは王宮側が手配した令嬢付きの使用人です」

……使用人……私は一人しか知らない……だけど彼女の名前は……

「……マ……リン？」

「はい。王宮ではマリンと名乗っていたようですが、正式名称はマクミリアン・ローベルです。もう一度お伺いします。令嬢のことは記憶にありませんか？」

何故何度も聞かれるのか分からず、首を横に振った。

「マクミリアンの話では、二年前のパーティーでルルーシアン公爵令嬢のドレスを不注意で汚してしまったことで、婚約直前だった相手が『ルルーシアン公爵を敵に回した』と怯え捨てられたそうです。婚約の話が無くなったことで家でも社交界でも居づらくなり、王宮の使用人として名前を隠し働いていたところ、王妃選定で令嬢が候補に上がった為、当時のことを思い出し犯行に及んだことを自供しました。令嬢の王宮入りが延期になったのも、部屋を荒らせば入城が遅れ、待遇の悪さに気分を害した令嬢が問題を起こし候補から外れるのではないかと思ったと、マクミリアンが白状しました」

　これはヴァレリア・ルルーシアンの過去の行動が、今の私に降りかかってきたということになる。他人から見れば自業自得と思われるだろうが、過去の記憶のない私には反省も出来ないことだった。

「……そうですか」

「令嬢を出迎えた時、貴方が自分のことを覚えていなかったのが悔しかったそうです。彼女は一日たりとも忘れたことがなかったのに、令嬢は過去の出来事を忘れ王妃候補に名乗りをあげている。それが我慢できず何度も手紙を送ったと。貴方に危害を加えようとは思っていなかったが、怯える姿を見るだけで満足していたと話しています」

　騎士は淡々と真実を伝えているが、私に「反省しろ」と言いたげな表情を見せる。第三者からすれば、そのような反応にもなるだろう。

「……調査の上、報告まで、ありがとうございます」

　私は今後も過去のヴァレリアが恨みを買った人物に嫌がらせをされ、それを当然の報いと受け入れなければならないのだろうか……過去のヴァレリアは言動が過激なだけで嫌がらせ等はしていないと思っていたが、違ったのか……

「あの……少々よろしいでしょうか？」

　この重たい空気の中、声をあげたのはアドリーヌ令嬢だ。

「なんだ？」

騎士は私にだけでなく、私の侍女になってしまったアドリーヌ令嬢に対しても不躾な態度をとる。

騎士にとってはワガママで問題ばかり起こす私の世話をしている侍女さえ憎しみの対象のようだ。

彼女達は私が選んだのではなく審査官の人選によるものなのだから、そのあからさまな態度は私だけにしてほしい。

「二年前の事件ですが、私が目撃した印象とは少々違うかと」

「……どういうことだ？」

「ローベル子爵家はその……ドレスに疎《うと》いようで、令嬢もサイズの合わないドレスをお召しになっていました。あるパーティーで令嬢の不注意からルルーシアン公爵令嬢のドレスにワインを掛けてしまったのです。確かにルルーシアン令嬢はマクミリアン様に対し……多少感情的だったかもしれませんが、制裁を加えるような発言はありませんでした。その後、二人は主催者が予備として準備されていたドレスに着替え、ルルーシアン令嬢はパーティーを堪能し、マクミリアン様の方もパーティーに添った装いとなって、その日は無事にパーティーが終了したのを覚えています」

アドリーヌ令嬢は補足するように話すが、概《おおむ》ね騎士の話の通りの展開なので真意が分からない。

「マクミリアン様の婚約話が上がっていたのは周知の事実ですが、ローベル子爵の経営が傾き出したことで相手側は解消を考えていたそうです。あとくされなく解消する方法を考えあぐねていた時、令嬢がルルーシアン公爵令嬢に対し無礼を働いたため、利用したのです。パーティーに参加した者であればあの出来事は色濃く記憶に残り、当日参加していなかった貴族の耳にも入っていたので、婚約解消する理由として打ってつけだったのだと。相手は『公爵の報復を考え今回の婚約の話はなかったことにしてくれ』と話したそうです。マクミリアン様はその後パーティーやお茶会に参加することはありませんでしたから、相手の男性がすぐに男爵令嬢と婚約を発表したことを知らないのではありませんか？　聞けば二人は幼い頃からの仲だったとのこと、マクミリアン様とは爵位目当てで、ルルーシアン令嬢の一件は婚約解消するのに都合がよかったと笑い話のように語る姿は有名でしたから」

　その男に怒りがこみ上げる。爵位目当てで婚約を考えていたのは百歩譲って貴族だから仕方がないとはいえ、そこに本命の存在があったなんて……相手が不貞を犯したのに自身の失態による婚約解消とされたマクミリアンは可哀想だし、婚約解消したい理由に利用されたヴァレリアも可哀想だ。

「私も聞いたことがあります、その話」

　モアノア令嬢も賛同し、ニクソン令嬢も静かに頷き肯定する。

「事実を知らない逆恨みです。本気で公爵家が経営難の子爵家に抗議をすれば、ローベル家は今頃貴族ではなくなっているでしょうから」

　その言葉にローベル家がまだ貴族として存在していることを確信し、安堵する。

「……では、男に騙されていると知らず、婚約話が解消になったきっかけの令嬢への恨みから嫌がらせに走った、ということか？」

　目の前の騎士は初めて耳にする話らしい。

　王宮の騎士がパーティーに参加するのは護衛という立場が多いだろう。そうなると噂に疎《うと》くなるのは仕方がないのかもしれない。本来公平性を保つ騎士であれば噂に左右されない判断を求められるので噂に疎《うと》くても問題ない。だが、今回は調査中に入手した噂に翻弄されたことになる。自分の足で手に入れた情報が中途半端だったとは思いたくないのだろう。

「そうだと思いますよ？」

「……その辺も再調査しよう」

騎士はアドリーヌ令嬢の言葉を受け止め、再調査を約束した。

悪い噂のある私に対して失礼な態度の人だと感じたが、噂に振り回されただけで、本人としては真面目に仕事をしているのかもしれない。彼に対して第一印象で判断してしまったことを心の中で謝罪する。

「えぇ、それと令嬢にも真実を伝えないとルルーシアン公爵令嬢を今後も恨み続けますよ？」

モアノア令嬢の指摘に私も同意する。

聞く限り濁してはくれたが、ヴァレリアはワインを掛けられかなり憤慨したのだろう。マリン……マクミリアンはパーティー会場で周囲の目がある中、公爵令嬢に激怒され恥をかいた。それだけでなく婚約話もなくなった悲しみや怒りをぶつけるため、私が使用する部屋に八つ当たりし脅迫の手紙を残し、そしてドレスに復讐した。マクミリアンに真実を伝えたところで彼女の悲しみはより倍増することも考えられるが、このまま彼女が何も知らず私が悪者として恨まれ続けた時、脅迫文やドレスの破損以上のことをされる可能性もある。彼女としては婚約を考えていた男性に裏切られていたと知るよりワガママ令嬢が原因なのだと恨み続けていた方が心は楽なのかもしれない。だけど、私はそこまでお人好しにはなれない。

「……あぁ。真実をマクミリアンにも報告する」

「……あの、報告ということは王族の方は今回の件はご存じなのですか？」

ニクソン令嬢が騎士に質問する。

「……審査官には報告を行っております」

「では、王子も当然報告が上がっているのですよね？」

二回目の警告文が届いた際、「お時間をとって頂きたい」と侍女を通して願うも叶わず、今回はドレスが被害となった。今回で犯人は捕まったが、もし捕まらなかったらいずれ人に危害を加えていたかもしれない。そうなってからでは遅いので、犯人候補を絞るために王子の反応を直接確かめておきたかった。結局犯人は王子と恋人は無関係だったが、こんな事件が起きても王子は未だに我関せずを貫くつもりなのかもしれない。邪魔な王妃選定候補がどうなっても気にしない、むしろしっかり脅迫して王宮から追い出してほしかったのかもしれない。

「……私の方から直接王子に報告致しましょうか？」

騎士すらも空気を呼んで発言するほど、王子の私への対応は無関心にも程があるようだ。というより、自作自演でないことが確定した上に、逆恨みで狙われた令嬢という立場となったため、心配されているのかもしれない。

「そこまでする必要はございません」

「いいのですか？」

「はい、わざわざ直接報告する必要はないと思います。既に審査官の方が動いてくださっていると思いますので、騎士の方にお願いしてしまえば、私が審査官を信じていないことになります。それよりも……マリ……彼女のことは公表されるのですか？」

「はい。使用人に任命される前から王妃候補の部屋に侵入し損害を加えたのですから公表し処罰が下されるはずです」

「……公表を避けることは出来ませんでしょうか」

「そ……れは、何故でしょう？」

私の提案に、騎士は理解できないといった表情を見せる。

「これ以上彼女を追い詰めたくありません。過去の私の行きすぎた行動が彼女を不幸にした原因の一つですから。このような話題で貴族社会に彼女を蘇らせるのを望みません」

不名誉なことで彼女の名前を広めたくない……これが私に出来る唯一の償いだ。

「……分かりました。そのことも報告しておきます」

そうして騎士は去って行った。これで警告文事件は解決された……と思いたい。


数日経ち、審査官が報告に現れた。マクミリアンの処分が決定されたのだ。彼女は王宮の使用人を解雇されてローベル子爵家に戻り、私へは多額の慰謝料が支払われることになった。ローベル子爵は爵位を返納して慰謝料を捻出、彼女の貴族籍は抹消され修道院に入ることが決定した。マクミリアンは完全に貴族でなくなったということだ。

今回のことは、国王には既に報告済みで王子の方は報告書を提出済とのこと。

「……彼女の様子はどうでした？」

「当時の婚約者の真実を伝えたところ『そんなの嘘よ』『全部あの女が悪いのよ』と全く信じることはなく受け入れませんでしたが、それも時間が解決するでしょう」

「……そうですか」

今更婚約者の裏切りを知らされても辛いだけだろう。

「それと、王子にも今回の件について把握すべきと判断し、口頭での詳細は伝えておりませんが、報告書は提出しております。最近各領地で災害の被害が報告され、両候補者との時間を確保できずにいる状態ではありますが、令嬢の元を一度訪れるよう進言はしております」

　恋愛を優先し私との時間より恋人との時間を取っているのだとばかり思っていたが、王族としての仕事を優先していたらしい。審査官の発言が真実かどうか確かめる方法は私にはないが、事件の被害者である候補者に対して審査官が嘘を伝えるとは思いたくない。更に言えば、この審査官は候補者お披露目で「公平に審査される」と発言した者だ。そんな人物が王子の逢瀬を隠す為に王妃選定に参加中の公爵令嬢に嘘を報告するとは考えたくない。警告文の犯人が捕まったばかりだというのに、審査官まで候補者の一方を優遇していたなんて知りたくないもの。

「そうなのですね。まだお見えにはなってないですね」

「そうですか。私から、もう一度伝えておきましょう」

　審査官が呆れた表情に見えたのは私の見間違いだろうか？

「……いいえ、それは結構です。王子はお忙しく私になど興味はないでしょうから、時間を無駄にさせるわけにはいきません」

　私の提案に審査官は驚いた表情を見せる。やはり私は「王子が好き」もしくは「王妃になりたい」との思いから候補者に名乗りを上げたと思われているらしい……いや、王妃選定に参加しているのだから、王子か王妃の座目当てなのが一般的で、どちらにも興味のない私がここでは異質なのかもしれない。

「……本当によろしいのですか？」

「はい」

それ以上は言わず、審査官は仕事を終え去っていく。

色んなことがありすぎて、不安なままウィリッシュ侯爵のパーティーに参加することになった。

今の私はパーティーに参加する気分ではなかったが、既に出席の返事を出している為参加せざるを得ない。

ウィリッシュ侯爵のパーティーは伯爵家以上の者しか参加資格がない為にジャネットだけでなくアドリーヌ令嬢やモアノア令嬢の姿もない。伯爵令嬢であるニクソン令嬢にも招待状は届いているようだが、婚約者不在の彼女は真剣にこのパーティーに臨んでいるので邪魔は良くないと別行動。なので、私は一人参加である。他のパーティーであればエスコートなしでの参加は目立つものだが、今日のパーティーのテーマは侯爵令息の婚約者探しなので、皆婚約者はいませんと宣言するためにエスコートなしでの参加だ。だからと言って女性しか参加していないわけではなく、婚約者のいない男性も多く参加している。いわば、侯爵家主催で行われるお見合いパーティーだ。

ウィリッシュ侯爵は優秀な家門であり差別主義ではないが、今回のパーティーはご子息の婚約者を見極める為なので、数多いる貴族をまず爵位で振るいにかけている。後は人脈や社交性、本人の魅力に当人同士の最低限の相性などを見極めている。王妃候補に名乗りをあげている私には関係な……くはないかもしれない。私は王妃になるつもりがないから婚約者がいないも同然。王妃選定に参加しているとはいえ、相手は王子の恋人なので結果は決まっている。端から私に可能性はないし私も興味がない。なら、私も相手を探すには丁度良いのかもしれない……パーティーに参加するのに理由をつけているが、内心はそんな気分にはなれない。

「あら、ルルーシアン公爵令嬢ではありませんか？」

女性に名前を呼ばれ振り向けば、数人の令嬢と共にダルトン令嬢が微笑んでいた。

なぜ彼女がここに？　王子という恋人がいるのにこのパーティーに参加って……って、ここは別に婚活パーティーじゃなかった。婚約者がいない者が大半だが、表向きは侯爵家のパーティ、婚約者のいる者もパートナーと共に参加している。

「ダルトン伯爵令嬢もいらしていたのですね」

「はい」

笑顔で会話するも、人付き合いが苦手な私にはこれだけで重労働だ。

「ルルーシアン令嬢の演奏会、素敵でした」

「ありがとうございます」

「素晴らしい演奏でしたが、ピアノが弾けるなんて知りませんでした。いつからピアノを？」

「以前から興味はあったのですが、本格的には王宮に上がってからです」

話すのは苦手だが、ピアノに関してなら会話が続く。

「……まぁ、二ヶ月ほどで？」

「あぁ……はい」

笑顔がぎこちなくなってしまう。以前からそうだが、この話題だけ素直に頷けない。

二ヶ月の練習であんなに弾ける才能を私は持っていない。あれは十五年の成果だ。

「そうなのですね……では、あちらのピアノで弾いていただけませんか？」

「えっ？」

突然のダルトン令嬢の提案に身構えてしまう。私の演奏が聴きたくて弾いてほしいという割には、ダルトン令嬢は鋭い目付きだ。

「いえ、私の席からルルーシアン令嬢が弾くのが見えなかったもので……」

あっ、ピアノ位置を変えてしまったから見えなかったか。

私が客席の反応を見たいが為に変更したのだが、お客さんからしたら私が見えなくなっていた……自分を優先してしまった結果だ。先生の演奏時に自分優先の考えを改めなければいけないと学んだというのに。

「そうでしたか……」

見る側は完璧な演奏が聴ければ満足だろうと思い込んで、人がそこまで手元に興味があると知らなかった。そういう思い込みも私の成長の妨《さまた》げになっていたのかもしれない。

「私はあのような噂を信じてはおりませんが、弾いているところが見えなかったというのは事実ですから」

ここまで言われてようやく、ダルトン令嬢の言いたいことが薄々私にも伝わった。

「……それは……私が、弾いていないと言いたいのですか？」

まさか、そのことを疑っていて確認しに来たのだろうか？　多くの令嬢を引き連れて……これではどちらが悪役なのか分からない。わざわざ私に話しかけてきたのはこれが目的？

「あの日、突然ピアノの位置を強引に変更し、幕の裏にはピアノとカシューベルバ様が待機していたと噂になっております。私は否定しておりますが、実際にはルルーシアン令嬢は弾いてないのでは？　と囁かれているのは確かです。私はそのような噂をたてられ悔しくてたまりません」

「私はダルトン令嬢が信じてくだされば十分です」

ダルトン令嬢の追及に笑顔で対抗する。

こんな形でピアノを弾きたくないし、今はそんな気分でもない。

「それではルルーシアン令嬢の潔白が証明されません。信じていない方達に見せつけるべきです」

「ピアノは見せつける為に弾いているのではありません」

「それでも弾くべきです」

ダルトン令嬢は引き下がらない。正義感からなのかもしれないが、彼女が一番私を疑っているように聞こえてならない。

「では、ここにいる皆様にお聞きします。あの日、私が弾いていないと思う方は挙手していただけますか？」

拍手であれば前の人に隠れてすることは出来るが、挙手は相手に把握される可能性がある。匿名であれば糾弾できても、実名だと躊躇《ためら》うのが世の常だ。相手が公爵家のワガママ令嬢であれば、面倒ごとを避けるべく挙手はしない……というより、できないだろう。

案の定、公爵家を敵に回してまで手を挙げる者はいなかった。

「ここにいる方達は私を信じてくれているようですので、弾く必要はありませんね」

ダルトン令嬢は不満そうに顔を顰《しか》めていた。皆の代弁者のように語るが、実際は皆を利用して私を辱《はずかし》めたいのだ。

マクミリアンのこともあり、今はかなり心が荒《すさ》んでいる実感がある。それも相まって今の私にはダルトン令嬢を噂通りの「心優しい令嬢」とは思えない。私を陥れ蹴落としたいのだとすら思ってしまう。王妃選定に興味はないが、このモヤモヤを誰彼構わずぶつけてしまいたい。ピアノが絡むとどうしても熱が入り、怒りを覚えてしまうのだ。

「皆さん、手を挙げるのを躊躇《ためら》っているだけです」

「ダルトン令嬢はなんとしでも私がピアノを弾けないことにしたいのですね」

「違います。私はここにいる皆さんの疑惑を晴らすべく、弾くのが令嬢の名誉になると思ったのです」

先程までの笑顔は完全に消え、声も荒らげ始める。こんな状況では益々弾きたくなくなる。

「名誉……では、私があの日と同じ曲を弾けた時、皆さんはどのように謝罪するのです？　公爵令嬢の能力を疑い偽物と噂していたのですよね？　『申し訳ありませんでした』では、すみませんよ？これは正式な選定項目ではありませんので、公爵家に正式に謝罪するのですよね？」

私が公爵家の名を出せば、数名が視線を逸らし、顔を伏せる者までいた。やはり疑いはしているが公爵家を敵に回したくないのだろう。

「えぇ、構いませんわ。それに、そちらの使用人の話ではルルーシアン令嬢は練習風景さえ誰にも見せなかったと聞きましたよ」

使用人とはマリ……マクミリアンのことを言っているのだろうか？　ダルトン令嬢はマクシミリアンと通じていたのか？　もしかして、マクミリアンの独断という判決がくだった一連の事件は、ダルトン令嬢が唆《そそのか》していたのだろうか。

どちらにせよ、ただでさえ対立候補の使用人と仲良くしていれば良からぬ噂が出てしまう上、マクミリアンが投獄された今、彼女との関係を口にすることは得策と言えないのに、何を考えているのだろう？　興奮のあまり口が滑ってしまったのだろうか？

「練習……そうですか。ダルトン令嬢は私付きの使用人とも大変仲がよろしいのね」

「令嬢の行動は目立ちますからね。演奏会が近いというのに周囲の者にも隠し通す姿は、使用人同士の噂から広まり私のところにも疑惑として届いておりました。そのような噂は信じたくはありませんでしたが、手元が見えなかったのは事実。もし令嬢が、王妃選定中に人を騙すような行為をなさるのなら、戒められるのは候補者である私だけですから」

「……そうですか。ダルトン令嬢の話では、ここにいる皆さんも私を疑っているということでお間違いないでしょうか？」

　私はダルトン令嬢の隣に控える令嬢を見つめた。

「……わ……私は……」

　私と目があった彼女は口ごもり、ダルトン令嬢を窺う。その行動で、ここまでの流れが仕組まれていたのだと判断出来る。そういえば、今回のウィリッシュ侯爵のパーティーに参加した方が良いと進めたのはマクミリアンだった。

「いいのですよ、ノバルシュ侯爵令嬢。思っていることを話してください」

　ダルトン令嬢はノバルシュ令嬢を優しく肩を抱き、令嬢を心配しつつ自分の望みの言葉を引き出そうとする。笑みを浮かべているが、ダルトン令嬢の目は鋭く「私が付いているから、あなたは思ったことを口にして」と圧を掛けているようだった。

「……はぃ。私も数ヵ月であそこまで弾けるとは思えませんし……手元が見えなかったのは……その……事実です」

控えめに口にするが、要するに「ルルーシアン令嬢が弾けるわけがない」ということだ。

「そうですか……私がピアノを弾き、疑いが晴れたら、ノバルシュ？　侯爵家として謝罪なさるのですよね？」

せめてもの仕返しに、「私、貴方の名前もよく知らないわ」と強調して尋ねた。

「あっ……それは……」

「大丈夫ですよ」

困惑するノバルシュ侯爵令嬢をダルトン令嬢が安心させるように言うが、私からすれば何が大丈夫なのか聞きたいほどだ。先ほどまで私の無実を訴えていたのに、今では比喩でもなく疑う方の肩を持っていると自覚しているのだろうか？

「分かりました。そこまでおっしゃるなら、私もハッキリさせたいので、皆さん移動していただけますか？」

私達のやり取りを面白い余興のように見ていた人達と一緒に、ピアノが置かれている場所まで移動する。パーティーに参加している殆どの人が、私達の騒動に気が付いている。

「では、ルルーシアン令嬢、弾いてくださる？」

場を仕切っているのは、皆から聖女のごとくと言われているダルトン令嬢。だが、今の彼女の姿は悪女そのものだ。

「えぇ。……あぁ、そうだ」

一度座るも立ち上がる。私が弾けないと思っている人達は、時間稼ぎしているように見えているだろう。

「何です？」

ダルトン令嬢も、今の私の行動で完全に自分の考えが正しいのだと確信したのだろう、余裕の表情を見せた。

「あの時の狩猟大会のように、私が弾けると思う方は入り口側に、弾けないと思う方はホール側に移動していただけます？」

「……えぇ、構いませんよ」

私の提案をダルトン令嬢は受け入れるも、私が弾けた時の公爵家への謝罪を考え多くの者が移動を躊躇《ためら》っている。

「それでは香水を着けている方は……っと、間違いました。私が弾けると思う方は入り口側へ、そうでない方はホール側へどうぞ」

私がわざと狩猟大会の時の香水事件を思い出させるように言えば、ダルトン令嬢は私を睨みつける。ダルトン令嬢が先陣を切り移動すれば、ゆっくりと周囲の者も移動を始めた。一人二人と弾けない側に動くと、最終的に大半の者が私を弾けないと思っていたことが判明した。

「ルルーシアン令嬢？　弾けた場合には私達は謝罪致しますが、弾けなかった場合ルルーシアン令嬢は何をしてくださるのかしら？」

既に勝てると思っているダルトン令嬢は、堂々と弾けない側の先頭に立っていた。

「そうですね……あの日は寄付金を募る為に開催したので、寄付されたお金は全額皆さんにお返しいたします」

「えぇ、ではそれで決まりですね。ピアノ、弾いてくださる？」

条件が確定されると、ダルトン令嬢は勝ち誇った顔でピアノをトントンと触る。長い爪が鍵盤にあたっているのに何も感じていない姿に、それくらいで傷つかないと分かっていても「そんな手でピアノに触るな」と言いたくなった。

私は目を閉じ、不愉快な気持ちを自身から排除してピアノと向き合う。この状況は不本意だが、ピアノを弾くこと自体は大好きなのだ、それこそあの演奏会で思い出した。

ゆっくりと鍵盤に手を添える。演奏会で弾いた曲を、楽譜なしで弾き始める。一小節を弾いただけで会場内はざわめき、「ざまぁみろ」と思ってしまうが、そんな醜い感情でピアノを汚したくない。あの日よりも更に正確に美しく曲を奏でる。首を痛めていないだけでこんなにも滑らかに弾けることを実感し、今度からは寝違えないように気を付けようと誓う。

ピアノを弾いていると気分も変わる。私の中から負の感情が抜けていき、穏やかな気持ちで何曲も弾き続けた。やっぱり、私はピアノが好きだった。

「……このくらいでどうでしょうか？　まだ、弾いた方がよろしい？」

数曲弾き終え、ピアノから、戦場に戻る。

冷静に私がダルトン令嬢に尋ねれば、彼女は拳を強く握っていた。

「……弾けたのですね。わ……私は……令嬢を信じておりましたわ」

「そちら側に立っておきながらですか？」

言葉に詰まる令嬢、そして彼女の後ろにいる人達に畳みかける。

「そちら側に立っている方達には正式に抗議させていただきますね、公爵家として」

優しく微笑みながら伝えると、顔色を悪くし震えている者が確認出来た。

「それから、ダルトン令嬢に言いたいことがあるのですが、よろしいかしら？」

「……なっ、何でしょうか？」

一気に立場が逆転し、ダルトン令嬢の声は震えだす。

「練習についてです。ダルトン令嬢は私が練習風景を誰にも見せていないことを不審に思ったようですが、私は練習風景を他人に見せるものではないと思っています。もっと言えば、私達は結果を求められるもので、どんなに一生懸命練習した過程を見せたところで、結果が伴わなければ意味がない、と」

一生懸命努力するだけでいいのなら、前世の私は音大に落ちなかった。努力する姿を見せることこそが重要なら、演奏会の寄付金はあんなにも集まらなかった。

記憶が戻って浅い私に貴族の何たるかを語るのはまだ早いかもしれないが、社会を動かす側になるというのは、そういうことだ。

「私達は領民を束ねる立場にあります。一生懸命問題と向き合いましたが解決できませんでした、では領民は納得されませんよ。それが分からないのであれば、ダルトン令嬢に貴族を束ねるのは難しいのではありませんか？　努力していれば褒められるのは、子供のうちだけですよ？」

「……っ……そう、ですね……」

「ダルトン令嬢は今まで何をされてきましたか？」

「何を？」

「王宮に上がり、王妃選定に参加したからには、私は私なりにこの国の状況と向き合おうと決意しました。私個人に秀でた能力や人脈があるわけではありませんから、せめてお金で解決出来るもの

はないかと、寄付金を集めたのです。しかし、私は私のことに夢中になりすぎてしまい、ダルトン令嬢が何を成し遂げたのか存じ上げません。情報不足な私に教えていただけますか？　王宮に上がってからの三ヶ月、ダルトン令嬢が何をなさっていたのかを」

　私からこんな質問をされるとは思っていなかったのか、ダルトン令嬢は瞬きが多くなり口をパクパクさせていた。

「わ……私が……成し遂げた……こと……は……」

「えぇ、王妃選定とは王妃に相応《ふさわ》しいのかを選定するもの、後日課題も出るでしょうが、何もしていない方に追加の評価は入りませんよ？　私の成功や失敗は私の評価であって、令嬢に繋がることはありません。課題が出ていない今この期間は、候補者が何に興味があり、それに対してどうアプローチするのかを見極められているのでは？」

「……そう……ですね。私もそう思います」

　令嬢は顔を引き攣《つ》らせた。そんなこと一切考えていなかったというのが見て取れる。何もしなくても自身の立場は揺るがない、むしろ私が自滅すると考えていたのだろう。

「それで？　この三ヶ月間ダルトン令嬢は何をなさったのです？」

　私が詰め寄ると、ダルトン令嬢はみるみる香水の時を思わせる表情になっていく。そういえば、今日の彼女からはあまり香水の香りがしない。

「……私は……ルルーシアン令嬢と同じことを考えていましたが、先を越されてしまいましたわ」

『何も動かなかったのには理由があり、今は別のことを考え中』と言うつもりだろう。その爪で演奏会を？　それもピアノを？　笑わせるなと言いたい。

「そうなのですね。ではどうぞ、ここにピアノがありますので弾いてみてはいかがです？」

私はピアノを令嬢に譲った。

「えっ、あの……私は……ピアノではないのです」

「そうなのですね、ではどの楽器ですか？」

私は周囲を見渡した。

この世界には録音などの設備は存在しないので、パーティーでのダンスは常に演奏家が呼ばれ生演奏である。なので、本日も当然演奏家がおり、ある程度の楽器であれば拝借することが出来るのだ。

「……当日までの秘密だったので……」

「では、演奏会をなさるのですね。来週ではどうですか？　準備は会場くらいですよね？」

苦し紛れの言い訳だと見て取れたので、逃がさない為にもこちらで日時を決める段階に持ち込ませてもらう。

「えっ、あっ……来週はちょっと……」

「では、再来週ですね。ダルトン令嬢の演奏、楽しみにしております」

敢えて一度無理な日程を組んで断らせ、二度目は断り難いだろうと強引に迫る。

「……えぇ」

狙い通り逃げることが出来なくなったダルトン令嬢は、分かりやすく引き攣《つ》ったような笑みを見せる。

なんとか切り抜けたが、ダルトン令嬢は私を陥《おとしい》れたかったのだろう。自身の立場を盤石なものにしたかったのかもしれないが、どうしてそこまでするのか私には分からない。ワガママで王子に一切見向きもされない令嬢をライバル視する必要はないのに。

やはり公爵家というのが大きいのだろうか。慣例を重んじる父、いや、公爵の姿を知らなければ娘の如何なるワガママも許してしまう親に映っているのかもしれない。そんなことはない、わざわざ自分の価値を下げるようなことはしなくても、選ばれるのは私ではなく貴女だと言ってあげたい。

緊張から喉が渇き、オレンジジュースを頂く。この世界では、私の年齢でお酒は許されているのだが、前世の記憶が色濃いので飲まないでいる。

「ルルーシアン公爵令嬢はこれから大変ですよね？」

あんなやり取りの直後なので、再びダルトン令嬢から話しかけられるとは思わなかった。

「……何のことでしょうか？」

「使用人の方が、突然辞めてしまったと聞きました」

「そうですね」

マクミリアンのことだろう、彼女が辞めたことは確かなので否定はしない。辞めた理由はここでは話すつもりはない。

「それはどうしてなのかしら……あっ、すみません」

ダルトン令嬢との会話に別の令嬢が口を挟んだが、明らかにダルトン令嬢の友人的立ち位置だ。……まさか彼女達は、まだ何か企んでいたりするのだろうか？

「ルルーシアン公爵令嬢は大変厳しく、不手際があると何度も呼び出し、仕事にも差し支えがある程激怒すると聞きました。令嬢が叱責し彼女が泣く姿を目撃したと聞きます。あまりの辛さに王宮を去り療養中だとか」

「……えぇ」

もしかして、マクシミリアンと親しいわけではなく、本当に噂話を信じ私に詰め寄っている？

先程の仕返しで？

確かにマクミリアンは王宮を去った。だけど、そう決断を下したのは審査官で、王宮を去って頂かないといけない理由がある。過去の私の言動も関係しているため、今回のマクミリアンの犯行の詳細を口にするのには躊躇《ためら》いがある。ただでさえかつて社交界で笑いものにされていたのだ、彼女のイメージをこれ以上汚したくなかった。

そんなことを考えていると、肯定も否定もせずにいたからだろうか、皆がダルトン令嬢の話を信じて、悪女でも見るかのような目つきで私を見る。

「苦しんでいる彼女を何度か目撃したと侍女達が心配するもので、つい私のお茶会の補佐にお呼びしたのです。私に何か出来ればと思ったのですが……あの方は令嬢が恐ろしかったようで、令嬢との間にあったことを少ししか教えてもらえず、私もそれ以上何も出来ずにいたのを後悔していますわ」

間違いない、ダルトン令嬢はマクミリアンが騎士に現行犯で捕まったのを知らない。

でなければ、こんなに堂々と言えるはずがない。

「……ダルトン令嬢、王宮内でのことを軽はずみに話すのは宜しくないのではないですか？」

「そうですわね、だけど彼女のことを思うと……」

ダルトン令嬢は『悪女がなんの罪もない使用人を追い出したことに心を痛める優しい私』を演出

したいのだろう。周囲も、ダルトン令嬢にうっとりしている。私としては、真実を明らかにすればマクミリアンの名誉が傷つくのでやめてほしいとやんわり訴えているのだが、聖人ぶる彼女は止めようとしない。

普段ならそれでも飲み込んでいたが、残念ながら今日の私は虫の居所が悪かった。

「ダルトン令嬢はご存じないかもしれませんが、その方は騎士による調査が入り審査官の処罰を受けたのです。ですので、私の口からは何も言うことはありません」

「調査？　処罰？」

やはり、マクミリアンの犯行全てを把握しているわけではなさそうだ。

「ダルトン令嬢、私付きの使用人の話は、そもそも一体どこからお聞きになったのですか？」

「侍女ですが……」

「その方のお名前を伺っても？」

「それは、私の口からはお教えできません。その侍女の名前を聞いてどうなさるおつもりですか？公爵令嬢だからといって、私の侍女に何か危害を加えれば容赦しませんよ？」

ダルトン令嬢は、自身の侍女が公爵家のワガママ令嬢に嫌がらせを受けると本気で思い正義感を発揮している。大袈裟にも思えるダルトン令嬢の振る舞いは、事実を知らなければ、観劇でよくある悪魔に立ち向かう聖女のように見えただろう。

「ダルトン令嬢は容疑者を庇うのですね？」

「容疑者？　何のことですか？」

ダルトン令嬢は私に送られた手紙やドレスが切り裂かれた事件については知らないらしい。

「騎士と審査官にお任せしているので私から詳しくは話せませんが、私はとある事件の被害者となり、容疑者の使用人が取り調べを受けました。公表を控えるように指示したのは私です。そのような使用人と親しくし、直前にお話までなさっていたのですね、私に関する話を。捜査を引き受けてくださった騎士の方に報告させていただきますわ」

「えっ？　何のことですか？　私は何にも知りませんし関係ありません」

「後日、騎士が事情を聞きに伺うと思いますので、その時そう仰ってください」

混乱するダルトン令嬢に詳しく教えることはなく、私は笑顔で遮断した。私を追求するつもりでいたダルトン令嬢の友人達も、思っていた話の流れではなく明らかに困惑している様子だ。

「ダルトン令嬢」

「……なっ、なんです？」

　ダルトン令嬢からは動揺が見て取れる。

「令嬢は少し噂を鵜呑みにしすぎではありませんか？　先程のピアノの件もですが、確かな証拠もないのに噂に振り回されきちんと調査することなく相手を侮辱し断罪する。私は令嬢が王妃に相応《ふさわ》しいのか疑問に思います」

「ルルーシアン令嬢は、ご自身こそ王妃に相応《ふさわ》しいと言いたいのかしら？」

「いいえ、私は国民の一人として、ダルトン令嬢が次期王妃に相応《ふさわ》しいのか疑問だと感じただけです。私自身、王妃の座には興味がありませんもの」

「なっ、興味がないですって？　それこそ王室を侮辱しているのでは!?」

「侮辱しているのは令嬢です。分かりませんか？」

「……分かりませんわ」

本当に分からないのか。それなら、王宮に上がってから味わった屈辱をぶちまけてやる。

「王子の婚約者は慣例により王妃選定で決定されます。候補は世継ぎのことも考え王子と年齢の見合う伯爵家以上の令嬢。候補人数は最大五名の参加が認められている……というのはご存じですか？」

「勿論」

ダルトン令嬢は、そんなことは知っているという表情だ。

「では何故私だけしか名乗りあげなかったのか、考えたことはありますか？」

「へ？　それは……」

いくら時間を使ってもダルトン令嬢は応えなかった。

正直に「私と王子が恋人だから」と言わないのは、自分達もどこか後ろめたさがあったのだろうか。周囲に気付かせたいが堂々とすることは出来ない。だが、二人の行動の効果は絶大だった。結局、王妃候補に名乗りを挙げたのは、私だけなのだから……

「二人が恋人であるのを隠していないからです」

私がそう言うとダルトン令嬢は目を見開いた。あれだけ堂々として私が気付かないと思っていたのか？

彼女の反応を見つつ私は続ける。

「誰も恋人達を引き裂く悪者にはなりたくありませんもの。そもそも、候補は五名までとなっているのは、落ちた時の不名誉が分散させるため。ですが、今回立候補すれば、悪役扱いされ、今後の婚姻にも支障を来《きた》すかもしれない、それが分かっているから多くの令嬢達が王妃選定に立候補しなかったのです」

「……それの……何が問題だと？」

ダルトン令嬢は、皆が遠慮して立候補しなかったことによる問題を本気で理解していない様子だ。

「王妃候補者を競わせ、どの令嬢が相応《ふさわ》しいのかを見極めるために王妃選定が行われています。この慣例が過去に覆されたのは、他国の王族から婚姻の打診があったときのみ。権力や金銭におもねらない、公平性を明示するための慣例なのです」

記憶をなくした私だが、公爵があまりにも「慣例」を重視するので、王妃選定の慣例について調べていた。要するに、国内のバランスを保つための暗黙のルールなのだ。他国からの婚姻であれば無視されるのは、国内よりも国家間のバランスが優先されるため。

「令嬢、貴女は他国の王族ですか？」

「……いえ……」

「では、なぜ王妃選定で他の候補者がいなくても問題がないと？」

「それは……」

令嬢はそこで止まってしまった。

「過去の前例を知らなかったとしても、王妃候補は平等に扱われなければならないと審査官により説明がありましたね？　そのうえで、王妃候補紹介の時、王子はダルトン令嬢だけをエスコートなさいましたね？　公平を謳《うた》いながらそのような状況を見せられては公平な判断は出来ませんし、王子自身の判断能力も疑われます。それを諫《いさ》められるかどうかも次期王妃として見極められていたのではありませんか？」

「あっ……」

声をあげたのは周囲の人間だ。ようやく目を覚ましたかのような反応だった。

「お二人は慣例についてどのようにお考えなのでしょうか？　法律ではないから守る必要がないと？　それとも、ダルトン令嬢は慣例をご存知と言いましたが、王子の方は自国の慣例をご存知なかった？　ああ、気を付けてお答えくださいね。王妃選定と言われておりますが、次期国王として相応《ふさわ》しいのかあの方も見極められている時期だと思いますから」

あくまで王妃選定で、王子の次期国王という立場は揺るがないはず……そんな風に考え、王子すらも見極められているとは考えもしなかったという表情のダルトン令嬢が、しどろもどろになりながら答える。

「……存じている……かと……」

「では、二人は何故あのような行動を？　どちらかがワガママを言ったということなのかしら？」

「わ……私が……ワガママを……申しました」

互いに慣例を知っていたと宣言してしまった以上、どちらかが罪を被るしかない。ダルトン令嬢は王子に擦《なす》り付けることはなく、自らが罪を被った。

「そうなのですね、ダルトン令嬢がワガママを言えば王子は何でも叶えてくださるのですね。慣例などどうでもよくなってしまうほどに」

「ちがっ……」

違うと言いたいのだろうが、王子が彼女を特別扱いしているのは貴族であれば誰もが知っていること。知っているからこそ、誰も王妃候補に名乗りをあげなかったのだ。彼女も王子に特別扱いされ優越感に浸っていたのは事実。こんな形で跳ね返ってくるとは思っていなかったのだろう。

「ダルトン令嬢は、もう少しご自身の行動を見つめ直した方がよろしいのではなくて？　王妃に相応しくないとは言いませんが、王妃に相応《ふさわ》しいとも言えません。繊細で美しいドレスや豪華な宝石を身に付けさせ、優雅なお茶会やパーティーで令嬢を楽しませるだけに私達は多額の税金を払っているわけではありませんよ」

　私達の会話に誰も口を挟むことはなく静かに聞いている。ダルトン令嬢を盲目的に支持していた貴族もこれで目が覚めたと思いたい。

ただ、ウィリッシュ侯爵には申し訳ないことをしてしまった。華やかなパーティーというよりも、重苦しい討論会のような空気にしてしまい、私はそのまま会場を逃げるように抜け出したのだから。


後日、私が帰った後のパーティーの様子をニクソン令嬢が教えてくれた。

　彼女の存在をすっかり忘れて一人で戦ってしまったが、あの場にいたのなら助けてくれたらよかったのに、と不満顔をしてしまう。

「全ては王妃選定の評価に繋がると審査官が申しておりましたので、私が介入しルルーシアン令嬢の選定を左右するわけにはいかない、と悩んでいましたら、出る機会を失ってしまいました」

　王妃選定に参加中の候補者が揃ってしまえば、これも選考に加算されるのではと考えるのも頷ける。自分の行動で仕えている令嬢が選定に落選した時、思い当る節があると、いつまでも引きずってしまうだろう。それは仕方ないことだ。

それから、あの後のダルトン伯爵令嬢と会場に残された人達の話に戻る。会場に残された彼らは、私の言葉で、ダルトン令嬢が次期王妃に相応《ふさわ》しいのか冷静に見極めるようとする動きに変わったらしく、今までのように王子の恋人だからと無条件に令嬢を支持することはなくなるだろう、とのことだ。候補者自身の行動に目を向けられるようになったので、ダルトン令嬢は、私との会話よりも前に自慢してしまった宝石やドレスが仇となり針の筵状態で過ごしたそうだ。帰れば逃げたと思われると考えたのか、パーティーが終わるまで会場で過ごしていたらしい。だが、多くの者に「今後の活躍を楽しみにしております」と焚き付けられていたそうだ。

「何かしら行動しないといけない状態にまで追い込まれていたので今頃あちらは大忙しのはずです」

ニクソン令嬢は今の状況を楽しんでいる様子だ。常に冷静な彼女の裏の顔……いや、意外性を知り見入っていると、話題はダルトン令嬢から王子のことになっていた。王子の今までの対応を振返り、ようやく疑問を抱く者が現れたとか。以前から目に余ると感じていたが、口にする者がいなかったので目を背け見ないようにしていたと酔った勢いで話し出す者を皮切りに、私に対する見方も改めるべきとなんだか盛り上がっていたらしい。

「これから王妃選定が本格的に動き出しますね」

そう話すニクソン令嬢の姿は魔女の微笑みにも見えた。私としてはもう存在を忘れてもらって構わないのにと願っているのに。

その後、父からの手紙で多くの貴族から多額の慰謝料が届いていたことを知った。公爵家から抗議文が届く前に誠意を見せようと、彼らは迅速に動いたのだろう。私としては本気で慰謝料を請求するつもりはなかった。それなのに各貴族が動いたのは、ウィリッシュ侯爵が手を貸してくれていたらしい。公爵令嬢があらぬ疑いで侮辱されて自身のパーティーが利用されたことに、静かに憤慨していたそうだ。私に対して、ピアノが出来ないだけでなく演奏会では人を雇いそれによって寄付を募っていたと疑惑を抱いて好き勝手に噂し、そして真実を確かめる前に大勢で囲い込み名誉を汚し断罪しようとした。そのような行為に加担した貴族を全て把握し、侯爵は事の詳細を父に報告してくれていた。

結果的にウィリッシュ侯爵を味方に付けた形だ。

「私、王妃になる気はないんですけどね」

お父様からの手紙に本音を口にするが届くことはないだろう。

「ルルーシアン令嬢、王子より『本日一緒にお茶でもどうか？』とお誘いがありました」

「あっ、断ってください」

「「えっ？」」

私が間髪いれずに断ったので、報告したニクソン令嬢はだけでなく皆が驚いていた。

「あの……本当にお断りしてもよろしいのですか？」

「うん、断ってちょうだい」

「……分かりました」

ニクソン令嬢は王子の誘いを断りに部屋を出ていく。

「お嬢様、宜しかったのですか？」

ジャネットが問いかけてくる。私が王妃選定に参加した理由を知っているとはいえ、王子の誘いを断ることは信じられないのだろう。

「うん、問題ないわ」

「それは……駆け引きというものですか？」

ジャネットが下がると、今度はアドリーヌ令嬢が疑問を口にする。

「駆け引き？　違う違う。あの人に会う必要がないだけ」

王妃選定中に一度も会わなければ、きっと私は不合格になる。既に王子には疎《うと》まれているが、さらに関係修復が不可能なくらい不仲であると噂になれば私が選ばれることは絶対に無いはず。

私の意図とは裏腹に、ウィリッシュ侯爵のパーティー以来、ダルトン令嬢の評価は下落し私の評価が爆上がりしてしまっている。今回のことでパーティーに参加した貴族がヴァレリア・ルルーシアンを支持し始めている状態になっているのだ。万が一にも合格になる可能性をこれ以上上げるのは避けたい。

「ルルーシアン令嬢、王子よりこちらを預かりました」

戻ってきたニクソン令嬢の手には手紙があった。

「……私に？」

「はい」

私は手紙を受けとり読み始める。

『今まで執務に追われ、令嬢との時間を取れずにいたことが気になっていた。以前私を訪ねてきてくれたことの穴埋めではないが、都合が良い時に時間を頂けないかと考えている。令嬢と一度ゆっくりと話したい』

手紙を読み終え、読む前の状態に戻す。

王子が私に興味を抱いたとは思えない。感情というか、思いの熱量を感じられない。では、どうして話したい、ということになったのか。

まず考えられるのは、王妃選定候補者に「平等」な対応をした、という証拠作りだろう。侍女を通し、手紙で残せば証人と証拠が出来る。私が王妃選定に落選した際、「王子との時間が無かった」などを言わせない為に、動き出したのだ。

次に、審査官の報告書に気が付いたか騎士に直接報告を受けたかで事件の話を聞き、それについて聞きたい、という場合だ。しかし、それなら、一度断ったにもかかわらず今更動き出す理由はないような……

「あっ」

ウィリッシュ侯爵のパーティーの後、マクミリアンを調査した騎士に詳細は伝えず「ダルトン令嬢にも話を聞いてみてください」と促したことを思い出す。

騎士によれば令嬢は「私は何も知らない、関係ありません」と繰り返していたそうだ。マクミリアン本人も誰にも相談せず一人で復讐を考えたと話すので、それ以上の追及は出来なかった。踏み込んだ質問に入ろうとした時、令嬢の父である伯爵から現れ圧力が掛かったこともあり、捜査はそこで中断せざるを得なかったらしい。私としては、令嬢は関わっていないか関わっていても浅い関わりだと思っているので「それは仕方がないですね」で終わらせたが、騎士達はこの一件でダルトン令嬢に対し盲目的な信頼はなくなった。

そのこともあり、ダルトン令嬢は、王子に助けを求めたのかもしれない。王子もそこでようやく王宮で起きていることを知り、真相を確かめるべく私に連絡を寄越したのだろうか。

私が助けを求めた時は一切心配しなかったくせに、と思わないでもないが、手紙を無視するわけにはいかない。仕方なく返事を書いた。

『殿下は大変お忙しいと聞いております。私事で殿下の手を煩《わずら》わせるわけにはいきませんので、私を気にかける時間があれば気にせずお休みください』

会うことはないと遠回しに伝えた手紙をニクソン令嬢に託す。ニクソン令嬢には何度も王子との橋渡しをさせてしまい申し訳ないと思っている。しかし、これで全てが解決し、ようやくのんびり出来るはずだ。


そのはずだったのに、何故、この男が私の目の前にいるのだろうか？

「私のことを心配してくれてありがとう、だけど令嬢に会いたくて来てしまった」

そう言って微笑む男は「王子」という言葉がとても似合うほどの美男子で、そんな微笑みを見せられた多くの女性は彼の虜となるだろう。こんな状況でなければ恋愛初心者の私も勘違いして簡単に惚れていたに違いない。良かった、この男との出会いが最悪なもので。今後私がこの男に騙されることはないだろう。

結局私は王子と食事をしている。

これでは手紙で断った意味がないではないか。誰もが王子である自分を優先し、断ることはしないに決まっている、本気でそう思っていそうな男だと知った。

「はぁ……」

「どうした？　気分でも悪いのか？」

「えっ、あぁ……そうですね」

「そうか、食事を断ったのはそういう理由だったのか」

　それは違います。あなたと食事をするのが嫌だっただけですのでお気になさらず……と言葉にするのを、食べ続けることで回避した。

「ヴァレリア嬢……ああ、すまない、その……ヴァレリア嬢と呼んでもいいだろうか？」

「いえ、ルルーシアンでお願いします」

「……そうか」

　分かりやすく落ち込まれると演技にしか見えない。もしや今、私はハニートラップを仕掛けられているのか？　私が王子に好意があると勘違いしているダルトン令嬢に、事件の詳細か、私の弱みになるような情報でも抜いてきてほしいと頼まれたのだろうか。

　私がそんな疑いの目で見ているというのに、王子は静かに食事を続ける。

「令嬢の演奏会、観に行った」

「そうですか、ありがとうございます」

　王子はウィリッシュ侯爵のパーティーでのことを聞いていないのだろうか？　ダルトン令嬢側の人間がその話を私にするのは、展開によっては悪手にも程があるが。

「本物の演奏家並みの腕前に驚いたよ。あれを今まで隠していたのか？」

「……いえ。王宮に上がり本格的に習いましたので、隠していたわけではありません」

「あれを数ヵ月で？　素晴らしい才能だな」

これは、ダルトン令嬢があの日のことを詳しく話していないだけだろうか……？

「……ありがとうございます」

「……謙虚なのだな」

「そうでしょうか？」

「もっと自慢してくるものかと思っていた。それに寄付金も、災害復興や医療関係に配ったと聞く。ヴァ……ルルーシアン令嬢の評価はかなり高まっている」

今、ヴァレリアって言おうとしました？　と思わず睨んでしまった。どうにかとりなす。

「……そうですか」

「どうした、嬉しくないのか？　王妃になりたいのだろう？」

なりたくないし、あなたの言い方が好きではない。

「いえ」

「えっ？　……王妃に……なりたくないのか？」

つい本音で答えてしまった。王子は当然のように驚いていたが、一度口にしてしまったので、正直に繰り返す。

「なりたくありません」

「では、私に興味があるのか？」

王子の予想外の質問に目を見開き彼を確認すれば、何やら期待した顔を向けている。

「いえ、全く」

私としては、恋人がいる異性には興味がないし、恋人がいなくても王子に興味が湧くことはない。

なので、不敬だろうと、ここは正直に答えた。

「……では、何故王妃選定に名乗りをあげたのだ？」

「この国の貴族として慣例を重視したまでです」

「……慣例……それで名乗りを上げたのか？」

王子は信じられないといった表情を見せる。

「はい」

「王妃選定に落ちた時、今まで通りとはいかなくなるぞ？」

「そうですか？　王妃選定に落ちても、私は変わりませんから」

「……変わらないか……有ること無いこと噂されるぞ？」

「それは今もそうなので気にしていません」

「……ふっ……気にしていない……そうか……」

私の言葉のどこに納得する要素があるのか分からないが、王子は満足そうな表情をする。それから食事を終え、ようやくこの堅苦しい時間とサヨナラかと思っていると、頼んでもいないのにジャネットが紅茶を準備した。そんなのお出ししたら長引くというのに。

「王子を長く引き留めては申し訳ありませんので……」

「いや、頂こう」

……頂かずに帰れよ……恋人のところに行けよ……というのが私の本音だが、顔に出すことなく……なんてことはせず、思いっきり不快感を出しながらジャネットの紅茶を飲んだ。

「騎士から手紙とドレスの件を聞いた。あの使用人を選んだのは私だ、申し訳なかった」

「いっ、いえ、王子のせいではないので謝罪はいりません」

　不意にマクミリアンの話になり、更には謝罪されたことに驚いた。私としては、王子に謝罪してほしくて報告していたのではない。その事件を理由に王妃選定を辞退し公爵家に帰れないかと思っていただけ。それに、彼女をそこまで追い詰めてしまったのは過去のヴァレリアにも原因がある。彼女が私に対してあのような計画を企てているのを知りながら故意に王子が選んだのなら当然の謝罪だが、ワガママ令嬢が過去のパーティーで仕出かした一件など王族は知らないだろう。なので、私に恨みのあるマクミリアンが私の使用人になったのは偶然であり、王子が謝罪することではない。

「あの時も、事件を大事にしたくないということで詳しく話さず『会いたい』とだけ伝えてくれたのだろう？　それなのに私は執務を優先してしまった。騎士に聞くまで全く知らなかった。審査官の報告書も、領地報告書に紛れてしまっていた……これは言い訳だな」

「いえ、執務で忙しいというのは聞いておりましたので。それに優秀な騎士と審査官により問題なく解決いたしましたので、本当に謝罪は結構です」

「これからは時間を取り、定期的に夕食かお茶会を王妃候補と順番に取ることにしたい」

「いえ、私のことは気にせずダルトン令嬢とおとりください」

「……私と一緒の時間を取るのは嫌か？」

　誠意だとしても、貴方と二人きりは遠慮したい。

「……いえ、恋人達の邪魔をしたくないだけです。私は人数合わせで王妃選定に名乗りをあげただけですので、私のことは気にしないでください」

「私はルルーシアン令嬢のことを、もっと知りたいと思ったのだ」

「その時間は必要ないかと」

「……王妃選定の課題として受けてほしい」

「……はい、承知しました」

それを言われてしまえば不本意だが受け入れるしかなかった。

お茶会を何度かこなした後、正式な王妃選定としての試験も与えられた。

候補者のみが呼ばれ、名前も知らなければ普段どんな役職なのか分からないような試験官に試験内容を説明される。

とは言っても、告げられたのは「南部と北部に別れ、視察に行く」だけだ。私が割り当てられたのは北部だった。既に決まっていることなので異議などもなく、ダルトン令嬢の方も確実に王妃選定に係わる視察ということで真剣な眼差しで受け入れていた。部屋に戻り侍女達に視察の件を話す事で、平等かと思われた視察場所が私への嫌がらせではないのかと知る。

視察場所として指定された、南部と北部では全く環境が違う。

我が国は王都を中心として周囲を東西南北の四つの地域に大きく分類している。

東部は曇りの日が多く気温が低い。台風がよく接近し大雨になりやすい地域だ。

西部は東部に比べて暖かい気候に恵まれている。朝晩は肌寒いが日中は温かく過ごしやすいのが特徴。一方で天気が変わりやすく突風も起こりやすい地域。

南部は常に温暖な地域ではあり、貴族の避寒地として利用される。暑さのピーク時は猛暑と呼ばれ熱帯夜が続き、突然の局地的豪雨に見舞われる年もあれば干ばつで苦しむ年もあり、最近は干ばつが続いている。

北部は周囲の地域より平均気温が十度は低く、貴族の避暑地とされている。雪が一度降ると長い間残っているので寒さが厳しく時期によっては極寒と呼ばれる。

前世の記憶のある私からすると、東部が春……というよりも梅雨に当たり、南部が夏、西部が秋、北部が冬という感じらしい。

この時期に常夏の南部に行くことはあっても、極寒の地と呼ばれる北部に行く者は物珍しい……「物珍しい」と言葉を選んで教えてくれたが、北部へ行くのは変わり者だそうだ。

「……この割り当てってさぁ……平等？」

「……どうでしょうね……」

ニクソン令嬢の視線はどこか遠くを見つめていた。

この割り当てはダルトン令嬢が泣きついたか、王子に「興味ありません」と言ったのが彼のプライドを傷つけたかが原因だろう。

「極寒の地って……」

「今時期は雪も降っておらず極寒ではありませんよ。とても寒いですけど」

モアノア令嬢が優しく教えてくれた。

私が視察に行くということは、侍女である彼女達も同行することになる……まだ雪は降っていない極寒の地に。

「なんか……ごめんね」

「……ルルーシアン令嬢のせいではありません」

「王妃選定ですから」

ニクソン令嬢とモアノア令嬢は受け入れ、ジャネットは普段通りの微笑みだが、アドリーヌ令嬢だけは無言の抵抗を見せていた。それ以上は何も言わず、黙々と準備を始める。私だけなら構わないが、侍女にまでこんなことをさせるなんて……私は決意していた。

「どっかで八つ当たりしてやる……絶対仕返ししてやる……待ってなさい」

＊　＊　＊

数日後、私達はまだ極寒ではない極寒の地に向かい始めた。

慰めではないが、今の時期はまだ寒くなく暖かい格好をすれば問題ないと皆が自分に言い聞かせていた。この時期に北部を訪れたことがないので、皆噂でしか知らないのだ。「本当はそこまで寒くなければいいのに」と甘い期待を抱く。

とうとう北部へ視察の日となり、朝早くに馬車に乗り込み途中で昼食や休憩を挟む。

次第に道の整備も甘くなり揺れが酷くなる。森の中をひたすら走る、その道が北部と南部を繋ぐ道らしい。

私達は北部へ続く道に曲がり、その後は道なりに進む。高速道路のように南部と北部は一本で繋がっており、途中途中にある脇道が町に繋がっている。

まだ陽が出ている時間帯だというのに、鬱蒼とした木々の間を通っているので薄暗く、気温も寒くはないが冷えてきた。

一日で北部に到着することは出来ず、途中の町で宿を取る。

それを後二日ほど経験するそうだ。

北部へ近づくにつれ悪路となっていき、揺れに油断したら舌を噛んでしまうのではと心配になる。

ひたすら耐え続ける時間が続き、途中何度も休憩をはさみ地上に降り立つも地面が未だに揺れているように感じ普段通りに歩くことが難しい。

食事を取るも、これからの道程を考え気分が悪くなることを恐れ、少し摘まんだだけにしておいた。

「お嬢様、本日はこちらで一泊いたしましょう」

私が気分を悪くしたこともあり、予定にない宿に泊まる事になったので到着時間が半日ずれた。

申し訳ないと感じながらも、ベッドで眠ることに安堵する。

翌朝は遅れを取り戻すよう早めに出発し、揺れる馬車に耐え続けた。

＊　＊　＊

連日馬車にのり続けていると、馬車が停車していることにも気付かなかった。

馬車の扉を開いた瞬間、今までとは比べ物にならない程の冷たい風に襲われた。

「これが極寒の地」

肌を刺すような冷たい風に、早く建物の中に入りたくて急ぐも、風が私達を別の場所へ導こうとする。

騎士が盾となり風を防いでくれ、なんとか建物の中に入る。建物内とはいえ上着を脱ぐことは出来ない程寒く感じ、ジャネットが手際よく暖炉に火を点ける。

「ここがこんなに寒いなんて」

「はい、ですのでこの時期に貴族が来ることはありません。この地域は避暑としてくる場所ですから」

今は夏が終わったばかりで、冬に向かっているところ。そんな時期に視察に来させるなんて……公平に決定したと話す試験官達は私にここで何を視察させたいの？　その視察が終わったらすぐに王宮に戻りたい。

領民達によれば今日のような気温で暖炉を使うことはないそうだが、私には耐えられず、ひたすら暖炉の火を見つめていた。

私にとっては一日中暖炉から離れたくないと思うこの土地にも領民は存在する。

「この地域は雪が降り続くと、仕事が無く収入源が確保できないのが悩みです。これどうぞ」

自身の生活の不安を口にしながらも、寒さで震える私に彼らは温かい飲み物を差し入れしてくれる。

「まぁ、私達は幸い雪が多いだけで災害に巻き込まれたわけではないですから。こんな所まで聞きに聞きに来てくれただけで十分です。飲み物お代わりどうですか？」

領民は辛い境遇なのに訪問に来た私達を歓迎し、もてなしてくれるとても優しい人達だ。

彼らの話を聞いて何か出来ないかと思うも、簡単には思い浮かばないのがもどかしい。

王妃選定でこの地に送られたのが嫌がらせだと決めつけ、事前に情報収集を怠っていた私の失態だ。

自分が嫌になる。

領民は自分達が辛い環境でありながら、王都から来た私を持てなそうとしてくれている。

そんな優しさに触れてしまえば、何も出来ないのが悔しくて、翌日には寒さなんかに負けず領地を案内してもらった。

昨日とは違い風がない分、歩きやすく寒さもそこまでではなかった。

彼らが言うには、一ヶ月後には冬に入り更に一、二ヶ月後にはこの土地の人でも外出するのが危険な吹雪になる。池も凍り、井戸まで水を汲みに行かず雪を溶かして使うらしい。

「食料に困らないのですか？」

「この地域でしか育たない野菜や果物があるので、なんとか確保できています。その代わり、気候が合わないので他の地域への販売は出来ませんが」

次の私の質問を先回りに答えられてしまった。

食料に関する不安がないなら、この地域の特徴を生かした何かを考えたい。

前世の日本には雪祭りというものがあったが、この世界にわざわざもっと寒いところに行きたいという観光客はいない。雪祭りの魅力を知ってもらえれば観光客は増加するだろうが、宣伝方法がない。

あるのは雪に氷だけ。

氷を何かに出来ないだろうか？　氷、氷、氷……ん？

「氷があるじゃない」

氷を夏までもたせることができれば様々な活用方法があるのでは!?

そうと決まれば、この時期になるとどこよりも早く凍ってしまうという森の奥の池を見に行くことにした。毎年のことなので領民もわざわざ凍った池を確認に行くことはない。氷を利用し食材を冷やそうなんて思わなくても外に置いておけば勝手に冷えてくれる。

森の奥まで歩いていくと、急激に冷え込み、池に辿り着く頃には気温が十度は低くなったように体感する。ここまで来て寒いから何もせず帰る……なんて選択肢は許されないと感じ、私は既に凍っている池に近づき氷の厚さを確認する。

「池は完全に凍っている」

そう説明してくれる彼の名前はカリックス・ファイン。ファイン男爵の一人息子で今回視察に来た私の案内をしてくれている。年は二十五歳で、婚約者はいないらしい。このような環境で裕福とはいえない男爵家に嫁いでくれる貴族令嬢はとても少ない。彼自身の容姿は騎士のように鍛え上げられ精悍な顔つきでモテそうなのに、やはり貴族社会では地位と財産がものを言うらしい。男爵という地位であれば平民と結婚しても周囲も騒ぐことはないだろうが、男爵……彼の父が許していないらしい。「結婚するなら貴族、それ以外は許さん」と言われているんだとか……自由に恋愛できないのはどこも一緒のようだ。

そんな彼も氷をどうにか出来ないかを考えたことがあったらしいが、諦めた過去を話してくれた。この池は凍っていない時の方が稀ではあるが、夏の間には溶け池に戻る。凍らなければ飲料として活用出来るほど清潔だとか。その説明を聞けば私としては「まさに、かき氷にうってつけじゃない」と思ってしまう。

「この氷を半年以上保管は出来ませんか？」

私の突拍子もない質問に、周囲の人間は皆時間が止まったように同じ反応を見せた。

「……保管ですか？　今は凍っていますが、半年の間に溶けてしまうかと……」

「氷を専用の場所で保管し、夏場までもたせれば、高値で売れます」

「……売る？」

氷の保管もだが、氷を売るというのは考えたこともなかったようだ。

「はい、売るんです」

「氷を買う人なんて……」

「いますよ。夏場になれば、他領や王都で十分な商機があります」

私には前世の記憶があるので、天然の氷が保存できれば、どれだけの価値を持つかを知っている。

「……しかし、たとえ買う人がいると言っても、長期保存は……」

「それを今から皆で考えましょう」

氷が売れると確信している私と、売れるはずがない氷を売ると言われて困惑している彼らでは、かなりの温度差があった。その後の話し合いは彼らにとっては気乗りしないものだっただろうが、私がぐいぐい進めた結果、土を掘って周囲を石で囲い、おがくずを敷き、板を置きその上に氷を並べて、そして再びおがくずで覆い、最後に入口を完全に土などで塞ぐ……というものになった。聞いたことのない知識を話す私に、彼らも雰囲気に負けて氷室を作ることに疑問を持ちつつ納得してくれた。私も自信満々に言ったのだが、本当はおぼろげな知識で、おがくずが大事というのだけしか覚えていなかった。彼らの協力を仰ぐ為のほぼハッタリだったりする。

私の思い付きのような提案に、男爵は困惑しながらも、領民を召集してくれた。成功すれば冬場の「仕事」と捉え、今回失敗しても王妃候補の指示ということでお給金は発生するので、彼らも協力的だった。

数週間をかけ場所を作り、氷を切り出し運び、一枚約四十キロの氷を千個作り、氷室を完成させた。この作業のために私の北部の視察期間を延長させてもらった。。

もう一人の候補者が王妃選定の本命と噂されているので、男爵がやたらと息子を勧めてきたが気付かないフリをしていた。領民のことを思い自分に何か出来ることはないか悩む姿や、平民の女性に言い寄られても誠実なお付き合いは出来ないからと誰にも靡かない姿勢が好印象に映ったが、だからこそ王妃候補に落選した令嬢として話題になる女を彼に押し付けるのは可哀想だ。彼には良い人が現れてほしいと願う。

「半年後に再び来ますね」

領民達と男爵と令息に約束し、私は王宮へ戻った。

戻る道中はやはり悪路。これでは氷が出来ても運ぶ際に割れてしまうため、道路整備も申請する必要があることに気が付いた。揺れに耐えながら、王宮に戻ったら何をしなければならないのか頭の中を整理し、そして来た時と同じように何日もかけて王宮へ戻った。


長期視察から戻り三日後、私はお茶会に参加している。

主催者はメルティーナ・ダルトン伯爵令嬢。北部から戻った当日にお茶会の招待状が届き、その場で返事を求められ、疲れていたのでよく考えもせず「参加させていただきます」と答えてしまっていた。令嬢とはウィリッシュ侯爵のパーティーの件があってから、会うのが気まずい。

お茶会の参加者はウィリッシュ侯爵のパーティーでお会いしたダルトン令嬢の友人達で固められている。敵陣に一人乗り込んだ気分だったが、それでも多少は受け入れられているように感じるのはあの日、私が発言したことを彼女達なりに考えなおしてくれたのだろう。直接見たわけではないが、パーティーの後の様子は聞いている。今の彼女達はダルトン令嬢の友人ではあるが、ダルトン令嬢を王妃選定の候補として見るようにはしているらしい。

「ルルーシアン令嬢、本日は私のお茶会に参加してくださりありがとうございます」

「いえ。こちらこそお招き感謝します」

「視察は同じ期間だと思っておりましたので、北部から戻ったばかりとは知らずに招待してしまいました。お休みになりました？」

「はい。もう充分ですわ」

私が帰ったタイミングを見計らったように訪れた侍女を考えると、私のことをずっと待っていたのだろう。また、何か計画しているのでは？　と身構えてしまう。

「視察はどうでした？　この時期の北部はとても寒いと聞きましたが、もしかして体調など崩されていたのですか？」

彼女から言われると、私が割り当てられた場所がこの時期行くような場所ではない北部なのは審査官からの冷遇だと言われているように感じてしまう。

「いえ、体調面は問題ありませんでした。私は、この時期に北部へ伺う経験がなかったのでいろんな場所を領民の方に案内していただいていたら、いつの間にか視察期間を延長してしまったのです」

「まぁ、延長までして視察とはさすがルルーシアン令嬢ですね」

「いえ……ダルトン令嬢はどうでした？」

会話としては聞くのが正解だし私も流れに負けたが、彼女の顔が「私にも聞きなさい」というように感じ取れたので、本当は聞きたくはなかった。

「私は南部を視察しました。あちらは私を歓迎してくれているのか、ずっと暖かい気候で過ごしやすかったですわ」

この時期の南部は温かく、最近は雨も降らないのは私が北部と決まってから侍女に北部と南部の違いで説明されていた。

「……そうですか」

北部より南部の方がこの時期は過ごしやすいのを理解しているので、ダルトン令嬢に反論することなく飲み込んだ。

「んふ。こちら、南部のとても美味しい果物のジャムです。皆さんに頂いてほしいと思いまして」

南部のジャムは美味しく、貴族御用達でもある。

「ありがとうございます」

南部の果物は移送中に崩れてしまうことが多く、果物そのものは無理なのでジャムなどの加工品が王都に出回っている。

ダルトン令嬢が勝ち誇った表情で私を見ているのに気付き、これが目的だったと気が付く。視察に行って土産一つない私と、視察の宣伝として特産品を持参した彼女。今回のお茶会は彼女の望み通りの展開で終了した。

記憶に残したくないお茶会を終え、私は北部までの道路整備の報告書を審査官に手渡す。視察の結果、北部に必要な要請として道路整備だけを依頼する。試作中の氷については結果が分からないので報告せずに終えると、審査員が物悲しそうな表情に見えたのは気のせいだろうか？　審査官が私に何を望んでいるのか読み取れなかった。いや、望むなら次期王妃として名高いダルトン令嬢に期待してほしい。

　それからしばらくして、候補者同士と国王が対面することとなった。

「王妃選定が始まり九ヶ月、残り三ヶ月だ。二人には王妃として相応《ふさわ》しい行動を見せてほしい」

　国王に告げられたことで、隣に立つダルトン令嬢が息を吸ったのが聞こえた。私としては王妃になるつもりはないので思い詰めていないが、本気で王妃を望んでいるダルトン令嬢には国王の言葉は威圧感があっただろう。

　視察から戻り報告も済ませ、国王との対面を終えると、何もすることがなくなる。そこで最近読んでいなかったゴシップ紙をまとめて目を通すことにした。私がいつ読みたいと言い出してもいいよう、ジャネットが常に手配してくれていたのだ。

　ゴシップ紙の最新のネタは王妃選定に参加している二人の候補の支持率や、候補者の比較だった。私に対する悪評は王宮へ上がる前と変わらずで、読み進めると演奏会についても掲載されていた。そこには「手元が見えず弾いていない」と書かれていた。その証人として会場関係者の言葉もあった。目撃者は「演奏会当日、演奏家のカシューベルバが態々幕の裏に移動させたピアノ付近で待機していた」と証言している。ダルトン令嬢がこの新聞に影響されたかは分からないが、新聞を読んだ人は信じてしまうような内容だった。私自身、今考えれば、ピアノを幕の裏に移動させたり、当日向きを変えたり、更には客席からステージを確認していたりと、何か企んでいると思われても仕方がない行動に感じる。

「わざとじゃないんだけどね……」

それだけでなく、「ステージ上から王子とダルトン令嬢の二人の姿を見つけたルルーシアン令嬢は悔しさのあまり顔を歪めた」ともあった。それは身に覚えがないと否定したかったが、確かあの日、二階席を確認しようとした時に首に痛みが走り顔に出てしまった。きっとそれを「二人を見つけて顔を歪めた」と思われたのだろう。

その後、演奏会で集めた寄付金も私の豪華なドレスや宝石に消えたと嘘が書かれていた。集まった寄付金は必要とするところに全額寄付し私の贅沢品に消えた事実はないと宣言したい。

次の新聞には狩猟大会についての記事。「輝かしき今大会の優勝者はグレンバルディオ王子、クイーンは恋人のメルティーナ・ダルトン伯爵令嬢」と大きく見出しを飾り「二人は誰もが憧れる理想的な恋人であり、いずれ我が国の代表となってくれるだろう」とあるが、待機所に獣が侵入したことについては一切触れていなかった。

また、王妃選定の候補者を対比させるべく、王宮での普段の二人について記載されている。

記事によると「ダルトン令嬢は爵位関係なく多くの貴族令嬢をお茶会に招待し手厚くもてなし、和やかな会話をしつつ我が国の技術を周囲に広める努力が見て取れた」とあり、もう一方の候補者である私についての記事は、詳細は省かれているが「使用人に対し厳しく接する姿が何度も目撃され、体調不良になるまで追い詰め辞職させた」とある。

最新のゴシップ紙には、ダルトン令嬢は南部へ視察に行き領民とも良好な関係を築いた、私の方は北部へ視察に行き領民に寒い中、無意味な強制労働をさせていた……と書かれていた。これについては否定が出来ない。半年後、氷が溶けていたら無意味な強制労働をさせたことになる。不公平なくらい私とダルトン令嬢の記事には差があるが、ゴシップ紙を身近に感じている平民は、記事を疑うことなく受け入れているに違いない。私個人について何を書かれてもいいが、周囲を巻き込むような記事は控えてほしい。特に、寄付金についての記事は訂正を願い出たい。寄付先や支援に携わったルルーシアン公爵の名に傷がつく。

　そうは思うが、ゴシップ紙に抗議というのは、「寛大さに欠ける」「あんな下品な新聞を愛読しているなんて品性に欠ける」「話題になるのは火種があるから」とさらなる話題を提供するようなものなので、貴族は周囲の記憶から忘れ去られるのを待つか、新たな貴族の話題が上がるまで身を潜めるしかないらしい。なので、最近ではヴァレリア・ルルーシアンが話題を攫っていることに安心し、自身に火の粉が降りかからないよう相手が新聞記者とわかりながら気付かないふりをして情報を提供する貴族までいるそうだ。

　机の上に積み重なってしまったゴシップ紙の処分に困惑していると、ダルトン令嬢から二度目の招待状が届く。

　今回は芸術家の新人発掘と寄付金を募るオークションを開催するというもの。ウィリッシュ侯爵のパーティーの後、急遽王妃選定の視察が入ってしまったので、あの時強引に開催するよう迫ったイベントがこの時期になったのだろう。私の演奏会とは全く違うので、やめる必要などなかったのに……というよりは、あの後急遽考えたのだろう。

　彼女の開催するパーティーは新たな芸術家の発掘に支援、寄付の為であれば屋敷にある価値ある作品を次の方へとオークションに出品しても構わない、という参加型のパーティーで、貴族らしくあり貴重な芸術品にも出会える素晴らしい発想と言える。

私の場合はピアノを弾きたいが為の正当な理由がほしかっただけで、寄付金集めは後付けだった。なので、彼女の考えた新たな才能の発掘・投資は未来があり素晴らしいと感じる。無名の芸術家にとってはチャンスをもらえる場になるだろう。

ダルトン令嬢が選んだ開催場所は王宮の一室。

侍女によると、王都には芸術家達が個展を開けるような場所はないので、広場で作品を設置するかその場で絵を描いて見せ、通りすがりの貴族に認めてもらうしか今は手段がないそうだ。個展とまではいかなくても、作品を見てもらう場所があればいいのにとは思う。そのことに着目したダルトン令嬢がどのような催しにしてくれるのか、一気に楽しみになった。

そのため、当日は興味深く参加していたのだが、なんだか雲行きが怪しかったりもする。招待された人達の会話に耳を済ますと、「誰かの不要品を貴族が買うというのに抵抗がある」と発言した者がいたようだ。雰囲気を変えないとオークションに差し支えると判断するも、私に何も出来ることはなく、新人の絵画にはそれなりの値段がつくもメインとしていた貴族の私物オークションは思うように振るわなかった。招待客として見ていた限り、欲しいものがあるのに参加するのを躊躇《ためら》っている光景を何度か目撃した。きっと、あの言葉が広まってしまったからだろう。仮面オークションにしたら良かったのかもしれないが、これは始まる前には分からないこと。ダルトン令嬢の悔しそうな顔を見ると今回のオークションは彼女にとって忘れたい記憶になってしまったに違いない。

問題点さえ解決したら次は成功する予感があるが、私が助言したら彼女のプライドを傷つけてしまうだろう。寄付オークションは今後開催されることはなくなってしまったとしても、芸術家の新人発掘はやめないでほしいと願う。

慌ただしく実感していなかったが、北部から戻ると王都がいかに過ごしやすいのか身に染みる。あれからだいぶ暖かくなっていた。

かき氷を作るにはもう少し暑くなってからだと思うと楽しみで仕方がない。

「ルルーシアン令嬢、北部までの道路整備完了の報告がありました」

視察から帰って申請した道路整備が完了した報告が上がる。王妃選定に参加中とはいえ、「ワガママ令嬢」という印象の強い私が発言したところで申請が議会に通されるのか不安だったが、問題なく通ったらしい。こんなにも迅速に対応されたのは、王宮に上がってからの実績が評価されているからだと安心する。この「安心」は王妃選定で戦えている安心ではなく、私達候補者が「平等」に評価されルルーシアン公爵家に迷惑を掛けずに済んでいる、の「安心」だ。

「ありがとう」

あの悪路では氷が割れると心配していたが、これで王都まで運ぶ為の不安要素の一つが解決された。

夏のかき氷はこの世界でも人気が出ると私は予想している。期間限定で夏にしか食べられないものと聞けば、珍しい物好き話題好きの貴族なら一度は試したいはず。そうなればあの時期の北部の人に仕事が生まれ、今後の生活にも多少の余裕が生まれるはず。これは私が王妃選定の候補者としてする最後の仕事だと考えている。

　そして、楽しみな仕事があれば苦痛な仕事もある。

「久しぶりだな」

　王妃候補として選定内容の一部に決定した、王子と過ごす時間。これもあと三ヶ月で終わるのだと思えば、乗り切れる。

「そうですね」

「体調は崩さなかったか？」

「はい、問題ありません」

「元気な姿を見ることが出来てよかった」

「……そうですか」

「令嬢が王宮にいない間、令嬢のことを思い出すようになった」

　令嬢ねぇ……それは私ではなく、ダルトン令嬢のことですよね？　まぁ、嘘は吐いていない。詐欺師のように感じるが、事を荒立てたくはない王族としては正しい。

「……そう……ですか」

「会えないと思うと、余計令嬢に会いたいと思うようになっていた」

　分かりやすい上辺の言葉になんて応えればいいのか、私経験したことがなく返答に困る。皆が知っている恋人がいるのに、こんな台詞をスラスラ言えてしまう目の前の男には恐ろしさを感じる。このような態度をどうでもいい相手にでもとれる男であれば、ダルトン令嬢が私をライバル視するのも仕方がない。

「……ありがとうございます？」

まともに会話したいとも思えないので相槌もおざなりになる。

「そうだ、もう一度、令嬢のピアノを聴かせてくれないか？」

無理に会話を続けようとしないでほしい。私としては「候補者と平等に時間を取りました」という記録が残れば十分だ。

「……機会があれば、演奏会の開催を検討致しますね」

「私のために弾いてほしい」

「それは致しません。特別なことは恋人にねだってみてはいかがですか？」

「私は令嬢の特別にはなれないのか？」

「なりません」

「私がメル……ダルトン伯爵令嬢と別れると言っても……か？」

愛称呼びをする程の仲なのに、別れる？　そんな気もないくせに。

「……はい。なりません」

即答しなかったことをせめてもの優しさだと思ってほしい。

「私はルルーシアン令嬢のことをもっと知りたいと思っている」

「私は王子を知りたいとは思いません」

「それは……残念だな。だが、令嬢が次期王妃として相応《ふさわ》しいという声が上がっているのは確かだ」

なんですと？　そんなの、困ります。

「なるほど。そのような声があがったため、致し方なく私に興味があるフリをなさっているということですね？」

「違う。私は純粋にルルーシアン令嬢に興味がある。王宮に入る前とは人が変わった。それは私のことを思ってのことなんだろう？」

　まあ、前世を思い出し過去を忘れたので別人のようなものだ。しかしそれを自分の為の努力と解釈してしまうのが凄い。私としてはあからさまな態度で拒絶しているつもりなのだが、足りてないのか？

「違います。以前も言いましたが、私が候補者に名乗りを挙げたのは国の為にです」

「国の為……では、国の為に、王妃選定に落ちても、王宮に残ってくれないか」

「利用するためにですか？」

「違う。私は純粋に傍にいてほしいと願うようになってしまった」

　王子の姿は真剣というより意地にも見える。もしかして私の態度が気に入らず、自分のものにしてから捨てようとか考えているのか？

「お断りです。私は王宮を去るつもりですから」

「先程も言ったが、ルルーシアン令嬢の方が王妃に相応《ふさわ》しいと評価されている」

「その評価には最近の行動は含まれているのでしょうか？」

　王妃選定候補者として上がった時は二人の……ダルトン令嬢の行動に疑問を抱き心配することも多かったが、やはり王子の傍にいたいという強い気持ちが人々を動かしているということは分かるし、最近はきちんと次期王妃としてすべきことを考えているように思う。

「あぁ、ダルトン令嬢の人材発掘とオークションの結果も評価対象として考慮されている」

「……視察後も、令嬢達を招きお茶会を開催し、積極的に視察された場所の特産を紹介されておりました」

「あぁ、あれは何年も前に王族に献上されている。知らない者はいないだろう」

「私は何も宣伝などしておりません」

「令嬢は演奏会の腕前もだが、寄付金に狩猟大会での博識も話題になっている。森での香水の危険性についてだ」

「あれは森へ入る際の常識かと」

「令嬢にとっては常識でも、知らない者が多くいたと聞いている」

そういえば、香水をつけているかどうかで別れた時に、身に付けている人達は案外多くいた。

「それに、最近では令嬢達の香水の香りには苦しめられていたから助かった。あれ以来多くの者が控え始めたよ」

「……そうですか」

隣に立つ恋人の香りに苦しめられていたのなら直接本人にそれとなく伝えればいいものを。もしかして愛する恋人だから遠慮して言えなくなっていたとか？　そこで何も知らずに指摘した悪者を私に……あれ？　確か私はダルトン令嬢に香水を頂いていた。その時「王子と私は好みが似ていて……」と話していた。もしかして、王子はそれとなく香水について令嬢に言及したが伝わらなかったのか？

「……本当に私に興味がないか？」

「はい」

「これからも？」

「はい」

もしかしたら、王子と令嬢は現在不仲というか……倦怠期のような状態なのかもしれない。そこに、突如現れた私が刺激的に見えると……

あるいは、アニメなどでよくある「俺に興味ないなんて珍しいな」的なやつだろうか？

「私は……令嬢に……興味が……ある」

私をチラチラと伺いながら言葉を紡ぐ王子には誠意よりもあざとさが見えた。

「今の発言は、聞かなかったことにします」

聞こえなかったフリで誤魔化すことは出来たが、私はハッキリと断ることにした。曖昧ではこの人に通じない。今後のためにハッキリ、キッパリ拒絶した。

その後、会話もなく王子を見送るまで私は無言を貫く。王子よ、私の態度を察してとっとと早く帰ってくれ。


残り三ヶ月だと思うと感慨深いというか唯一勿体ないと感じるのは、この美しい庭を気軽に散歩できなくなることだ。花に癒され散歩するも気候が温かくなり、汗をかき始めたので部屋に戻ろうとした時に怒りを含んだ声に呼び止められた。

「……ルルーシアン令嬢っ」

「ダ……ダルトン令嬢？　どうかなさいました？」

彼女は侍女を置き去りにして淑女とは思えない大声で駆け寄ってきた。

「『どうかなさいました』ではないわっ、あなたグレンに何を仰ったの？」

「何を？　令嬢に関することは……」

「嘘よ、彼が私と別れたいなんて言うはずないじゃない。彼を脅すようなことでも言ったのではなくて？」

あれから本当に令嬢と別れたようだ。こっちにとばっちりが来るようなことはしないで頂きたい。

「私とは関係ありません」

「では何故今私と別れようだなんて言い出すのよ。私は功績を残したわ。令嬢よりも人脈だってある。別れるメリットが無いわ」

令嬢も令嬢で、別れを切り出されたのは、自身に非はなくすべては対立候補である私にあると思い込んでいる。正直言って面倒くさい。

「王妃選定を公平にする為ではありませんか？」

「別れなくてもいいはずよ」

本気でそう思っている様子なあたり、つくづく私と令嬢は分かり合えない。

「王妃選定が正しく行われたと主張し、証明する為には必要だと思いますよ？」

「そうだとしても、今じゃなくても……」

「本来であれば王妃選定に参加が決まった時点で、公平性を示すためにお互い距離を置くべきだったと思いますよ。誰もそのことについて令嬢に助言はされなかったのですか？」

「……なかったわ」

当時は周囲も熱狂していた。令嬢が本命で確定だと判断し、些細なことだと指摘しなかったのだろう。

「そうですか。王子がこのタイミングで決断したのは、王妃選定で貴女を選ぶとき、貴族達に異論がないようにと考えたからではありませんか？」

ようやく納得してくれたのか、令嬢から突撃してきた時の怒りは消えていく。

「……ねぇ、ルルーシアン令嬢は本当に王妃に興味がないの？」

「ありません」

「……慣例を守るためだけに？」

「えぇ」

「そんな風には見えなかったわ……私が候補者として名乗りを挙げた時グレン……バルディオ王子といる私を睨み付けて、相応しくないと言い続けていたじゃない……」

「……王妃選定に支障をきたすからです」

「……失礼を承知で言うけど、令嬢にはそこまで国のことを真剣に考えているようには……あの時の公爵令嬢はとても自由で……国のことを考え私達を糾弾したとは思えなかったわ」

ダルトン令嬢は次第に視線を落とす。

「貴族の中では、私はワガママに振る舞っても問題ない立場ですから」

「それでも……どうして……」

「私が公爵令嬢としてワガママに振舞えたのは、この国で公爵家に生まれた貴族だからですよ。王族が必要となさるのであれば身を投げ出さなければなりません。王族に何か言われたら否を唱えられない身分という自覚があったからこそ、その見返りとして好き放題に振る舞っていた、とも言いますね」

そう言うと、彼女はそれ以上何も言わず、去って行った。彼女の背中を見送り、私も自身の部屋に戻る。

私一人で散歩していたわけでなく、侍女を引き連れていたので彼女達にも私達の会話は当然聞こえている。突然の二人の終わりにニクソン令嬢も信じられなかった様子だ。

「王子と別れたのですね……」

「そうみたいね」

「……令嬢は、王妃に興味ないと再三仰っていますが、本当に本気なんですか？」

以前ジャネットには詳細は伝えたが、彼女達には伝えていなかった。あの頃は脅迫文などで彼女達を信じることが出来なかったから。口にしたのはニクソン令嬢だが、他の皆も気になっていたみたいだ。

「えぇ」

「最近ではルルーシアン令嬢こそ王妃にと噂されています」

「正当に評価されるのは喜ばしいことだけれど、私は恋人達を引き裂くつもりはないわ」

「……二人は別れたと……」

「表向きは、でしょ？」

確かにダルトン令嬢は別れを告げられたと言っていたが、それが本当の別れを意味しているのか疑問だ。

「それは……」

「もしこの選定で私が次期王妃と決定しても、きっと私を形だけの王妃に据えて、実際はダルトン令嬢との関係を続けると思う」

「……それは……考えすぎではありませんか？」

「かもしれないけど、そうならないように私は逃げるつもり」

「……分かりました」

なんだかニクソン令嬢が意気消沈しているように見えるのは、きっと王妃の侍女になりそこねたからだろう……ワガママ令嬢を押し付けられただけでなく、本人が王妃に望んでいませんでしたなんて結果を聞かされれば騙されたと思うに違いない。

「ごめんね」

王妃にはなりたくないが、彼女達の期待に応えられないのは申し訳ない。せめて、良い就職先を斡旋しなければ。


そして、ようやく私の待った夏が来た。

暑くなり過ごしにくいと感じる日々だと思いながらも、顔がにやけてしまう。私の想像では、この夏かき氷でぼろ儲けする予定だ。笑いが止まらない。

「もっと暑くなれ、もっと暑くなれ〜うひゃっひゃっひゃっ」

「……お嬢様……」

「うひゃ？」

にんまりとした表情で振り返ると、侍女の皆が一歩後ずさり眉間に皺を寄せ顔も引きつらせていた。

「何をそんなに喜んでいらっしゃるのですか？」

「んふ？　もうすぐ出来上がる頃かなぁって……んふふ」

考えると顔が緩んでしまう。

「ルルーシアン令嬢、氷をどうなさるのですか？」

「食べるの」

真剣に尋ねてきた人物に対して「食べるの」と満面の笑みで答える私は何とも愚かに見えたことだろう。だけど、本気で食べるのだ。

「……もう一度よろしいですか？」

「食べるのっ」

変わることない答えに再度満面の笑みで応えるも、真面目なニクソン令嬢だけでなく皆同じ顔で私を見つめてくる。何を思っているのかは分かる。「私はこんな人を本気で次期王妃に相応《ふさわ》しいと思っていたの？」だろう。そうよ、皆さん誤魔化されないで。私は自分のことしか考えていない女です。今までは偶然が重なり良い結果になっていただけで、実際はピアノしかない女なんです。

「お嬢様、本当に氷が保管できていると？」

「勿論」

ジャネットも私の氷の保管方法を信じていないようだった。

「……では、その氷を干ばつ地域に寄付してはいかがです？」

「干ばつ？」

「……ご存じないのですか？」

呆れた表情を隠すことのないジャネットに、何だか責められているように感じる。

「……うん」

「お嬢様の好きな新聞にも記事が載っておりますよ」

「へっ？」

ジャネットから渡された新聞に隈無く目を通す。

暖かい気候が特徴のこの地は、たまに降る豪雨が命綱となっている。だが最近は日照りが続き干ばつで悩まされ、今年は特に酷く特産の果物も全滅の恐れあり……大きな見出しと共に深刻な記事が乗っていた。場所は……ダルトン令嬢が視察した南部。

「毎年？　過去の新聞は全部読んだけど……」

「……お嬢様は、貴族の楽しい話題にしか興味なく、他の話題の部分は処分してしまっていたの、お・忘・れ・ですか？」

笑顔が武器というのは本当で、ゆっくりと丁寧に言葉を強調するように話すジャネットの笑顔には圧を感じる。……そうなんだ……確かに「ゴシップ以外あまり載ってないなぁ」とは思っていた。この国の新聞はそういうものなのだと思い込んでいた。

「氷……」

「届けられたら、領民はさぞ助かることでしょうね？」

「ダルトン令嬢はなにか支援などはしていないの？」

私が何かするよりも、南部の視察を担当しているダルトン令嬢が既に何らかの対策や援助に動いているのではないだろうか？　既に試験官に申請し動いていれば、私は令嬢の動きの妨げとなり、万が一令嬢の手柄に乗っかりでもしてしまった時には……恐ろしくて考えたくない。

「干ばつを解決するのは並大抵ではありません。重複しても助けにはなれど片方が片方の施策を潰すことはありません」

「他の領地はどうなの？」

　私よりも東部と西部の方が、距離を考えても、何かしら援助しやすいだろう。

「この時期は、どの領地も問題が重なっているそうです」

「問題が重なる？」

「はい。東部は領民に流行り病が拡大し、感染の恐れから水の提供は危険と判断したとか。西部は西部で魚の大量死が問題になっているそうで、原因究明に努めているそうですが、今のところ解決しておらず地領に持ち込まないために支援は出来ないそうです」

　自然相手は難しく、重なる時は重なるようだ。北部は常に「寒さ」という問題を抱えているが、その環境に慣れてしまっている領民は寒さを災害だと感じていない。なので今、一番余裕があるのは北部だ。

「……私が解決は出来なくとも、でしゃばったりなんかしちゃったりしたら……南部を視察したダルトン令嬢の評価が下がるということに……」

「……南部の領民は、お嬢様に感謝なさるでしょう」

　王子だけでなくダルトン令嬢からも面倒なことを言われているのに、これ以上巻き込まれたくない。けど、「干ばつにより特産の果物が全滅の恐れあり」はかなり深刻な問題で、知ってしまったのに見て見ぬふりは心苦しい。特産品がダメになれば、南部にとってかなりの打撃。彼らを救えるわけではないが、気持ちの支えくらいには……ダルトン令嬢のことも考え、匿名で寄付するとかなら……いや、それよりも……

「まずは、北部に氷を確認しに行くのが先決かな」

私はただ北部の氷を利用してかき氷を食べたかっただけなのだけど、なんだかややこしくなってきたように感じる。何で私はあの時、氷を見つけちゃったのだろう……

「はいっ」

嬉しそうに返事をするジャネットは、私と違ってなんだかやる気だ。私が王妃選定に興味がないことを知っているのに、その姿に不安を感じる。

私は急いで北部に確認に行くことの手紙をファイン男爵へ送る。出発の前にはダルトン令嬢に「南部の災害を直接確認に行きたいと思っているのですが、令嬢も一緒にどうでしょうか？　一度お会いできませんか？」と記した手紙を侍女に託し届けさせたのだがダルトン令嬢からは「お会いする必要はありません。南部へは、令嬢お一人でどうぞ」と素っ気ない返答だった。

「はぁい、行ってきまぁす」で本当に良いのだろうか？　後々、「どうして私を差し置いてそのようなことをされたのです？」など突撃されたくない。まぁ、こちらには手紙という証拠があるので「勝手に行くなんて常識がないわ」なんて言われることはないだろうけど……

「当然です。このような被害状況で貴族が現れれば最悪暴動が起き、身の危険があります。暴動が必ず起きるというわけではありませんが、不満が溜まり続けているのが予想出来る今の状況では、避けるダルトン令嬢の判断は間違いではありません」

　ジャネットは遠慮するダルトン令嬢の判断も正しいと語るが、そこに突っ込みを入れずにはいられない。

「……不満が溜まり続けている？」

「この時期の南部は、日照りによる干ばつが起きるのは毎年です。過去、国に訴えたことがあるそうですが自然災害は難しく未解決のまま、貴族は寒さから逃れる為に南部に訪れますが、干ばつの時期は見て見ぬふりですからね」

　見て見ぬふり……嫌な言葉。

「……なら、南部に視察に行ったダルトン令嬢はあまり良い待遇ではなかったの？」

　お茶会では、とても好待遇だったと話していたが矛盾を感じる。

「観光や環境でいえばダルトン令嬢の方は優遇されていますが、領民の反応でいえば北部の方が友好的ですね。南部では状況を見極めないと、領民から反感を買い……」

　反感を買い……何？　途中でやめないでほしい。視察の場所は嫌がらせで差を付けられたのでは？　と当初は思い込んでいたが、そうでもなかった。

「……そっか。私に解決出来るか分からないけど、まずは北部の結果次第だね」

　ファイン男爵からの「お待ちしております」という返事を確認し、北部へ出発することになった。

　二回目ということもあり、荷物の準備は以前よりも多少量が少なめで準備も速やかだった。暖かい時期であれば、北部は避暑地として人気で重ね着する必要がなく過ごしやすい場所である。

　馬車に乗り込み、以前と同じ道を通るも揺れない。あの悪路がなくなり快適な旅路となっていて、日程も短縮された。それでも途中宿は取ったが、断然順調に進んでいる。

「道路整備してよかった」

「そうですね」

私の馬車にはジャネットも一緒だ。ニクソン令嬢とモアノア令嬢、アドリーヌ令嬢は後続の馬車でやってくる。

「どうして今まで誰もやらなかったの？」

私が思いついたことは大それた提案ではないので誰でも思いついていただろう。

「北部への道を整えるには、ファイン男爵が率先するべきですが財源には限りがあるので踏みとどまっていたのでしょう。他貴族もこの時期にしか利用しませんから、わざわざ他領への道路に予算を掛けません。北部には珍しい特産もありませんので援助・支援しても利益が生まれる見込みもありませんからね。利用する誰もが悪路と分かっていても、着手はしませんでした」

「利益……避暑地として利用させてもらっているのに……」

本当に貴族は北部を利用するだけ利用して他は関係ないように見えて薄情に感じる。お金が無くて援助できないのであれば仕方がないが、お金が有り余っていても助け合い精神を見せない者が大半だ。復興支援や医療施設に寄付、他領地への支援をするとゴシップ紙には必ずと言っていいほど「偽善者」扱いされる記事を発見する。問題なく通常の生活を送れている人には、「誰かを助けたい」という思いは、お金持ちの気まぐれにしかみえていない。だけど、困っている人からすれば偽善だろうと、支援に救われるだろう。

「北部の特産と言えば、寒さだけですからね」

氷が出来れば、かき氷が特産になってくれるはず。他領地では作り出せない貴重な物なんだもの。

早く氷を確認しなければ……

　領地に入り屋敷に到着すると、ファイン男爵とカリックスが私達を出迎えてくれていた。道路整備をしたので予定よりかなり早くの到着なのに、彼ら二人は私の到着を待ってくれていた。馬車の扉を開けると、あの時とは全く違い王都よりも過ごしやすい気候となっている。

「お待ちしておりました」

　私が北部へ降り立つと二人は頭を下げ受け入れてくれる。

「出迎えて頂きありがとうございます」

　私達はまず屋敷に案内され状況を確認、その間侍女は荷物を運び入れている。私、男爵と令息、ニクソン令嬢の四人は執務室で氷室について情報を共有する。

「あれから誰も開けてはいないので、氷がどうなっているのかは我々にもわかりません」

　私が北部を去る際には、「絶対に開けるな」と言ったので彼らはそれを忠実に守ってくれていた。すぐにでも確認に行きたいのだが、氷の保存が出来ていたその後のことも考えなければならない。手順もきまっていないのに、何度も氷室を開閉はしたくない。開けてみて成功のようであれば、急いで馬車に詰め込み南部へ送る予定だ。なので、馬車の用意や、どうやって積むのかを今のうちから話し合っておく必要がある。氷の運搬は初の試みなので、まず荷馬車を改造しなければならない。

　荷台を完全に箱のようにし、氷をおがくずで埋め尽くすのは変わらないが、これ以外にどのように氷を守ればいいのか分からなかった。氷が解けないように荷台に直接太陽が当たらないよう藁で覆うという意見を採用し、馬車の完成を確認後、氷室の扉を開けることとなった。

　明日から馬車の準備に取り掛かり、荷台完成後に氷室の扉を開け、氷が完成していれば、その日のうちに南部へ届けるつもりだ。北部と南部を繋ぐ道は鬱蒼とした木々によって日差しは遮られ気温も一定なのが幸いだった。

　領民はたとえ氷が出来ていなくても、仕事をして給金が貰えるのであれば問題なかった。朝から作業に取りかかり夜まで続けること三日。数人で一台を完成させるのではなく、流れ作業のように場所ごとに担当者を決めた。台数をこなすうちに要領を掴んだのか次第に完成までの時間が短縮され、ある程度の台数の荷馬車が完成した。後は氷室の扉を開けるだけとなったが、ここが一番緊張する。氷が溶けてしまっていれば今までが無駄になってしまう。

「お願いだからせめて半分、全部とは言わないので原型をとどめていてほしい」

　私は領民達が扉を開けている時、後ろで祈り続ける。

　皆、扉が開くのを興味津々に眺めた。氷はまだ確認できていないが扉が開くだけで「おぉ」と声が漏れる。藁をどかし、おがくずを掻き分けていく。作業をしていた者がビクッと反応し震えながらおがくずを払うと、そこには私達の希望があった。

「と……溶けて……ない」

　男性二人で一枚の氷を持ち上げる。

「おぉ」

「まさか……」

「こんなに暖かいのに溶けてないなんて……」

　氷が現れると、目撃した者が次々と感想の声が上がる。嬉しさのあまり、皆氷をいつまでも眺めていた。

「み、皆さん。氷をすぐに荷台に積み込んでください」
私も完成した氷を堪能していたいが、氷は外気に触れると溶けてしまうので、は氷を少しでも溶かさずに南部に運ぶことを優先し指示を出す。皆が汗をかきながら作業を進める間、私は南部へ急いで手紙を出すことにした。南部までの道のりでどれ程溶けずに運べるかは未定なので、干ばつの視察のために訪問するとだけ記す。

早馬で知らせたが、返事を待つのも惜しいと感じ私は第一陣と共に出発する。北部から南部までは森をひたすら走り続けるのだが、今回は極力休憩なく進む。宿も我慢し車中泊だと覚悟を決めている。第一陣の氷を運ぶ御者は二人体制で完全に休むつもりはないようだ。王妃選定の候補者が発案した事業を成功させれば、かなりの見返りがあると考え男爵は御者の給金を二倍支払い、いち早く届ける契約を私の知らないところで交わしていた。

長時間の馬車は「腰が痛い」「お尻が痛い」と感じながらも、訴えず数時間でも早く到着することを優先する。出発から時間なんてわからないが、完全に陽が落ち、馬車の中で眠り、朝を迎え軽い食事と休憩、その際御者の交代をして再び走り出す。昼食を頂いて走り、夕方まで走り続ける。

それなりに過ごすと、ある時から揺れが酷くなりあの道は快適だったのだと思い知らされる。王都から北部までの道路整備には着手したが、王都から南部への道路整備はダルトン令嬢の領分だとし私は何も助言しなかった。そのことがこんな形で帰ってくるとは、その時は思いもしなかった。

南部への道程もかなりの悪路で馬車はかなり揺れ、酷い時は壁に手を着いていないとぶつけてしまいそうなくらいだった。この揺れに氷がどれだけ耐えられるのかを祈りながら南部へ向かう。当然だが、速度もかなり落ちた。

途中、南部の領主から私への手紙の返事を持った早馬に出くわす。手紙には「日照りが続き干ばつが酷い状況です。井戸の水も残り僅かであと何日もつのか不安です。助けてください」と書かれていた。

このような切羽詰まった状況にもかかわらず、ダルトン令嬢は何も……仕方がないのかもしれない。出来ることがあるのであればしている、出来ることがないから動けないだけ……私達に雨を降らすことは出来ない。大量の水を運ぶにしても他領地も干ばつではないが、問題がある。

私も王妃選定で北部の状況を視察しなければ、申し訳ないが南部の干ばつを見て見ぬふりをする貴族の一人になっていた。今回は偶然にも、清潔だが一年の間ほとんど凍っていて使い道のない池の存在を知ったことでこうして南部までくることが出来たに過ぎない。

馬車が止まり、南部に到着したことを知る。

手紙の返事を送ったばかりだろう領主は、私の姿を見て慌てた様子で駆け寄ってきた。

「まさか、こんなに早く来て頂けるとは思ってもいませんでした」

避寒地として利用される南部に、暑さが最高潮の今、使いの者ではなく貴族本人が訪れたことにも驚愕している。しかも、手紙の主は王妃選定に参加中の王子の恋人……ではなくワガママ令嬢として有名な方となれば、訪れることはないだろうと予想したに違いない。

「はい、私も領主様の返事を待たずに来てしまいました。手紙は来る途中で拝見しました」

領主はきっと私に何も出来なくても、復興のための寄付を求めているのだろう。既に植物が弱り始め来年の南部特産である果物も諦めるしかないのを覚悟しているようだった。

領主との会話もそこそこに終わらせ、私は後続の馬車の扉を開けるよう指示し、おがくずの中の

氷を確認した。中の氷はヒビや割れがあり、多少暑さで小さくなっていたが運ぶことに成功していた。

「……これは？」

「氷です」

「こお……り？」

「はい、北部で半年間保管していた氷です」

「氷とは……寒さで水が凍ったという、あの氷ですか？」

領主の言葉から、凍った水を見たことはないようだ。前世の記憶がある身としてはそのことに驚いたが、一年中温かい気候で暮らし、北部へ訪れたことが無ければ、ありえるのかもしれない。

「はい。その氷です。寒さは北部の特徴ですから。この後も続々と到着する予定です」

「……なんと……」

水の支援は初めから考えていなかったのだろう、予想外の贈り物に混乱中していた。

「氷はこちらの井戸に？」

「はいっ、あっ、いえ、あちらにお願いします」

「あちら？」

領主が指したのは近い場所の井戸ではなく、領主の敷地だった。

「あそこにあるのは貯水槽です。ここ最近毎年のように日照りと干ばつに悩まされておりましたので貯水槽を作りました。それももう底を尽いてしまうところで……」

南部も最近の日照りに対してなんの対策もしていなかったわけではない。対策していても、難しいことがある。

「そうなのですね、ではあちらに氷を……」

氷を貯水槽にいれる前に確認させてもらったが、貯水槽の大きさに反して水の量は底をつき始めている。この光景は領民達を不安にさせていただろう……

　そこへ氷が次々と消えていく。

「………私の氷……」

「へっ？　何ですか？」

「いえっ、なんでもありません」

　一台目の氷を全て入れ終えると、二台目の馬車が到着した。その様子に何事かと集まった領民は氷の存在を知り、涙し歓喜する。氷を運ぶ人間が何度も交代し皆が嬉しそうに行動する。三台目、四台目と続き、日は落ち互いの顔が見えなくなっても皆休むことはなかった。

　最後の馬車が終わるまで領民は、氷が貯水槽に入れられるのを見つめていた。

「……いいんだ……これで……」

　氷は贅沢品。今は贅沢をするよりも、人命が大事……人命優先……

「……私の……こ……ぉ……り……」

　つい思いが溢れてしまったのは許してほしい。

　本日移動してきた氷を入れ終えた頃、領主が私達の為に「ごちそうを振る舞いたい」と誘われた。領主の屋敷で領民達も含めて食事をするのはここでは珍しくないようで、広間には大きなテーブルと椅子があり食事が準備されていく。

突然の私の訪問を盛大に歓迎しようと躍起になり、彼らは氷を運んできた御者にも厚待遇だった。重たい氷を貯水槽に入れるのは一苦労だったろうに、食事を共にする彼らからは疲れを一切感じず陽気に見えた。

彼らは私がこれからも水を運搬すると考えているのかもしれないが、現実には限度がある。全ての氷を運んだところで領民に行き渡ったとしても何日もつか。次の雨まで耐えしのぐことが出来るのか。きっと数日分の時間稼ぎにしかならない。

私のしたことは、良く言えば「心のケア」、悪く言えば「王都の貴族は貴方達のことを忘れていないというアピール」に過ぎず、うまく行けば王都の貴族と南部との摩擦が和らぐ程度で、命を救ったなんて思ってない。はっきり言ってしまえば、ただの自己満足……

「貴方があの有名なメルティーナ・ダルトン令嬢ですね？　噂通り心優しく領民思いで次期王妃に相応《ふさわ》しいお方だぁ、はっはー」

酔った男は陽気に告げる。

「何言って……すみません。ガルタス、こちらはヴァレリア・ルルーシアン公爵令嬢だっ」領主が慌てた様子で、訂正する。

「へっ……えっ……いや……ルルー……へっ？」

ガルタスと呼ばれた彼は、私のことをダルトン令嬢と思い込んでいたようだ。私とダルトン令嬢は似ている顔ではないので、彼はゴシップ紙を拝読していたのではなく周囲が話す噂話を耳にして私をダルトン令嬢と勘違いしたのだろう。ダルトン令嬢の顔を知らないということは、前回彼女が視察に訪れた時は、彼らに挨拶もなくおもてなしも受けなかったのだろう。

「名乗っておりませんでしたね、私の名前はヴァレリア・ルルーシアンです」

私が名前を明かすと、領民は驚いていた。私の噂は訪れたことは無いはずの南部にも伝わっていたらしい。

「……え……あなたが……あの……ヴァレリア・ルルーシアン……ワガママで金遣いが荒く、差別主義の？」

「なっ、ガルタス、しゃべるなっ」

本人を目の前に、そんな発言をしてしまったガルタスは他の領民に強制連行されていった。

「申し訳ありません、あやつには私からしっかりと注意しておきますのでどうかお許しを」

彼の代わりに領主が深々と私に頭を下げる。盛り上がっていた会場も一気に静まり返ってしまった。

「事実なので、気にしないでください」

以前の公爵令嬢であれば金遣いもきっと荒かっただろう。差別主義は……どうかわからないが強く否定する気もない。

「……そんな……」

私の態度に周囲の者は困惑しながらも、私は気にせず食事を続ける。

私がそう振舞えば、少しずつ会話が戻る。その後、美味しい食事に満足しお開きとなった。

翌日貯水槽を確認すると、氷は完全に溶けていたが、貯水槽として機能している。

そして日差しが和らぐ頃に、二日目の氷が届き始め、昨日と同じ作業をひたすら行う。北部からの御者によると明日には終わるそうだ。

この時期の南部は昼から夕方にかけてかなりの日差しで、水分を欲してしまう。もし、北部の氷が大量生産でき運搬も楽になったらきっと、かき氷が売れまくる……かき氷……せっかく忘れていたのに、自分から思い出してしまった……私のかき氷……

三日目には全てをやり遂げたので、私達は王都に戻る前に北部に向かうことにした。

「ルルーシアン公爵令嬢、この度は我々を救っていただきお礼申し上げます」

「いえ、特産のジャム大変美味しく頂きました。来年も楽しみにしていますね」

南部の領主からはお礼として、大量のジャムを頂いた。

私の仕事は北部から南部に氷が溶けることなく届けることに成功した報告と、お礼として南部特産のジャムを頂いたので届けることだ。今回の件はかき氷の事業を進めるのに、氷が南部まで溶けることなく運搬出来るかの実験だったと思うことにした。

「これからも贈らせていただきます」

「そうですか、北部の方達も喜ぶと思います」

「いえ、ルルーシアン公爵令嬢に、ですよ」

「私に、ですか？　気になさらないでください」

今回の主役は氷で、その氷は北部のもの。私は楽なところで指示していただけだ。

「贈らせてください」

遠慮と強引の戦いに、強引が勝利した。

「……では、楽しみにしています」

「我々はルルーシアン公爵令嬢を支持します」

「へっ？」

今なんと仰いました？

「このご恩は一生忘れません」

領主の宣言に領民が頷く。

「いえ、そんな」

支持とかは本当にいらない。

「我々を救っていただき感謝いたします」

「……はい」

彼らの「応援します」という圧がすごく、私は早くこの場を去りたかった。逃げるように馬車に乗り込み扉がしまると、彼らはお辞儀をすると嬉しそうに私に手を振る。私も無視するのも気が引けて振り返す。気恥ずかしい。

馬車が動き出し彼らが見えなくなるとようやく落ち着くことが出来……ないほどの揺れに見舞われた。

「道路整備っ」

南部の領民による遠慮したいほどの支持や、馬車での移動くらい休みたいのにあまりの悪路で、王都に戻ったらダルトン令嬢に八つ当たりしてやると決めた。

その前に北部に戻り、氷が溶けることなく南部に運ぶことが出来たことを男爵に報告した。今回の彼らの働きは、南部を救ったとして王族に報告することも伝えた。南部まで氷の運搬に成功し、寒さしかなかった北部から氷という特産が生まれるかもしれない。かき氷は私の個人的な意見だが、彼らの発想で今後様々な氷を使用した特産が生まれ冬の間の仕事として氷作りが生まれた。それにともない、氷を運搬する専用馬車の改良にも力を入れてもらうことにしたので新たな雇用が生まれた。

私は王都に戻り、今回の北部と南部の報告書を提出する。今回の功績としては北部への報酬を出してほしい。今後事業を起こすにも、たかが自然の氷だからと見下されても困る。この氷には半年以上保管して、専用馬車も作り運搬したのだからそれなりに頂かないと割に合わない。そう考えていたところ、王族からは私の想像を超えた金額が北部に当てられた。

北部の寒さも問題だとは感じていたが災害ではなく領民達も我慢でき範囲なので本格的に動くことはなく、南部の水不足の方が役人にとしては毎年の課題だったらしい。それを同時に解決出来たことで目を背けていた悩みから解消されたので感謝の意味も込められた金額だった。

そして、今まで南部の干ばつを役人に丸投げで見て見ぬふりだった王族もようやく解決の糸口を見つけひと安心のよう。そのことはダルトン令嬢の耳にも入ったのか、道路整備を頼みたかったが、声を掛ける前に鬼の形相で睨まれたので私の方から申請することにした。

北部から南部に移動し、王都に帰ってきて数日。氷のことで頭がいっぱいだったのでなんとも思わなかったが、王都に戻り普段通り過ごすとかなり暑いことを知る。

「……はぁ……私はただ、かき氷が食べたかっただけなのに……ん？　あれ？　どうやってかき氷作るの？」

氷を作ることに夢中になっていたが、かき氷を食べるには氷を削るあの機械も作らなきゃいけないことをすっかり忘れていた。私はどうやって氷からかき氷を食べる気だったのだろうか？　氷の塊を口に含んで、ガリガリする気だったのか？　それに保存する場所は？　冷蔵庫のようなものも必要になってくるし、他にも必要なものは沢山あることに気が付いた。今までの私は本当にかき氷に取りつかれ、食べることしか頭になかった。

「そっか……なら、氷は寄付で良かったんだ。これで……良かったんだ」

かき氷機に冷蔵庫も作らなければならないので、来年の氷作りまで時間も出来たし、焦らず一つ一つ丁寧に作っていこうと思う。

そんなことを考えながら、私はファイン男爵に、手紙で氷の使い道を提案した。かなりの確率で南部が水不足に陥るが、毎年ではないので氷が必要ない時の利用法としてかき氷を伝え、氷が保存出来る冷蔵庫とかき氷を削る機械の製作を依頼したのだ。

かき氷を北部だけで広めるのもいいが、王都で店を出したらかなり大儲けが出来るはず。貴族の避暑地として人気であれば北部の名物でも問題ないが、やはり王都にも店をだすべきだ。それでも一番は南部よね。南部でお店を出せたら大儲け……エヘヘ。

「来年は夏場のかき氷を食べられるようになりますように……はぁ……来年までお預けかぁ……何味がいいかなぁ……ん？　あっ、シロップ……」

味付けを忘れて氷だけで食べるところだった。再び男爵への手紙に、かき氷に合うシロップの開発も付け足した。

「ん？　そこは南部に協力を求めればいいのか？」

南部特産のあのジャムは王族に献上されるだけあって本当に美味しかった。あれをかき氷に掛けたら絶対美味しいはず。

「北部と南部の合作ね」

南部の貴重な特産品を簡単に提供してもらえるとは思っていないが、今回を機に友好的な関係になれば、かき氷に南部特産のジャムを使用することを許可していただけるのではないか？　氷を提供した北部の男爵から打診すれば、南部の領主もジャムを使用したかき氷店を出店することにきっと反対はない……だろう。

うん。私は最高のシロップになり得る南部のジャムを手に入れるために、氷の素晴らしさを知ってもらおうと提供し、干ばつから命を救ったという恩を売り摩擦なく交渉出来るように動いた……そうよ……そうなのよ……私は未来を見据えての行動をしたのよ、最高のカキ氷を食べるために。そして、今回は北部の氷が溶けることなく南部に届くのかを実験したのよ。かき氷を食べられない悔しさを、すべては私の計画だったのだと。北部と南部の友好関係を偉大なる氷で取り持ったのだと必死に正当化するも、私の頭の中はやはり……

「かき氷……食べたかったなぁ……」


本日は王妃選定候補者として、王族が支援している孤児院と病院、最後には教会を視察訪問することになっている。王妃となったら、平民の様子を見る機会は難しくなるので、以前から王妃選定に含まれている内容だ。

私が勝手に忙しく動いていただけで本来は今回訪問する三か所の準備期間だったりする。

王族が支援している孤児院だが、王宮から距離があるので本日は朝早くから出発している。孤児院までは各々馬車で向かい現地で顔合わせとなる。まず孤児院に向かい病院を見学し最後に教会で祈りを捧げる。一日ですべての個所を巡るので、場違いなドレスは遠慮するもみすぼらしすぎるのも良くないとされ服についてかなり悩まされた。休みの間に服を準備しておくものなのだが、侍女達も私の氷作りに気をとられ忘れていた。何を着るべきか悩みたいが、クローゼットには候補らしいものがなく手持ちの一番質素なワンピースを選んだ。本日の訪問は王妃選定に含まれている項目なので、私一人馬車に乗り込み孤児院へ向かう。早めに出発したが、到着すると既にダルトン令嬢の馬車があった。

　王妃選定に組み込まれた訪問だとしても、混乱を避けるために三人とも似たような外見の、質素でどこの貴族が乗っているのか分からないよう家紋のない、王宮が手配した馬車を利用している。目印としては、馬車に取り付けられている前方のランプ部分にリボンが結ばれている。水色が王子、ピンクがダルトン令嬢、赤が私だ。

　王族よりも後に到着するわけにはいかないので、馬車から降り外で待つことにした。私が外で待っていると、ダルトン令嬢も馬車から降りる。

「ごきげ……」

「ルルーシアン令嬢。どうされたのですか、侍女のような格好で……」

　挨拶をと思ったのだが、私の言葉を遮るようにダルトン令嬢は私の格好について追及する。

「そうでしょうか？」

　孤児院に行くというので子供達と一緒になって動けるような恰好をしたのだが、ダルトン令嬢は上品な白を基調としたワンピースで華奢な宝石も身に付けている。可憐な彼女によく似合っていた。

孤児院に行くことばかり意識を向けすぎるあまり、王妃選定に参加中ということが頭から抜けていた。

その後王子が到着し、上質なものだが目立たない彼の服装に安堵する。

「素朴な服でもルルーシアン令嬢の素晴らしさは健在だな」

「……ありがとうございます」

今の王子の言葉は誉め言葉なのだろうか？

「ダルトン令嬢は、今日も華やかだな」

「はい、ありがとうございます。グレンバルディオ王子に誉めていただき嬉しいですわ」

王子が私の方に先に声かけたのが多少不満だったようだが、自身の方が「華やか」と誉められたことでダルトン令嬢は満足していた。というより、勝ち誇った表情で私を見る。

三人が揃ったことで孤児院の門を潜ると、院長と数名の先生が既に入口前で私達を待ち構えていた。

「グレンバルディオ王子。本日の訪問お待ちしておりました。皆様の温かいご支援により、この院も滞りなく継続でき誠に感謝しております」

「それは良かった。支援は足りているか」

「はい、充分なほどに」

「本日は王妃選定に参加中の二人にも、こちらの院を自身の目で直接確認してもらうべく同行してもらった」

挨拶をするよう促され、爵位を基準として私から答える。

「ヴァレリア・ルルーシアンと申します。本日はよろしくお願いいたします」

「メルティーナ・ダルトンと申します。本日は子供達に会えるのを楽しみにしておりました。私も領地の孤児院を何度も訪問しているので元気な子供達を見ると癒されます」

「まぁ、そうなのですね。お二人の訪問も楽しみにしておりました。私は院長のシャクソン・ノワーズと申します。よろしくお願いいたします」

ノワーズは温和な印象を受ける。

「挨拶はその辺にして、見学をいいか？」

「そうですね。では案内させていただきます」

王子に促され、院長に孤児院の内部を案内される。王族に支援・管理されているので孤児院はしっかり手入れされ、掃除も行き届いている。

「二人とも、この孤児院についてどう感じる？　何か足りてないと感じるところはあるか？」

王子による突然の候補者の審査が始まり驚いた。こういうところはちゃんと王族なのだ。

「さすが王族が管理しているだけあって不備などは見当たらず、我が領地より美しいです」

ダルトン令嬢の回答は、「誰より先に答えてやる」「あんたには負けないわ」という気迫を感じた。

「そうか。うれしいよ。ルルーシアン令嬢はどう思う？」

「私も施設の不備などなく、掃除もされていると感じました」

「そうか」

ダルトン令嬢は私が同じ意見を述べたことで、満足そうな表情を見せ、いつの間にか王子の隣に立っていた。

「では、子供達にもお会いになりますか？」

院内の案内が終わると直接子供達に会うことになった。子供達は私達の訪問の邪魔にならないよう孤児院の裏で遊んでいた。

私達の存在を見つけると、子供達は興味津々な様子だ。

「院長先生、その人達誰？」

元気な男の子が代表して質問する。

「この方は王子様と、お嬢様ですよ」

「王子様……お嬢様？」

「そう、いつも皆のことを助けてくれている人よ」

院長が説明するも子供達はよくわからない様子だ。

「あそぼー」

一人の子がそう口にすると、周囲の子も同調する。

子供達の催促に負け、遊ぶことになる。小さな子供の相手をした経験どころか、ピアノしかしてこなかったので皆で遊ぶ遊びもろくに知らなかったが、手を繋がれたので付いて行く。そして子供達から独特な遊びを伝授される。目の前の彼らに向き合うので必死で、他の二人がどんな状況なのかは把握できなかった。

そのうちにルールを理解し皆で遊んでいたが、この後には病院と教会の訪問も控えていたので数時間の滞在で孤児院を去ることになった。

「やぁあ、もっとお姉ちゃんと遊ぶ」

私達が帰るのを察知すると、一人の女の子に抱き着かれ引き止められる。

「こら、いけません。離れなさい」

子供の突然の行動に、一人の先生が慌てた様子で近づき強引に私と子供を引きはがす。

「やぁあ、行っちゃやだぁ」

なおもめげない子供にどうしたものかと困惑しつつも、こんなに好かれたことに内心嬉しかったりもした。

「ルルーシアン令嬢は、子供に好かれるのだな」

今まで存在を忘れていた王子から尋ねられるも、子供とこんなにも接したのは初めてのことなので好かれたのかいまいちわからない。

「好かれているのですかね？」

「離れたくないと懇願されるのは好かれている証拠だと思うが」

「そうなんですね」

私の思い込みではなく、周囲からもそう思われていることで嬉しく感じた。

「もう、行かなきゃいけないの」

残念に思うも今後の予定を考えると、そろそろ出発しなければならない。子供と目線を合わせ、もう行かなきゃいけないことを伝える。

「また来てくれる？」

「……うん、分かった」

私にとっては小さな約束だが、この子にとっては大事な約束だ。守れるかどうかわからない約束はするべきではないと思い、返事に困ってしまったがこの子の顔を見た瞬間約束してしまった。

「約束ね」

「うん、約束」

約束を交わすと、その子は私から離れ解放された。

「申し訳ありません」

「いえ、再訪することに問題はありませんから謝罪はいりません」

「いえ……その……お召し物が……」

慌てた院長の言葉に全身を見渡すとスカートの膝辺りが汚れていた。先程の子に抱き着かれた時に汚れてしまったらしい。

「この程度なら、大丈夫ですよ」

「え？　でも……」

「また、遊びに来ますのでよろしくお願いしますね」

「……はい」

院長だけでなく子供達にも見送られ孤児院を後にする。各々自身の馬車に乗り込み次の訪問先である病院に向かう。清潔であるべき病院に汚れた服で見学してもいいものか悩むも着替えなどないので、少しでも落ちないか必死に汚れた個所を叩く。病院に到着するまでに何とか目立たないよう叩き続けた。

「こんなもので大丈夫かな？」

知っていれば気になる汚れだが、知らなければ目につかないと信じる。

これ以上は諦め窓の外を確認する。いつの間にか景色が変わり、落ち着いた風景になる。病院は王都に存在するのかと思っていたが、静かな場所にあるようだ。馬車が停車し目の前の建物が病院だと認識する。馬車から降り三人揃ってから入口に移動すると、院長らしき人物が既に待っていた。相手は王族なので、病院側も人数を集め私達の到着を待っていた。

「グレンバルディオ王子、ダルトン令嬢、ルルーシアン令嬢、本日はお越しいただきありがとうございます。案内をさせていただきます、院長のリールランド・ハマリトスと申します。よろしくお願いいたします」

院長の挨拶を受けた瞬間、何かが妙に引っ掛かったが、彼がそれ以上不審な行動はなかったので私の考えすぎなのかもしれない。

「では、ご案内させていただきます」

院長の後に続き病院の説明を受ける。こちらの病院は王族から多額の援助をしていただいているそう。建てたばかりなのか病院は外見も中の設備も新品のように綺麗だと感じる。院長に院内を丁寧に案内される姿はまるで総回診のよう。だけど私達の為に病人が壁際に避け、健康な人間が中央を歩く姿に違和感を受けた。

そして廊下から部屋を覗くだけでなく病室に入り、院長は患者についても詳しく語る。前世ではプライバシーがある為ありえないことだが、身分に関係なく受け入れているのを証明する為だった。

「院長先生、ありがとうございます。大分良くなりました」

「ハマリトス先生、この度は主人をありがとうございます」

廊下を歩く院長とすれ違う度に患者達は感謝の言葉を贈っていた。大袈裟にも思えるが、ここの院長はそれだけ分け隔てなく診察してきたのだろう。

「うわぁ、来るな、助けてくれぇ、あっち行け」

突然、病室のベッドで横になっていた患者が騒ぎ出す。看護師や医者は彼を抑え拘束する。あまりの出来事に私達三人が硬直していると、男が私を見つけて叫び暴れているようだ。私と男になんの接点もないと思っているが、あの暴れようは尋常ではない。どうすることも出来ずに立ち尽くしていると、看護師の一人が私を見つけ院長に進言している。

「そういうことか」

「どうした？」

意味ありげな院長に、王子が尋ねる。

「申し訳ないのですが、ルルーシアン令嬢は廊下に出てもらえませんでしょうか？　この患者は、火事に巻き込まれ家族を喪ったのです。令嬢の燃えるような髪に恐怖が蘇ってしまったのではないかと」

「そうなんですね」

患者のこともあるので院長の指示通り廊下に出る。私が廊下に出て暫くすると、男の叫び声は落ち着き緊迫した雰囲気が解消される。

長い髪をひと房掴み、赤い髪をまじまじと見る。私自身はこの見た目に慣れたが、彼は私の髪を見て家族を殺した炎を思い出してしまった。それにここは病院、病気だけでなく怪我を負って入院する人もいる。人によっては血を連想させる恐れもある。これ以上病院の迷惑になることは避けたいので見学を辞退するべきかもしれない。

「大丈夫か？」

王子がタイミングよく現れたので、私は「患者の精神面を考えた時、彼らの前に現れるべきではない可能性があるので馬車で待機しています」と告げた。先程の光景を目の当たりにしたので、王子も引き止めることなく私が馬車に戻ることを許可した。

一人、案内された道順を引き返し馬車を目指す。まさか、このような形で訪問を終了させることになるとは思わなかった。故意では無いにしろ、人を傷つけてしまったことを申し訳なく感じている。二人が見学を終えるまで私は極力病院に入っていく人達に見えないよう隠れた。

馬車で一人物思いにふけっていると、ノックをされ外の人物を確認してから扉を開ける。外にいたのは王子とダルトン令嬢だった。

「視察は終了した。これから教会へ向かう」

「はい」

「……先程のことは令嬢の責任ではない」

不覚にも王子に心配されてしまった。

「……はい」

「ルルーシアン令嬢、思い詰めないでね。病院ですから色に反応してしまう患者さんはいるそうなの」

ダルトン令嬢にも慰められてしまった。令嬢は私とは違い、優しい桃色の髪色をしている。服装も白と気を使っていたのかもしれない。裾と袖が土で汚れているのは孤児院で子供達と触れていたからだろう。

「ありがとうございます。大丈夫です」

私がぎこちなく笑うと二人は自身の馬車に乗り込み、最後の目的地である教会を目指す。教会は王都にあるので、次第ににぎわっている道に変わっていく。豪華な馬車が三台続くと、町を歩く平民も興味を示し少し覗いただけで視線があってしまうので、目が合わないように深く座り直す。

馬車が停車し教会に到着した。降車し三人が揃ってから教会へ向かう。予定通りの到着ではあるが既に司祭が私達を待っている。

「グレンバルディオ王子、ルルーシアン令嬢、ダルトン令嬢。お待ちしておりました。司祭のリロスト・プロキスと申します。本日は私が案内させていただきます」

「よろしく頼む」

「よろしくお願いいたします」

「よろしくお願いいたします」

簡潔な挨拶からして、もしかしたら司祭とは過去にあっているのかもしれない。記憶をなくしていると気付かれないよう何も言わず案内を受ける。

神を模した像に挨拶し祈りを捧げる。この国での教会の立場や成り立ちなどを説明され、平民にとって教会は心の拠り所であることを教わる。普段教会関係者以外入ることのない場所も案内される。王妃選定中はいえ落選すれば王家とは関係なくなる人間にも重要な場所を案内してもいいのだろうか？　と疑問に思うが、私が疑問に思うことは誰もが思うことだろうから問題ないのだろうと結論付ける。

そして私達の教会訪問が終わり、馬車が停車している所まで歩いていたときだ。

「……きゃっ」

「おっと」

　ダルトン令嬢がよろけ、王子が咄嗟に支える。教会は石畳で歩きやすいとはいえ、僅かな段差に躓《つまず》いたのだろう。ダルトン令嬢はヒールのあるデザインの凝った靴を履いている。それは清楚な白いワンピースに良く似合っていた。恋人がそんな恰好で現れたら彼氏としては素直に嬉しいだろう。

「くっそぉー」

　ダルトン令嬢に見惚れていると、突然どこからかともなく叫び声があがる。不穏を感じる叫びだったが、周囲を確認しても異変は見当たらない。

「グレンッ」

「ん？　……メルティー……メルッ」

　群衆に目を奪われていたところ、ダルトン令嬢が恋人の名を呼ぶので何事かと振り向けば既に王子の腕の中で苦しげに目を伏せる。令嬢の白いワンピースには先程は無かった赤いデザインが生まれていた。

「……ダルトン令嬢っ」

　状況を脳が理解した時には、騎士に周囲を囲まれていた。今回、王子と王妃候補が王族の支援している施設を訪問に行くのは以前から予定に組まれている。その為、護衛として騎士が私達の周辺を少し離れた位置で警護していた。襲撃にあったと私が理解した時には既に、犯人を追いかける騎士と私達を護衛する騎士に別れていた。騎士は咄嗟の判断でそのように動けるほど連携が取れているにもかかわらず、そんな騎士達の隙を着いてダルトン令嬢が襲われた。私達は司祭に促され騎士に護衛されながら急いで安全な教会内に逃げ込む。安全が確保されると、司祭によってダルトン令嬢の怪我の具合が確認される。

彼女の腕を刃物が掠めただけで傷は浅く安堵するも、騎士達は凶器に毒が塗布されていることも考え注視していた。現状命に別状は無いが白いワンピースが赤く染まったことで痛々しさが増している。

手当てを終えたダルトン令嬢から話を聞く。

「叫び声がしたので周囲を見たら、刃物をもった男が王子を睨み付けて駆け寄ってきたのです。咄嗟に前に出たら……」

ダルトン令嬢は恐怖に震えながらも先程の出来事を語ってくれた。いち早く危険人物に気が付いただけでなく、刃物を持った人間の前に身を差し出すことが出来る勇気に感心してしまう。私が犯人に気が付いたとしても身動きが取れなかっただろうし、命を懸けて誰かを助けられるかと聞かれると限りなく「出来ない」と答えるだろう。向かってくる犯人に「咄嗟に」前に出るなんて、私には考えられず、それほど彼女が王子を「愛している」のだと伝わる。

犯人が貴族を恨んでの犯行なのか、王妃選定に参加している私達を狙ってなのか、それとも標的は王族だったのか……考えなければならないことはあるが、まずはここから無事に王宮に戻らなければならない。怪我を負ったダルトン令嬢も心配だが、襲撃が終わったとは限らない。教会を出た瞬間襲われるかもしれない。次は誰が狙われるのかもわからない。恐怖と不安の中、一人ずつ同じ馬車を目指す。今は緊急事態の為、三人同一の馬車に乗り護衛を集中させる。残り二つの馬車は囮として使用する。今回はダルトン令嬢が使用していた馬車で戻ることになった。大抵の人なら、王族が使用した馬車が一番優れていると考え、襲撃から逃れるには王族の馬車に集結するだろうという裏をかいた形だ。それ以外にも、ワガママ令嬢なら王族もしくは自身の馬車でないと嫌だとワガママを言い、特に下級の伯爵令嬢が使用した馬車はどんな状況でも拒絶すると思われているのではという意見もあった。そして何より、襲撃を受けたダルトン令嬢が一番安心出来るのは自身が利用していた馬車だろうということで、令嬢の馬車に三人で王宮を目指すことになった。

乗り込む順番は私、ダルトン令嬢、王子ということになった。刺された衝撃で令嬢は顔色も悪く一人で歩くのも覚束ない様子。馬車までは王子が付き添うことに決まった。

事前の話し合いも決定し、実行のタイミングを騎士が窓から外の様子を確認し窺う。

「問題ないでしょう、行きましょう」

騎士の言葉で私達は覚悟を決め教会の扉を開け外に出る。先頭を行く私に日差しが刺さった瞬間「狙われる」と感じ、恐怖で体が硬直し足が動かなくなってしまった。

「ルルーシアン令嬢」

扉が開いたが、一歩を踏み出せないでいる私に騎士が声を掛ける。

「……はい……ふぅ……」

自身の震える声にさらに不安を感じたが、私の後ろにはダルトン令嬢が待っていると思うと弱いところは見せられないので恐怖から目を逸らし、私達が乗り込む馬車だけを目標にする。息を吐くとほんの少しだが固まっていた体が動く。

震える足で騎士に護衛されながら馬車を目指す。教会から馬車までは数メートル。残念ながら教会の前には数段ではあるが階段があるので、教会の扉の前に馬車を着けることが出来ない。馬車の周辺を警戒し誰も立ち入らせてはいないとはいえ、死角からいつ狙われるのか分からない状況。たかが数メートル先が、体感としては何十メートル先にも感じる。騎士の護衛を信じ速足で付いて行く。

「どうぞ」

騎士に扉を開かれ乗車する。私の後に二人も乗り込むので、進行方向に背を向けて座り二人を待つ。一分一秒が怖く、「早く。早く、早く乗り込んで」と願う。

ダルトン令嬢が怪我をしているのは理解しているが、今の恐怖に耐えられないでいた。

二人が乗り込み馬車が動き出し王宮を目指すも、安心できないでいる。

余計な動きをして居場所を知られるわけにはいかないと思い、自身の行動を制限するのと不安からくる感情を落ち着かせる為に腕を組んで耐えた。

私も不安だが怪我を負ったダルトン令嬢の方がもっと不安なはず。今も王子に支えられ震えている。

馬車が停車し王子が外を確認し施錠を解除する。

扉が開き王子が先に降車し、ダルトン令嬢をエスコートする。私は、騎士にエスコートされ王宮に到着したことを実感する。

私達を出迎える為に控えていた侍女達は、到着に安堵した顔をした後、三人が同じ馬車に同乗していることに疑問を抱いたように首を傾げ、次にダルトン令嬢の姿に釘付けとなっていた。令嬢が腕に包帯を巻き、真っ白いはずのワンピースが赤く染まり、本人は顔面蒼白状態。

令嬢を目撃した者達から不穏な空気が伝わり、ざわめきすらなく状況に目を離せないでいた。

何が起きたのかまだ伝わっていないが、何かが起きたことは察している。

ダルトン令嬢の侍女達は慌てて令嬢に駆け寄り、王子と共に部屋を目指す。数名の騎士も令嬢を警護するように部屋まで見送る。

私も侍女と共に部屋を目指す。

「ルルーシアン令嬢」

「はい」

「部屋まで護衛させていただきます」

脅迫文の時にお世話になった騎士が、私の部屋まで護衛を願い出てくれる。今の状況で信用出来る、部屋までの案内を頼めるのは騎士の中では彼だと思っているのでありがたかった。

「お願いします」

王宮内に入っても緊張感は消えず、部屋まで誰一人口を開かず黙々と歩いていく。ようやく部屋に到着する。

「令嬢……用心してください」

騎士の彼を見送り部屋には私と侍女だけになる。

「お茶を用意いたしますね」

只ならぬ雰囲気にジャネットが紅茶の準備をする。その間、ダルトン令嬢に何があったのか知りたいと思いながらタイミングを見計らっている様子。

「ありがとう」

紅茶が準備され、手に取り一口飲んだ。

「お嬢様？」

明確には何も尋ねないジャネットだが、聞いてもいいのか悩んだ結果だと見える。

本日は王妃選定の一環である、王族の支援先を訪問。

危険な場所は一切ないはずだった。それなのに何かが起きた。

想像を口にすることさえ不謹慎とも思え、誰も口にしない。

私は教会で起きたことを皆に伝えた。

「まさか……そんな……」

皆が、動揺するのは仕方がない。私も未だに状況をのみ込めないでいる。

＊＊＊

数日経つも、事件の詳細はない。

ダルトン令嬢の様態も気になるが、立場上躊躇《ためら》ってしまう。

通常には戻れず、不安な日々を過ごす。

騎士が私の元に報告しに訪れる。

「犯人はあの日、騎士に追い詰められ自害した」

「自害……」

犯人が死んでしまったら、なんの目的で犯行に及んだかは不明のまま事件は終わる可能性がある。

唯一決定的瞬間を目撃したダルトン令嬢の証言によれば、王子を狙っての犯行のようなので中途半端に終わらせることは出来ない。王子は自分を守って怪我を負ったダルトン令嬢の見舞いに何度も通っていると聞く。

王宮では箝口令を敷いたが目撃した平民達の噂話は止められず、その情報をいち早く聞きつけたのが例のゴシップ紙だった。王妃候補が一人怪我を負ったというのに、それを利用し金儲けに利用している。

今回の事件には誰もが興味を引くような表題がつけられている。「王子の恋人のダルトン令嬢、教会訪問中襲撃に遭う」から始まり、「ダルトン令嬢、勇敢にも王子を庇い怪我を負う」と見出しで多くの人の関心を引く。

その後もゴシップ紙は号外として今回の襲撃の続報を発売し続ける。そして今回注目されたのも、私だった。

「対立候補が裏で関与している可能性あり」

ゴシップ紙は私の名前を出していないが「対立候補」と書けば誰のことか明白。

「なんなのよ、これっ」

「令嬢は教会の訪問する前から怪しい行動をしていた。その日は王族が支援している孤児院・病院・教会の三か所を訪問することは以前から決定していた。孤児院では疑いが掛からぬよう振舞うも、病院では訪問を自己判断で中断し馬車で一人待機していた。その時の令嬢を監視していた者はいないので令嬢には空白の時間が存在する。そして、教会での事件。そもそも令嬢の服装に関して違和感があった。同じ王妃候補のダルトン令嬢は白いワンピースで清楚な装いに対し、ルルーシアン令嬢は平民と間違ってしまうような質素な装い。まるで何かが起こるのを事前に予知し、平民に紛れられるような目立たぬ装いにしていたようだった。」

強く否定したいが、悔しいことに訂正は一箇所のみ。私が病院の訪問を中断した理由だけだ。

諦めて記事の続きに戻る。

「襲撃は元々ダルトン令嬢を標的とするものだったと考えられる。王子の腕の中で恋人が倒れたのは彼女の誤算に違いない。ダルトン令嬢が刺された後、心配する王子に抱かれた二人の姿を憎しみの籠った目で睨み付けるルルーシアン公爵令嬢を多くの者が目撃。その姿を見た者は誰が見ても……」

などと書かれていた。私が犯人だと断定はされていないが、こんな風に書かれてしまえばこの記事を読んだ人間は誰もが私を犯人だと思うはず。このまま被疑者死亡で終わられては、私が画策したと想像されてしまう。

「絶対に詳細を明らかにしてもらわないと……」

その後、王子に直接調査がどのくらい進んでいるのか詰め寄った。王子としては王妃選定中の事件なので詳細が分かるまでは候補者に伝えられないと撥ね退けられたので「しっかりと犯人の動機を調査し発表してほしい」と訴えた。王族としては、発表は避けたがったが私がゴシップ紙を彼に見せる。

「このままでは、私が犯人にされます。我が家門の名誉のためにも真実を明らかにしてください」

ゴシップ紙には、候補者二人の名前と似顔絵が掲載されているので、記事の内容と照らし合わせれば私をどう思うかなんて考えなくても分かる。以前「王妃候補の二人」として紹介された時には、ダルトン令嬢は美しく描かれ私の方は実物を少し崩したように……はっきり言ってしまえば不細工に描かれていた。なのに、今回はとてもそっくりに描かれている。

「……わかった」

王子は私の訴えに渋々頷き、真実が分かり次第公表することを承諾してくれた。彼が陣頭指揮を取り調査が行われる。
二、三日で明らかになるとは思っていないが、待っているのが不安でしかなかった。私とは関係なくとも、王妃有力候補であり王子の恋人が怪我を負ったとあれば、多くの者が私を疑惑の目で見ている。私が「違う」と訴えたところで余計怪しく、信じる者はいないだろう。真実が分からぬまま時間だけが過ぎていく。ジャネットやニクソン令嬢・アドリーヌ令嬢・モアノア令嬢は私が犯人ではないと信じてくれているが、王宮で働く多くの者は私が犯人だと噂する。そんな苦しい日々を過ごしていると王族から招集の手紙が届いた。王子ではなく、審査官でもなく王族からというのが私を震えさせる。
「まさか、私が犯人にされるの？」

最近のゴシップ紙では、「貴族であっても処罰は受けるべき」と見出しを付けると、平民も賛同し多くの味方につけていた。

王子が犯人をでっち上げることはないだろうが、犯人の思想によっては私と結びつけられたりするかもしれない。事件の調査がどんな方向で進んでいるのか分からず、怖くて仕方がない。行きたくないという思いが強いが、王族の呼び出しを無視するわけにも行かず私は指定された日時に謁見の間に向かう。

謁見の間には、国王陛下と王子、それにダルトン令嬢とその侍女、私と私の侍女が集結している。

私には疚しいことはないが、世間はそうは思っていない。多くの者は、「私が何かを企てた」としている。最近では、そんな噂が耳を塞いでも聞こえてくるような気がしてならない。もし王族にもそのような声が届いていれば……と考えてしまう。王族が王妃選定中に起きた事件を噂で判断することはないだろうが、ここにきて過去の私の噂が後押しをしているのは確かだ。平静を装ってはいても心臓は速さを増していく。

「二人が王宮に上がりもう一年だ。これまでの二人の活躍は聞き及んでいる。ルルーシアン令嬢、演奏会ではピアノの腕前が見事だったと聞く。いつか私にも聴かせてもらえるか？」

「未熟ではございますが、お時間を用意してくださるのであれば是非弾かせていただきたく存じます」

私は事件のことで頭が一杯で、国王のお世辞に対して時間稼ぎか？　もしや私が自供するまで焦らされているのか？　と全てが疑心暗鬼になっていた。

「ダルトン令嬢。そなたが見出だした芸術家達だが、支援を受け精力的に活動しているそうだな。彼らには期待している」

「ありがとうございます」

国王とダルトン令嬢の会話を聞き、平等に対応しているように感じ少し安堵した。

「それから……怪我の具合はどうだ？」

「十分な休養を頂きましたので、順調に回復しております。ご心配をお掛けして申し訳ありません」

「いや。グレンバルディオのことを、身を呈して庇ったと聞く……」

「いえ、身体が咄嗟に動いただけです」

「……そうか。では今回の件の調査報告をせよ」

王族は身内を守ってくれた相手にそんな素っ気ない態度なのかと思う。関係ないことかもしれないが、関係ないことを考えていたかった。

「はい、では報告に移ります」

調査を取り仕切っていたのは王子と聞いていたが、報告は国王陛下の側近……おそらく宰相だろう方だった。

「あの日襲撃した犯人は自害致しましたが、その後の人物を特定。犯行の動機を特定するべく犯人について詳細に調査した結果、ある人物からの依頼によるものと判明致しました」

宰相の言葉に「やっぱり」と納得してしまう、大抵、大物を標的とした時、その道のプロか面識のない人間を金で雇う。ドラマなどにある定番の展開だ。犯行の動機は、王子を亡き者にして自分達の利益になるような人物を王子に画策した誰かが黒幕なのだろう……そこに私達が巻き込まれた……いや、利用されたのだ。

「依頼主はかなりの人間を介しておりましたがようやく辿り着きました」

宰相の言葉通り本物の犯人に辿り着いたのか、それとも別の人物が犯人に仕立て上げられたのか……その場合、一番罪を擦《なす》り付けやすいのは私だ。

隣のダルトン令嬢も愛する王子を襲った犯人を告げられるのを、震える手を握りしめながら宰相の言葉を待っている。

「……何か弁解することはあるか？」

弁解……それは私に聞いているの？　違う……私じゃない……私じゃ……

「調べはついている。いつまで黙っているつもりだ？」

何か言わなきゃ……「違う」って言わないと私が犯人だとされてしまう。分かっているのに、喉が張り付いたように声が出てこない。

宰相はこれ見よがしに、大きくため息を吐いた。

「分かりました……では、私からお話しいたします。教会訪問中によるグレンバルディオ王子が襲われダルトン令嬢が身を呈して庇った事件ですが、それら全ては令嬢の計画だったのですよね？」

令嬢の計画……令嬢って……誰？　もしかして……私のこと？　皆、私が犯人だと思っているの？　それとも、私を犯人にしてこの事件を終わらせようとしている？　どうしよう……わからない。裁判で無罪を訴えたら覆せる？　それとも認めて減刑を求めた方がいいの？　だけど、私……やってない。私じゃないのに……

「ダルトン令嬢。全ては令嬢の計画ですね？」

……え？

思考が一度停止し、一気に覚醒する。「ダルトン令嬢？」と私が呟いても誰も私なんて興味がない様子。

ダルトン令嬢が犯人と聞いて驚いているのが私だけなのか周囲を確認すると、私の侍女達だけでなくダルトン令嬢の侍女達も驚愕している。皆が、宰相の言葉が信じられない様子だった。だって、ダルトン令嬢と言えば誰もが羨む王子の恋人で、王妃選定の結果を公平だと宣言する為に一時的に別れを選択しただけで、彼らの関係は続いているのでしょう？　王妃選定も候補者が現れない程確定のダルトン令嬢が何故、恋人の王子を襲わなければならないの？

　ダメだ、理解が追い付かない……

「全て、令嬢と仲の良い記者が話してくれましたよ」

　記者？　もう、ほとんど私には何がなんだかわからなくなっていた。分かるのは、ダルトン令嬢が宰相の言葉に顔を青くし、王子は今まで見たこともないような表情で恋人を睨み付け、国王陛下は感情の読めない表情でダルトン令嬢を眺めていること。

　それから宰相は真相を語ってくれた。私が正しく理解できていたかは不明だが、大体こんなことを言っていた気がする。

　ダルトン令嬢と仲の良い記者というのは、私愛用のゴシップ紙の記者のことだった。彼らは何年も前からダルトン伯爵に買収され、令嬢が次期王妃に相応《ふさわ》しい印象を与える記事を書くよう依頼されていた。

　それだけであれば王族も介入はしなかったが、貴族でしか知り得ないことや王宮内での出来事も記事になり、平民の記者が入手出来るものではないと不審に思い秘密裏に調査が行われていた。そんな時、王妃選定の訪問中に襲撃事件が起き令嬢は称賛を集め、ゴシップ紙も号外などを発行し、かなりの売り上げを得た。そこで犯人は対抗馬である公爵令嬢ではないかと示唆する内容を挙げれば王妃選定も確実なものになっていく。「怪我をしたダルトン令嬢の元に王子が何度も見舞いに訪れ不安に陥る令嬢に常に寄り添っている」という号外が決定的となった。現在王宮内は安全面を考慮し貴族の出入りを禁止し、さらに事件に関係があることには箝口令が敷かれている。それなのに王族の行動が記事になった。それも、偽りではない情報が。

自身を庇い怪我を負った令嬢の心配し見舞いをすることは想像出来ることだが、一度その記者が何処から情報を入手しているのかを調査・追跡していた時、ある少女の存在に辿り着いた。

病弱で寝たきりの少女。両親は既に亡くなっていたが、少女には歳の離れた兄がいた。その兄は病気の妹を残し出稼ぎで数日前から家を空けている。近隣の者に確認したところ、あの日襲ってきた人物の特徴と一致。少女は今とある施設に入り高額な治療費も既に支払われていた。不審に思い、金の流れを辿ったところ、ダルトン伯爵に行き着いてしまった。そのことで彼らが今回の事件の黒幕である可能性が急浮上した。

そこで、ダルトン令嬢の証言が確かなのか現場検証を行うことになった。叫び声が上がった方向とは逆の方向から刃物を持った男が現れ、その男に気付いたのはダルトン令嬢のみ。あの人ごみで犯人に気が付くことを不可能とは言わないが、不自然ではあった。

人の心理として、思いもよらぬ音がすると危険を察知しそちらに視線が向いてしまうもの。特に護衛が必要な貴族であれば異変イコール襲撃と考え、異変の正体を突き止めて安心したいと思うもの。なのに、令嬢は叫び声とは反対を確認した。危険察知能力が優れすぎているのなら気が付くのかもしれない。その部分を解決する為にも、叫び声をあげた人物を探ることにした。その男も襲撃事件に関与していたに違いないと判断されるも、あれから時間が経ってしまったので発見出来るのか疑わしい。たが、そこは王宮騎士の名にかけて血眼になり男を探し出す。意外にも男はすぐに発見することが出来た。

驚くことに叫び声をあげた人物は、ダルトン令嬢の所に使用人として一年程前に雇われた人物だった。

「この男だ」

私達の前に連れてこられたのは、どこかで見たことがあるような人物だった。明るい茶髪に茶色い目、それは義弟のレイモンドにそっくりな人物……いや、レイモンド本人だった。

彼はルルーシアン公爵家から追い出された後、ダルトン伯爵に拾われたらしい。公爵家の弱みや私の悪評を流す為に利用されたのだ。だが、もともとダルトン令嬢の信者とも言えるレイモンドは利用されているとは思わずむしろ自らの意思で利用されに行った。進んで情報を売り、自身を棄てた公爵家に復讐を考えていたと話す。

彼はダルトン令嬢からの手紙を読む度に私が功績を挙げたことを知り、不満を溜め込んでいた。私はどうあれ、潔癖だと信じていたルルーシアン公爵が裏では娘の為に手を回しありもしない功績が残るようにしたに違いないと彼は思い込んでいた。

そして王妃選定の候補者が孤児院・病院・教会の訪問をすることを知り、私に恥をかかせてやることを計画したらしい。

計画としては、周囲の平民に金を渡し私にトマトのような野菜を投げつけ笑い者にしてやるつもりだった。数多の平民の前でそのようなことが起これば、私の矜持が損なわれ平民ごときに見すぼらしい姿にされたとなれば暴れ回るか暴言を吐き国民からの信頼を亡くすと考えていた。ヴァレリアの性格を知っている彼でなくても、高慢なヴァレリアが平民の前で屈辱的な行為をされれば一気に怒り心頭し醜態を晒すことになると予想出来る。だが、計画は二人の候補の登場した姿で破綻したらしい。レイモンドは雇った平民への指示に……

「当日豪華な服装や宝石を身に付けている方を狙え」

とだけ言っていた。万が一彼らが捕まっても、貴族に不満を持つ人間に金で頼まれたとしか分からないと踏んで、だ。だが実際、教会で目撃した私の姿は裕福な平民のような姿で豪華に見える衣裳と宝石を身に付けているのはダルトン令嬢の方だった。その姿を見た瞬間、レイモンドは怒りが込み上げ叫び声をあげたらしい。

その叫び声を、事前に計画を知らされていたダルトン令嬢が合図だと勘違いしたことで王子を狙う犯人に気が付き、犯人もまたダルトン令嬢と視線があったことで犯行に及んだ。

「事件は、ダルトン伯爵の企てた計画通りに進んだということで間違いないか？」

色白なダルトン令嬢の顔色は更に白く今にも倒れてしまいそうな程で、何も言わない姿に読み上げられた内容が事実だと知る。

王族を危険に晒したダルトン令嬢は、間違いなく死刑となるだろう。何故そんな愚かな行動してしまったのか、私には理解できなかった。何もしなくてもダルトン令嬢が選ばれるのに。

そして私はこの流れに不穏な気配を感じていた。もしかしたら私は逃げられなくなるのでは？と。この後王族が下す決断により、私の人生か決まってしまう。

「よって、メルティーナ・ダルトン、そなたを極刑に致す」

それだけはダメだ。

「待ってください」

誰もが一連の流れに納得しこの事件が終わろうとしていた時、王妃選定候補の私が止めに入ったことに驚かれた。

「どうした？　事件について言いたいことでもあるのか？」

王族の許可なく発言するのはマナー違反だが、今はそれどころではない。むしろマナー違反で王妃選定から追放されたい。

「その方はグレンバルディオ王子の恋人です。国民は納得しないかと」

訴えかけるよう国王に宣言する。

「なっ、私達はもう恋人ではない」

私の言葉に、今まで黙っていたグレンバルディオが声をあげた。

「黙れ、グレンバルディオ。お前達の関係は私の耳にも入っている。ルルーシアン令嬢は犯罪者に罰を下さないと言うのか？　まさかそなたはそれを王妃に据えよと言うのではないな？」

それ……国王の中ではダルトン令嬢は名前を呼びたくもない程汚らわしい存在になっていた。そして王子が今までダルトン令嬢との関係を隠さずに行動していたことは忠告をしなかっただけで国王の耳にも当然入っていたことが分かる。王子は国王に一喝されそれ以上口を挟むことはなく、それでも私に何かを訴え掛けていたが無視。

「今回ダルトン令嬢は間違いを犯したのでしょうか？」

「……何を言っている？　王族を危険にさらしたのだぞ？」

私も自分の発言がおかしいことは分かっている。だけど曲げられない。曲げてしまえば王妃選定が決まってしまう……

「本当にそうでしょうか？　計画ではもとより怪我をするのはダルトン令嬢のみで、王子に危害を加える予定はなかったとあります」

「だとしても王族を侮辱した」

「誰も王族が侮辱されたとは思っていません。あの事件は『ダルトン令嬢が身を呈して王族を守った』と英雄のように語られています」

「それらは自作自演だと詳《つまび》らかに公表するべきとは思わないのか？」

「真実を公表することが正しいとは限りません」

「何故だ」

「令嬢は『王族の為であれば命を懸けることが出来る』と見せつけたのです。万が一我が国が攻めやられ王族の命が危機に晒された時、令嬢は守られるのではなく『王族を命懸けで守ってみせる』と見せつけたのです。私にはそう感じました」

　この言い訳は苦しいことはわかっている。だけど、ここで私が折れてしまえば私の人生が……何が何でもこれで行くしかないと決意を固める。

「あれにそこまでの意味はないと思うがね」

　国王が「あれ」と指したのはダルトン令嬢のことなのか事件のことなのか分からないが、蔑んでいるのは伝わる。

　これから今の状況をひっくり返せるのか？

　不安に思いながらも強気に行くしかなかった。

「これは、王妃選定。覚悟をみせる場。令嬢は自らその舞台を作りあげ、自身を演出したのです。王族の為に身を投げ出す覚悟を既にお持ちだというのを証明する為に。私は彼女こそ王妃に相応《ふさわ》しいと宣言します」

　私がダルトン令嬢を王妃に「相応《ふさわ》しい」と宣言すると、誰もが驚愕する。そして一番驚愕していたのは私の隣にいるダルトン令嬢だった。

「……犯人はルルーシアン令嬢と繋がっていると、平民の好む新聞には書かれているぞ」

「そこは、しっかりと訂正していただきます。王妃選定は相手を罵るものではありませんから」

それに先日の寄付金についても私の贅沢品に消えたという事実はないことも記事にしてもらわないと困る。

……あれ？　調査でゴシップ紙の内容を聞いたなら「書かれていたそうだぞ」になるのでは？　もしかして国王陛下もゴシップ紙お読みになるのですか？

急に親近感が湧くも、今はそれよりも伝えなければならないことがある。

「記事を信じたのは平民だけでなく、貴族も多数いるはずです。今更真実を伝えられても、特定の新聞に騙され踊らされていたと知られるだけ。それは貴族の恥です。多くの貴族が侮辱されたと感じ、行き場のない不満が秩序を乱す恐れもあります。一人の貴族のために多数の国民を混乱させるのか、一人を犠牲にして国の安寧を保つのか……私は国の為になるのであれば、不名誉を被っても構いません」

「……ルルーシアン令嬢は、王妃になるつもりはないのか？」

私が王妃選定に参加したのは人数合わせと宣言したのをどこかで耳にしたのか偶然の質問なのかわからないが、国王の質問は有り難かった。ようやく私は、王妃選定に残るつもりがないことを宣言出来るのだから。

「恐れながら国王陛下、私には王族の為に命を懸ける『覚悟』が足りていないと今回の件で痛感いたしました」

「……それは時間と共に身に付くものではないか？」

「私はあの時、足が動きませんでした。王族に何かあった時、私は足手まといになると実感いたしました。今回の王妃選定でダルトン令嬢は私にはない社交性や人脈をお持ちだというのを見せつけられました。精力的にお茶会を開催し貴族達と交流を深め、常に多くの方に囲まれているのを目の当たりにし、そのような才覚こそ王妃に必要なことなのだと学びました。それに、私は恋人達を引き裂くような行為は望みません」

「私達はっ」

私の言葉に王子が否定しようとするも、国王が無言で睨み付け「それ以上戯れ言を申すな」と威圧する。

「国民は二人が結ばれ、我が国の象徴となることを望んでいます。新聞に書かれたことが嘘だとしても、報道されたことを事実だと受け入れている人間からしたら、王子が悪評だらけの私と結ばれては国に対して不信感を募らせることでしょう。『王子はダルトン令嬢と如何なる障害も乗り越え、長年の恋を実らせ結婚する』というのが国民の希望であり、その思いに応えるのも王族の役割ではないでしょうか？」

私は今まで得た情報をデタラメにでも繋げ、二人を結ばせ逃げることのみに集中していた。この場にいる皆の表情がすこぶる悪いように見えたがそんなの気にしていられない。

「令嬢の決意は固いのだな……公爵にそっくりだ……」

どの辺がそっくりなのかは分からないが、私は国王に対し視線を逸らすことなく真っ直ぐに見つめた。

その後、ダルトン令嬢への決定は撤回され、発表される予定があったのか分からないが王妃選定の結果も見送りとなった。私としては完全に逃げ切れたわけではないが、何とか希望は持てた。

＊　＊　＊

ダルトン伯爵家は平均的な貴族なのだと、ダルトン伯爵令嬢である私が知ったのは、とあるお茶会で同い年のご令嬢に、こう指摘された時だった。

「あなた、伯爵家よね？　何故侯爵令嬢を差し置いてそこに座っているの？」

それまでの私は、生まれてからずっと両親に溺愛され、お姫様のように育っていた。だから、貴族は皆が一律「貴族」という括りで上下の差などほとんどなく、その中でもダルトン家は特別だと勘違いしていたのだ。過去、私がちやほやされていたのは、両親が主催者もしくは私よりも身分の低い令嬢達のお茶会だったことを併せて知る。

それからのお茶会では、伯爵家より格上の貴族達の顔色を窺うようになったが、本当は今までのように『皆の中心』に戻りたかった。婚約者の爵位が高ければ優遇されるのだと知ったのはその時だ。婚約前提で男性を見ると、高位貴族の令息は幼い頃から婚約者がいる者が多い。私の可愛さを存分にアピール出来る相手は年上なのだが、諦めて年下の高位貴族を狙うことに決めた。

そして、運命が動き出す。なんと伯爵家以上の貴族が王家主催のお茶会に呼ばれ、王子と対面することが出来た。しかし、ワガママで有名な公爵令嬢、過去に声を掛けて断られた令息の婚約者、更には過去の私が無知を晒した令嬢の姿を発見してしまった。高位貴族を差し置いて王子に話しかけられない。私は何もできず落ち込んでいた。

「ここ、いいかい？」

突然話しかけてきたのは、先程まで輪の中心にいた王子だった。

「はっ、はい、どうぞ」

王子は宣言通り私の隣の椅子に座る。令嬢一人一人に声をかけ、私が最後の一人だったようだ。

「令嬢の隣は静かで心が休まるよ」

王子はそう言って微笑んだ。私はただ、状況が掴めず考え事をしていただけだが、結果的にはそれが良かったのだ。そう察して、周囲との差別化を図るべく、敢えて受け身で対応を試みた。王子は私の隣を離れることなく長い時間話していたように見える。

その後、お茶会やパーティーで王子に声をかけられるようになった。私と王子の関係が社交界で話題になると、「王子と伯爵家では釣り合いが悪い」と嫌がらせをされるようになったが、悲しみを帯びた表情で王子に相談したところ相手方がすぐに謝罪しに訪れた。

『皆の中心』に戻れた、と確信した瞬間だった。

私は他の令嬢のご機嫌を窺うことなく、以前のように振る舞う。失礼に当たる行為も「王子の恋人」ということで許されていく。

そんな中、話が通じない令嬢が私達の前に現れた。彼女は王子にも毅然と振る舞うので王子だけでなく周囲からも遠巻きにされていた。一度は呆れてしまったが、私との比較に丁度良いと感じた。

あの令嬢が爵位を笠に傍若無人に振舞うのに対して、私が抵抗なく健気に耐える姿を見せれば、自然と私の味方をする貴族が増えた。私よりも高い貴族の令嬢が、私を守るように盾となる光景が楽しくて仕方がなかった。
そして王妃選定開催の報せが社交界に届く。周囲から推薦され自信なさげに候補となった。落選が確定している王妃選定に立候補する人間なんて現れない。そう思っていたのに対立候補が現れたと情報が入り、今の社交界の状況をまともに理解できないなんてどこの愚か者かと思えば、ワガママだと有名なあの公爵令嬢だった。相手を知って納得する。せいぜい私の引き立て役になってもらおう。

レイモンド・ルルーシアンが我が家を訪ねてきたのはそんな時だ。

「僕が公爵になった暁には、支援者としてあなたに仕えたい」

王子の恋人なので表立って口説けない私を傍で支えたいと言い、他者に誤解を与えるような行動を誰よりも配慮していた彼がやってくるなんて余程のことだ。

彼いわく、次期王妃に誰が相応《ふさわ》しいか冷静に見極めた時、社交界を荒らす人物は相応しくないと、勇敢にも姉に直接伝えたそうだ。だが、真実をぶつけられた令嬢は逆上し、それどころか公爵にも「裏切り者」として貴族籍を抜かれ屋敷を追い出されたそうだ。そのまま令嬢について教えてもらうも、どれもひどい話だった。

この王妃選定は、私がどう令嬢の悪意を回避するか、先手を打って行動出来るかに掛かっているのだと気が付く。王子の恋人である以上、次期王妃という立場を誰かに渡すつもりはないが、令嬢だけには絶対に王妃の座を渡してはいけないと改めて決意した。

しかし、王妃選定が始まると、ルルーシアン令嬢は予想外の言動ばかりだった。

お披露目のパーティーが開始され、王子は私の前に颯爽と現れエスコートを願い出ても全くこちらを気にしない。きっと、私と王子が同じ生地のドレスにジャケットであることにも、特注で誂《あつら》えたお揃いのブレスレットをしていることにも気付いていなかっただろう。「私は次期王妃の座にしか興味はありません」とでも言いたげな態度だ。

パーティーから暫《しばら》くすると、ルルーシアン公爵令嬢がカシューベルバの演奏会を開催すると、王宮側が手配した使用人が教えてくれた。彼女は私付きとなったのを喜び色んな噂話を持ってくるのだ。令嬢本人に人を集客する能力がないので今人気の演奏家を利用し人を集めて人脈を得るつもりなのだろうか。彼の演奏に聴き惚れたところでそれだけで令嬢を支持するような愚か者はいないのに。

また、その使用人はルルーシアン令嬢が入居する前に部屋が荒らされる事件があったのを教えてくれた。いくら令嬢が受け入れられていないとはいえ王宮でそのような事件が起これば問題となり、あちら側は神経質になっているようだ。

「王宮でそんなことが？」

私がわざとらしく驚きの反応を見せ、「秘密にしておくわ、ありがとう。また、よろしくお願いね」と言うと、気を良くしたのか、その後も少し声をかけると、箝口令が敷かれていることであってもいくらでも教えてくれた。

そうやって声をかける使用人達の仲に、ルルーシアン令嬢付きの使用人がいた。だが無理やり聞き出したわけでも情報を持ってきて、なんて催促した訳でもない。王宮で働く沢山の人に声を掛けた中にルルーシアン令嬢の使用人もいたに過ぎない。ルルーシアン令嬢がカシューベルバにピアノを習っていると教えてくれたのも彼女だ。

「なら、ルルーシアン令嬢本人の演奏会を開催するよう提案しなさい」

令嬢がもともとピアノが弾けた、なんて話は聞いたことがない。たった数か月習った程度のピアノなど、もし演奏出来たとしても初心者や幼い子が演奏する曲になるはず。そんな腕前を披露すれば、当然笑いものになるだろう。

そう思っていたのに、「寄付」を募る演奏会として開催されると聞き、敵ながら良い逃げ道を見つけたと感心すらしてしまった。それならば、「寄付金を集める為、未熟だが懸命に演奏する令嬢」となってしまう。ルルーシアン令嬢の発想の転換に敗北を感じつつも、当日の演奏がピアノを習いだしたばかりの初心者が弾ける曲ではなかったこと、観客側からは令嬢の手元が見えない位置にピアノが置かれていたことで、本当は弾いていないのでは、と令嬢を糾弾する手札が増えたとほくそ笑んだ。

しかし、笑っていられたのはここまでだった。

雲行きが怪しくなったのは王族主催の狩猟大会、王妃選定に深く関わってくると言えるので失態は許されない行事だった。

「今回のドレスは隣国の生地を使用するそうです」

ルルーシアン令嬢づきの使用人が持ってきた情報に、わざわざ隣国の生地を取り寄せてドレスを作り、演奏会のお礼にと贈った香水を纏う。ドレスはもちろんのこと、上手くいけば香水も同じものになって、いたたまれない思いをするだろうと考えたからだ。

しかし、私のドレスと同じ生地だったのは、ルルーシアン令嬢のドレスではなく、テントの内側だった。あの使用人はご令嬢側の味方だったのだ。また、私が贈った香水について尋ね、令嬢が私の贈り物である香水を使用していないことを嘆き悲しむと、彼女の顔色が変わった。

「何をおっしゃっているのですか？　狩猟大会で香水なんて危険行為、侍女の方達は誰も止めなかったのですか？」

そのまま香水の危険性について語られる。周囲も令嬢の鬼気迫る態度に圧倒され委縮してしまった。香水が危険だなんて話は聞いたこともないのに私が無知であったかのように侮辱され、屈辱でしかなかった。

「ルルーシアン令嬢、どこまで私の邪魔をするつもりなのよ」

狩猟大会を終えると、あの使用人が私に謝罪しに訪れた。あの女が使用人を使って私にご情報を流させたのかと考えたが、使用人が本当に勘違いしたようだ。そこで、失態を取り戻す機会を与えた。

「近々ウィリッシュ侯爵がパーティーを開催するはず。そこに令嬢が必ず参加するよう提案しなさい」

そして、ウィリッシュ侯爵のパーティーで、これまでのルルーシアン令嬢の過ちを暴露してやった。

それなのに、あの女は毅然とした様子でピアノを弾いた。

念のため事前に確認したルルーシアン令嬢の義弟からの手紙では、あの女がピアノに触れたところなんて一度も見たことがないと言っていた。使用人も「一度練習風景を見せてもらえないか」と話すも断られたと報告に来た。それだけじゃない、本人にどのくらい練習したのかと直接確認しても曖昧な返事だったのだ。それなのに、あの女は演奏会で弾いた曲と全く同じ曲を見事に弾きこなした。

令嬢を追い詰めるはずだったパーティーはそれだけでは終わらず、あの使用人が何かをしでかし、私の指示によるものかもしれないと周囲に印象付けられてしまった。更に数日すると騎士が私のところを訪ねてきたのだ。

「ルルーシアン令嬢に脅迫文を送っていた人間を捕らえた。その者とダルトン令嬢が何度も密会しているのを目撃した証言が上がってきた。ルルーシアン令嬢もダルトン令嬢本人から繋がりがあると宣言を受けたと聞くが本当でしょうか？」

「違います。私は知りません」

「犯人も令嬢と何度か話したことがあるというが、それも？」

「はい、私は知りません」

本当は話したことがあるが嘘を吐《つ》いた。ここで私と接点があると知られると私まで疑われてしまう。騎士はそれ以上私を疑ってはいなかったが、何が何だかわからず、何が起きていたのか尋ねると、令嬢には幾度となく脅迫文が贈られ、ドレスが切り裂かれ、入城前も部屋が荒らされる事件が起きていたらしい。

本当はあの使用人と話していたことを知っている私付きの侍女が、私を疑いの目で見ている。ウィリッシュ侯爵のパーティーの一件から、私を見る貴族達の目が、昔のものに戻っていく。それだけでなく、侯爵からパーティーを荒らしたことについて抗議があったとお父様から怒りの手紙が来た。初めてお父様から冷たい言葉をぶつけられ、言葉を失った。今の状況を劇的に変える何かをと、何日も考えるが時間だけが過ぎてしまう。

そんな時、正式に王妃選定の内容が伝えられる。どんな難問で試されるのか身構えていると予想外にも南部と北部の視察だった。そして審査官に伝えられた私の視察場所は南部。視察場所に公平さが欠けているというのが第一印象で、私はいつルルーシアン令嬢が抗議の声を上げるのか隣で静かに期待していた。意外にも令嬢は異論を唱えることなく素直に受け入れた。

自身の部屋に戻り、侍女達に詳細を伝えると、喜ぶ者と心配する者がいた。

「そんな、あからさまな贔屓《ひいき》をされてよろしいのでしょうか？」

「それでも審査官が決定したのだから、私達が責められるべきではないわ」

侍女の心配は当然だと思う。私が北部を割り当てられていたら、「視察場所の振り分けに公平性がない」と、その場で主張はしていた。令嬢が抗議しない理由が全く思い浮かばなかった。まさか、北部に行ったふりをして、別の場所で時間を潰すつもりだろうか？　もしもそんなことをしていれば起死回生の一手になると、お父様に頼んで監視を放ってもらった。

南部への視察は、行き帰りの悪路で忍耐力を試しているのかもしれないと思った程度で、つづがなく終わった。平民に見える格好で買い物を楽しみ、南部の特産である果物を王子への贈り物として購入。

観光を終えて一週間ほど滞在し、南部を訪れた証拠を残し私は王都に戻った。王宮に戻ってからお茶会を開催するので招待客や場所などを考える。ルルーシアン令嬢も招待すると、侍女から「まだお戻りになっていないそうです」と招待状を持って帰ってきた。この頃には北部へ視察なんて行ったはずがないと思い込んでいたため、虚偽報告の上に私よりも帰りが遅いなんて常識がなさすぎると呆れていた。

有名画家のオークションと新人発掘の企画を立てながらルルーシアン令嬢の帰りを待つ。ようやく届いた調査報告書に驚いた。

ルルーシアン令嬢は審査官の決定通り、自ら北部へ視察に向かったらしい。報告書には「北部で領民に意味の分からない強制労働をさせている」とあった。

「強制労働？　視察の意味をご存じないのかしら？」

視察とは現状を確認することで、領民を苦しめることではない。意味が分からない……が、これならば間違いなく適切な視察として評価されるだろう、そう思っていた。風向きがルルーシアン令嬢に向き始めていたのはここまでだ、と。

しかし、芸術家発掘とオークションは予想金額を大きく下回った。更に同じ頃、王子から衝撃的な宣言をされる。

「メル……いや、ダルトン令嬢、別れよう」

どうして私のことを突然そんな呼び方するのか分からなかった。

「私達の関係は王妃選定に相応しくない。今後はダルトン令嬢と呼ぶ」

確かに公平性には欠けるのかもしれない。だけど、今更だ。

「グレン……」

「私の名前を呼ぶのも控えてくれ」

「……王子……」

本気で私との関係を終わらせるつもりなのかと尋ねようとするも、王子は私を置き去りにして行ってしまった。突然の彼の変化についていけず、頭が拒否している。

視察に向かう前に彼と会話した時、そんな素振りは一度も見せなかったのに。

「ルルーシアン令嬢が何か……した？」

裏で手を回された？　それとも、直接何か言われた？

頭の中を整理するために庭園を散歩していると偶然令嬢に遭遇し、気がつけば私は令嬢に詰め寄っていた。私が取り乱しているというのに、あの女は平然とした態度を崩さない。

「王妃選定が正しく行われたと主張し、証明する為には必要だと思いますよ？」

恋人達を別れさせておきながら、自身が正しいと主張する。……いや、意見を押し付ける傲慢さはなく、ひとつの意見として提示してくる。

「本来であれば王妃選定に参加が決まった時点にお互い距離を置くべきだったと思いますよ。誰もそのことについて令嬢に助言はされなかったのですか？」

淡々とした声に、悪意や敵意はない。隠しているのではなく、本気で王妃選定に興味がなさそうな声。

「王子がこのタイミングで決断したのは、王妃選定の結果について貴族達から異論がないようにと考えたからではありませんか？」

令嬢の真意が分からない。今、どんな立場にいるの？

王宮に上がる前と後で令嬢は人が変わったように違う。王子にすり寄ることが無ければ、私を強引な手段で突き放すこともない。もしかして、今までは公爵令嬢として、公爵の命令に従っていたの？　王宮に上がり別人のように感じたのは、自由に動けるようになったから……？

「……ねぇ、ルルーシアン令嬢は本当に王妃に興味がないのですか？」

「ありません」

「……慣例を守るためだけに？」

「えぇ」

慣例……本当に国の慣例を遵守するためだけに？

「私が公爵令嬢としてワガママに振舞えたのは、この国で公爵家に生まれた貴族だからですよ。それだけのことをさせていただいたのです、王族が必要となさるのであれば身を投げ出さなければなりません」

その言葉を聞いた後のやりとりは曖昧だ。気が付いたら令嬢はおらず、私は部屋にいた。

ようやく、昔の生活が戻ってきたのに。手放したら彼が再び私を選んでくれるのかなんてわからないのに。令嬢の意外な姿を見て、彼が興味を抱いているのを、私は隣で感じ取っていた。

「そうだとしても、私が王子と別れる必要なんて……」

「なんなのよ……公爵令嬢で何もしなくたって幸せが保証されているのだから、私の邪魔……しないでよ……」

そんなことを考えていると、一緒に南部へ訪問したいと願う手紙が届く。顔も見たくなくて断れば、令嬢が、北部から南部に氷を運んだという話を聞いた。私の視察した場所の問題を解決するなんて……これ以上令嬢が動く前に何か手を打たないと……何か……やらないと……

私は父に相談の手紙を出した。すると父は王妃選定の課題に含まれている、王族が支援している施設の訪問に狙いを定めた。

「王族の警護は厳重だが、民衆に前に出れば必ず隙は生まれる。その時に王子を狙う刺客を送る。お前は身を呈して王子を庇いなさい。腕に怪我をするだろうが、それで王妃の座が約束される。王妃になる覚悟を持て。それと、この手紙はメルが処分すること」

　手紙を読み終えると私はここまでしなければ、令嬢に王妃の座を奪われるところまで追い込められているのを知った。

　訪問当日は、無地の白いワンピースを選んだ。孤児院で子供達に汚されて焦るが、もうどうしようもなかった。次に訪れた病院では、火事の被害者だった患者がルルーシアン令嬢の赤い髪を見て恐怖を思い出し、パニックに陥ってしまう一幕があった。しかしそれは私を支持する院長が手配した演技だったと後で知らされ、仕込みというものが案外ばれないものだと気持ちが落ち着く。

　そして、教会で私の大一番ともいえる舞台の幕が上がった。主役は私、内容は「王子の身を挺して守る」、物語で一番盛り上がると言っていいだろう。その大役を私は任された。失敗するわけにはいかなかった。怖いし誰かに代わってほしい。だけど、これを任せてしまえば私は「王妃」から遠のくのが分かる。誰にも渡さない為に、私は襲撃者に襲われ怪我を負わなければならない。

「くっそぉー」

　教会を出た後、男の叫び声に一瞬気を取られ、これが合図なのかと振り向くと、刃物を持った男の姿があった。もう計画は実行されていると理解し、私は恋人の名前を叫び周囲の注目を集めてから庇った。

「グレンッ」

「ん？　……メルティー……メルッ」

熱い。刃物で切られた腕が熱くて溜まらない。流れる血が白いワンピースに広がって。どれだけ深く切られたのか怖くて確認できなかった。早く、早く私を手当てして。誰か……

　王子に支えられながら教会内に戻り手当てを受ける。少し切るだけと言っていたのに、痛くて気絶するかと思った。だけど、痛みを感じながらも「あぁ、これで私が王妃になった」と確信していた。

私が襲撃を受けたことで、犯人としてルルーシアン令嬢の名が上がる。

「令嬢は違うわ、そんな方ではないもの」

私が庇うたびに、皆の反応が私の望み通りで気持ち良かった。私が望んでいたものはこれだ。

誰もが令嬢を犯人だと騒ぎ立てる中、王妃選定について王族から招集の連絡が入る。

「これは、ダルトン令嬢に決まったという報せではありませんか？」

　このタイミングで招集となれば、襲撃の犯人についてか王妃選定についてだと判断出来る。当初の計画だと私を襲撃した人物は事件後には自害する手はずになっているし、騎士からも「犯人はその場で自害しました」と報告があったので、我が家と犯人が繋がっている証拠が出ることはない。となれば、疑惑の令嬢より、王子の身を挺して守った令嬢が王妃選定に選ばれるのは必然だ。侍女も同じように判断したのだろう。

自信満々に謁見の間に向かいルルーシアン令嬢と共に国王の言葉を承る。

全ての計画は成功した私に、怖いものはないと思っていた。

だが、国王には全てを見透かされていた。

証拠も証人も揃っていた。この状況で「違います」「私は犯人に嵌められました」と訴えたところで信じてもらえるとは思っていない。多少の時間稼ぎにしかならないと諦め、潔く処刑を覚悟するも、私を庇ったのは他でもないあの人だった。

「今回ダルトン令嬢は間違いを犯したのでしょうか？」

ルルーシアン令嬢が何を言い出したのか分からなかった。

「計画ではもとより怪我をするのはダルトン令嬢のみで、王子に危害を加える予定はなかったとあります。誰も王族が侮辱されたとは思っていません。あの事件はダルトン令嬢が身を呈して王族を守ったと英雄のように語られています」

確かに私は王族を侮辱したつもりはない。王子を守ったことも確か。だけど、私は自作自演の英雄なのだ。

しかし、令嬢の言葉には人を引き込む力があった。

「これは、王妃選定。覚悟をみせる場。令嬢は自らその舞台を作りあげ、自身を演出したのです。王族の為に身を投げ出す覚悟を既にお持ちだというのを証明する為に。私は彼女こそ王妃に相応《ふさわ》しいと宣言します」

令嬢の口から私に対して「王妃に相応《ふさわ》しい」と言う言葉を聞くとは思っていなかった。ウィリッシュ侯爵のパーティーで私は散々貶されたのだから。

「『王子がダルトン令嬢と如何なる障害も乗り越え、長年の恋を実らせ結婚する』というのが国民の希望であり、その思いに応えるのも王族の役割ではないでしょうか？」

ルルーシアン令嬢の発言に足元から崩れ落ちるかと感じた。

ルルーシアン公爵は代々王家に仕える者。令嬢もまた、根本は国に忠誠を誓う貴族だった。

いつの間にか私への断罪は終わっており、明確な刑罰を言い渡されなかった。だからと言って、私の罪が無罪となったわけではない。ただの保留だ。

いつものように整頓され綺麗に掃除の行き届いた部屋で一人、外を眺めるくらいしか今の私に出来ることはない。

「本当に王妃になるつもり……なかったの……私、バカみたい……」

どう足掻いても伯爵令嬢は公爵令嬢には敵《かな》わない。

そんな、貴族であれば誰もが知っていることを、私はようやく思い出した。

＊　＊　＊

王妃選定として王宮に上がり一年。本日、二人の候補者のうち一人が王子の婚約者として発表される。国の分岐点ともいえる重大な発表がなされるというので、大広間には多くの貴族と王族が集められ厳粛な雰囲気が漂う。貴族達は王子の婚約者に相応《ふさわ》しい令嬢を頭の中で思い浮かべながら、国王により公表されるのを神妙な面《おも》持《も》ちで待ち構えている。

「一年に渡り、我々は王妃候補二人を見定めてきた。ヴァレリア・ルルーシアン公爵令嬢。そなたは努力を見せぬ美しさ、周囲に誤解されても貫く信念は素晴らしかった。そして、我が国が抱える難題を解決し、民を救う姿は王族としてそなたを誇りに思う」

「私も貴重な体験をさせていただき国民の一人として嬉しい限りです」

「メルティーナ・ダルトン伯爵令嬢。そなたも新たな芸術に対する探求心は良かった。……それに……王子の身を呈して庇うことは簡単に出来るものではない……よくやった」

「……はぃ……お言葉……しかと受けとりました」

集められた貴族が国王陛下のダルトン令嬢への言葉をどう受け止めたかは想像するしかない。あのことは、あの場にいた者しか知らない事実。誰も口外することはないだろう……

「二人の候補はそれぞれが魅力的な能力を持ち、選考には難航し最後まで意見が割れていたが、グレンバルディオの婚約者に相応《ふさわ》しい者を決定した」

国王陛下は貴族を見渡しながら話を進めていく。

「次期王妃としてグレンバルディオの婚約者に相応《ふさわ》しいのは……メルティーナ・ダルトン伯爵令嬢とする」

やった。私は自由だ。これで自由なのだと思うと嬉しくて「やったぁ」と叫びたかったが、王子の婚約者に選ばれないで喜ぶのは不敬だと理解しているので全力で我慢した。

私が口許に手をやり喜びを噛みしめていると、広間はまだ静まり返っていた。ここは王子の恋人であるダルトン令嬢が選ばれたことを皆が喜ぶべき瞬間なのに、歓声も拍手も生まれない。生まれたのはざわめきだった。

「どうして？」

「あの方の方が……」

「寄付金の額も多かったのに」

「干ばつだって……」

これは誰か一人が拍手しないと誰も出来ない状況だと理解し、私が先陣を切って拍手する。

「え？」

「どうして？」

「令嬢の芸術家への投資が評価されたということですか？」

「あれじゃないですか？　身を呈して王子を救った……から？」

「それは、傷を負ってしまった令嬢への責任でということですか？」

拍手を続ける私に彼らも触発されまばらに拍手が生まれる。次第に大きくなり満足してダルトン令嬢に向けば、彼女は嬉しさのあまり涙をこらえているように見えた。

「良かったね」

小さく私から令嬢へ言葉を贈った。令嬢は恋人の両親に認めてもらうためにこの一年間かなりのプレッシャーを感じていたはず。それがようやく報われた。それは喜ばしいことだ。

もう一人の主役も確認すれば彼は険しい顔つきだが私には分かる。嬉し涙を堪えるために彼は目力を強くして人前で泣くのを我慢しているのだろう。

彼も恋人と一緒になるために、王妃選定中は、頑張ったに違いない。

「おめでとうございます」

私は二人の幸せを心から願う。

いち早く私は王宮を去りたいあまりその日のうちに準備を整え、ダルトン伯爵令嬢は今度も残り続けることに決まった。私は胸を張って公爵家へ帰ることが出来ると思うと足取りも軽い。

王宮へ上がった時同様、公爵家の使用人が派遣され速やかに私の荷物が馬車に詰め込められるのを眺めている。

「ルルーシアン令嬢」

名前を呼ばれて振り返ると王子が駆け寄ってきた。

「本当に行ってしまうのか？」

愛しの恋人が念願の婚約者になったことを祝い、私の見送りなんて頭にないと思っていた。

「はい」

「残る気はないか？」

「私は王妃選定に落ちた身ですから」

「落ちてなどいない……多くの者もルルーシアン令嬢こそ王妃に相応《ふさわ》しいと……私もルルーシアン令嬢に残ってほしいと思っている……行かないでくれ……」

誰が私を「相応《ふさわ》しい」と判断したのかは理解できないが、王子もその意見に賛同するのが謎でしかなかった。恋人が近くにいるのに別の女性を傍に置くなんて、争いの元なのに。

「王子、国王陛下がお決めになったことです。覆すのは難しいです。次期国王の王子であれば国王陛下のお言葉がどれ程重いのかご存じのはずです」

これ以上引き延ばされないよう最大権力を使う。

「……令嬢」

「荷物……運び終わったようですね、私は公爵家へ戻ります。お見送りしていただきありがとうございます」

王宮へ上がった時、王子の出迎えはなかったのに今は王子に見送られている。

「……令嬢、エスコートを」

差し出された王子の手を見つめた。

王妃選定では一度もされなかったエスコートを落選した途端受けるというのは、きっと恋人に誠意を見せる為に王子なりに遠慮していたのだろう。そういう細かいところまで彼は令嬢を贔屓していたに違いない。

「結構です、一人で帰れます」

私の手を待つ王子の手に会釈し、私は一人で馬車に乗り込み扉を閉める。王子を見下すわけではないが高さのある馬車から笑顔で会釈すると、タイミングよく動き出す。これにて私の王妃選定が終わった。

私が公爵家に戻ると、お父様とお母様が出迎えてくれていた。

「よく頑張ったな」

お父様は優しく頭を撫でてくれた。

「あなたの功績は私達にも聞こえてきたわ」

お母様は私の頬を撫でる。

「それにヴァレリアの考えも……」

「考え？」

なんのことだろう？　疑問に感じながらお父様に視線を送る。

「あぁ、ウィリッシュ侯爵から聞いていたよ。恋人達の仲を引き裂くつもりはなく、国の為に不名誉を浴びてでも王妃候補に名乗りをあげ慣例を貫いた……と」

あぁ……それのことですね……ごめんなさい……全てあの場を乗り切る為のでまかせです。そう言えば、お父様は娘を溺愛主義者だが慣例を重んじる人なので、今回の私の行動に相当感動しているようだ。

「いつまでも私の可愛い娘だと思っていたのに、こんなにも立派になっていたのね」

お父様もお母様も娘の成長に感動し、なんだか泣きそうになっている姿に申し訳なさを感じる。

私はずっと王妃選定を逃げ出すことしか考えていなかった。最悪、お父様から贈られた銀のカトラリーを使用して毒事件を引き起こし、「こんなところいられない」と言って公爵家に逃げ帰る予定さえ立てていたのだ。ピアノに夢中になって忘れていただけ。

「おかえり」

「今はゆっくり休むのよ」

優しい二人に心配され、ようやく公爵家に戻ってきたと安心する。

「……はい」

私は忘れかけていたヴァレリアの部屋でくつろぐことにする。この部屋で過ごした時間よりも王宮の方が私としては長い。

「はぁ……これで本当に、のんびり出来る」

ジャネットが紅茶の準備をしてくれている間に私はソファで眠ってしまっていた。

それからの私は公爵家で本当に、何もせずのんびり過ごしている。

何もすることのない私の元に、王宮で侍女として働いてくれていた皆から手紙が届く。王妃選定に落ちた私に対して嫌みを言われ罵られる手紙かと思っていたが、意外にもお茶会でもしませんかとの誘いだった。

多少悩むところはあったが、私としてはやることがなかったので誘いを受けることにしてみた。

事前に日時を指定しお茶会を迎えたのだが、王宮を出てもこの面子で会うことが不思議で当日は誰も来ないのではないか、と不安だったりもした。

「まさかニクソン令嬢にお誘いいただけるとは思ってもいませんでした」

「んふふ、そうですか？」

今回のお茶会の主催者はニクソン令嬢だ。

「私は皆さんに好かれるような行動はしておりませんでしたから……」

王妃選定中、私が「ピアノを習いたい」「氷を作ります」と我儘を言い出すだけでなく、脅迫文まで送られ令嬢達も少なからず怖かったはず。いい思い出なんてないのに。

「私は、面白かったですよ」

面白かった？　何のことだろう？

「私も王宮でのルルーシアン公爵令嬢は、人が変わったようで驚きましたが結構好きでした」

「遠目で見ていた時より、そばにいる方がちゃんと人のことを見ることが出来ますね」

ニクソン令嬢だけでなく、モアノア令嬢とアドリーヌ令嬢も私のことを認めてくれていたみたい。

それからは令嬢達と侍女ではなく、友人として付き合い、これからも四人でお茶会を楽しむことになった。

私にとって初めての友達かもしれない……

日が経つに連れ、何故か私への婚約の打診が届くようになった。王妃選定に落ちた者は婚約が遠退くか、届く婚約話は全てかなりの年上か、曰く付き貴族からしかないと聞いている。どうせ送られてきた釣書もまともな貴族からは来ないだろうと、中を確認することなくお断りしている。お父様も私の気持ちを優先し、誰の婚約も受けないでいてくれている。きっと、私の気持ちに整理が付いたら、まともな相手を見繕ってくれるに違いない。

何もせず静かにしていたにもかかわらず、王宮から召喚命令が届く。折角あの場所から抜け出したというに、再び登城しなければいけないなんて……

手紙には何故登城を要請されているのかは書いてないが、日付と時間が指定されている。貴族が王族の命令に背くことは出来ないので嫌々だが登城した。馬車から覗く光景に懐かしさなど感じたくなかった。

私が王宮に到着すると、事前に連絡があったようで今回はすんなり入場出来た。待ち構えていた使用人に案内されるまま謁見の間に向かう。

呼び出しておきながら人を待たせるのは王族の証拠だなぁ、と思いながら静かに待ち続けた。てっきり国王が私を召喚させたのかと思っていたが、現れたのは見知った二人だった。手紙には玉璽が押されていたので国王と思いこんでいたが、二人は既に次期国王夫妻としてそれを借用出来る立場にあるのかもしれない。

久しぶりに二人を見ると、王子もだが、ダルトン令嬢の方は疲れを隠せていなかった。

ニクソン令嬢とのお茶会で、「お二人はとぉぉぉぉっても素晴らしい王妃教育を施されているようですよ」と教えてくれたのを思い出した。やっぱり「王妃」は愛があっても大変のよう。ならなくて本当に良かった、と心から思える。

「聞いているのか？」

「あっ、はい。……いえ、失礼ながら殿下、もう一度伺っても？」

考え事をしていたので王子の言葉を一切聞いていなかった。

「ルルーシアン令嬢は婚約に難航していると聞いた。言ってくれれば私が素晴らしい男性を紹介した」

私の婚約の話は王族にも筒抜けだったようだ。なんという情報網だと感心してしまう。

「……いえ、王族の方にそこまでしていただく訳にはいきません」

自身の結婚を他人に心配されるなんて。私はまだ十九歳なのに、こちらはそんなに結婚適齢期が早いというの？

「いや、遠慮しないでくれ。もう決めてある。ランクーベ公爵だ」

王子の笑みからは、なんだか黒いものを感じる。

「ランクーベ公爵？」

「素晴らしい方よ」

ダルトン令嬢の笑みは淑女教育で満点の笑みだが、やはりこちらも何かを感じる。この二人は何を企んでいるの？

それでも王族の命令なので従うしかなく、疑念を抱いたまま私は屋敷に戻り両親や使用人に伝えた。

「「ランクーベ公爵？」」

両親は名前を聞いて驚きの声をあげた。

「……はっはい……そうですが……何かある方ですか？」

「ランクーベ公爵は、一度結婚したが、その後離縁した……結婚する前にも婚約破棄されていて、今では呪われた公爵と呼ばれる男だ」

結婚を見据えての男性の話ならお母様の方が詳しいかと思ったが、意外にもお父様が教えてくれた。

「……呪われた公爵」

呪われた……公爵。私の婚約を心配して選んでくれたのよね？　きっと爵位のつりあった者をと考えその方にしたのであって、「呪われた公爵」と呼ばれていることを知らなかったのだろう。王妃選定で共に戦った私達に嫌がらせなんて……しないよね？

……いや、ポジティブに考えるのは無理だ。絶対に嫌がらせだ！

なんだ、自分達が後継者教育で大変な目に遭っているからって私も大変な目に遭えというのか！無事結ばれたんだからいいじゃないか！

「……呪われた公爵……畏《かしこ》まりました」

「ヴァレリア……」

「王命だ、拒否は出来ないが無理はするな」

お母様の心配の表情に、お父様の言葉が「無理するな、離縁しても構わないぞ」と言っていた。

「私は構いません、ランクーベ公爵へ嫁ぎます」

なんだろう。たとえ嫌がらせだったとしても彼らに負けたくないという思いが私をやる気にさせる。

この世界で目を覚ましたときには、私はワガママ令嬢で、咬ませ犬だった。それでも、家族は前世と同じくらい優しいいし、ピアノが弾ける環境に辿り着けたし、前世と違って友達も出来た。呪われた公爵の嫁、上等だ。少なくとも王妃よりはましのはず。

改めて現時点で手に入った公爵の情報を精査する。

私の結婚相手は、オルフレッド・ランクーベ公爵。

東部に領地を持ち、医療関係に惜しみ無く投資をしている有望な男性。紺碧色の髪と瞳は、世の女性を惹き込む魅力を持っているのだとか。女性達は「たとえ不幸になったとしても彼の傍にいることが出来るならそれでも構わない」と引き寄せられてしまうそうだ。

書類上、オルフレッド・ランクーベ公爵は一度の婚約解消と一度の離縁を経験している。だが、それ以降には数えきれない程の女性達が彼に玉砕していた。その中には不可思議な体験をしたと話す者もいれば、噂により家族や友人から強く反対されたことで近付くことさえ諦めた者もいる。そんな彼はいつしか周囲から「呪われた公爵」と囁かれるようになっていた。そんな素敵な経歴の持ち主が私の婚約者……ではなく、結婚相手に指名された。

信憑性がない噂を除くと、分かることはこれくらいだろうか。王子のように記憶がないため初対面同然、というパターンではなく、本当に見ず知らずの相手だ。

まあ、今回も私付きの侍女ジャネットが一緒なので、良しとしておこう。

王子達の指示では結婚書類にサインをしてすぐに相手の屋敷へ移り住む予定だったが、少しだけ延期された。長雨が続き、嫁ぐ天気としては最良の日とは言えなくなってしまったからだ。私の細やかな抵抗ではないし、過保護な両親による引き留めでもない。

そして何日かぶりの晴天である今日、引っ越し日和と言えるだろう。

結婚相手であるランクーベ公爵と何度か手紙のやり取りをして、直接会うのは今日が初めてとなる。初めて会うのに既に結婚しているなんて変な感じだ。

ランクーベ公爵は同じ公爵家なので、貴族街でもわりと近い場所に住んでいるらしい。馬車で移動すれば三十分もしない距離だとか。

「ヴァレリア、何かあったらすぐに帰ってくるのよ」

「無理はするなよ、離縁しても結婚相手はいる」

お母様もお父様も嫁ぐ私に馬車まで見送りに来てくれていた。

「はい」

馬車に乗り込む際に「もう一度」と二人に抱き締められてから、結婚相手であるランクーベ公爵邸へ向かった。

外の風景を眺めるも代わり映えすることなく、我が家と同じくらいの屋敷の前に到着する。騎士が私を確認し頷いたことで、門が開き再び馬車が動き出す。敷地に入り建物が大きく見え、沢山の人達が出迎えてくれていた。

ふと王妃選定で王宮へ上がった時のことを思い出す。あの時もこんな感じだったが、人数は必要最低限で、誰にも受け入れられていないのをひしひしと感じながらの入居だった。今回は婚約者候補ではなく、公爵夫人としての入居ということもあり使用人が全員集結しているのかと思う程、私を沢山の人達が出迎えていた。少なくとも敵意は向けられていない。

馬車の中から窓に張り付いて旦那様を見たいのをぐっと堪えて、公爵令嬢らしく澄まし顔になるよう努める。ノックの合図で施錠を解き自ら扉を開けるのではなく、相手が扉を開けるのを私なりに品位を見せつけながら待った。

扉が開き、新鮮な空気と暖かな日差しが馬車内に入り込む。一歩踏み出し、私の新たな人生の幕開けとなる……物語っぽく表現してみたのは、初めて結婚相手に会うということやこれからの生活を考えて、どうにか緊張を失くそうと自分なりに必死なのだと思う。

馬車から降りれば、皆さんが頭を下げ私を出迎えている。

「ヴァレリア・ルルーシアン公爵令嬢、ようこそランクーベ公爵邸へ」

私に声を掛けたのは、噂に聞く曰く付きの美貌の男性……ではなく、いかにも執事という風貌の、お父様より少し年上に見える方だった。

この方が私の旦那様？　執事長だろうか？　今回の場合は当主が直々に、どうしても都合がつかない場合は執事長が出迎えに現れるものだと聞いたが、初対面なのでどちらか判別がつかない。噂で美化されすぎているだけで現実の公爵はこうなのかもしれない。

ひとまず笑顔を向けておく。

「旦那様の命に依り、執事長の私が屋敷を案内させていただきます」

予想外というか、予想通りの執事だった。下手なことを口走らなくて良かった。

「……そうですか、ありがとうございます」

ランクーベ公爵本人は不在なのか、私に会いたくないのかは分からないが、この場にはいなかった。私達の結婚は王命で、彼にとっては王妃選定に落選した私に巻き込まれてしまった形なのかもしれない。その事実を確認し傷付きたくはなかったので、執事に夫になる人のことを尋ねることなく、彼の事前準備通りに屋敷内の案内をされる。

まず案内されたのが、私が今後使用する部屋。同じ公爵家でも間取りがかなり違っていた。ルルーシアン公爵家では客間と呼ばれるような位置の部屋を勧められる。綺麗な部屋を案内されたので、嫌がらせなどでなくランクーベ公爵邸ではこのような間取りなのだろう……と疑いたくなる心を押さえつける。

部屋の案内が終わると談話室へと移動する。

私の荷物を運び入れている間、「使用人達が忙しなく行き来する部屋ではゆっくり出来ないでしょうから、こちらでおやすみください」と、執事が気を遣い美味しい紅茶とお菓子まで用意してくれていた。

私は今のところ受け入れられている……のだろうか。王宮とは違って、到着して早々に判断出来るものではなかった。

「ルルーシアン公爵令嬢、こちらは旦那様からの手紙になります」

執事が私に一通の手紙を差し出してくる。

「手紙……ですか？」

結婚相手が引っ越してくる日に出迎えることなく手紙を寄越すのはどういう意味なのだろ

うか？

考えられるのは、「ランクーベ公爵は本当に現在屋敷にいない」、あるいは「私に会いたくないので手紙で対応した」、だろうか。他に考えられるとしたら、「怪我や病気で歩行困難なため、私を出迎えられない」というのもありえなくはない。

「はい。旦那様に昨晩領地より火急の報せが入りました。長雨による災害で被害状況が酷く、あちらの使用人から判断を求められ、早朝には領地へ向かわれてしまいました。ルルーシアン公爵令嬢の出迎えが出来ないこと、『心より申し訳なく思っている』と旦那様が申しておりました」

私がランクーベ公爵家へ引っ越す時期が延期になった原因でもある長雨だ。そもそも、ランクーベ公爵が治める東部は毎年長雨の被害が多い地域と聞く。領地の問題が多いことも、彼が「呪われた公爵」と呼ばれる原因でもある。

「あっ、そうなのですね。領地を束ねる者として、旦那様のそのご判断は正しいものかと。私は問題ありません」

この世界に来て綺麗な人を見る機会が多く、その中でも群を抜いて美しいと噂されているランクーベ公爵を拝見するのは少し楽しみでもあったが、それなら仕方ない。

執事が本当のことを言っているのか判断は出来ないが、過去に似たような経験がある私にはランクーベ公爵が私に手紙を残してくれただけでも充分。しっかりとランクーベ公爵の紋の封がしてあるので、執事が代筆した可能性もない。

手紙には先ほど執事が話した通り、領地の災害の報せを受けたことで急遽領地に向かうことになり私の出迎えが出来なくなったことへのお詫びが書かれていた。

それ以外にも「何かあれば執事や使用人に遠慮なく伝えてほしいこと」「必要なものはランクーベ公爵の許可を得ることなく自由にしていいこと」「商人を呼ぶことや王都での購入した全ての支払いも執事に全て請求書を回していいこと」等、至れり尽くせりの対応が書いてあった。その中で気になったのが、「体調不良や怪我など、些細なものでも医師の診断を求めるように」という一文だ。「公爵邸に長居できないと判断したら、私の許可を必要とすることなくルルーシアン公爵家に戻ること。令嬢の身の安全を第一に考えること。離縁を希望であれば、執事が速やかに処理をする。その場合、令嬢に傷がつくことがないように配慮する」とも書かれていた。

　要するに、「公爵邸では自由にして構わない。離縁も私次第。私の都合のいいように利用して構わない」と受け取ってしまえるほどの内容だ。公爵は自身が「呪われた公爵」と社交界で噂されているのを理解し、さらにそれが噂だけでないことを身に染みて実感しているような手紙である。本気で私を心配しているように感じ取れた。まるで私が離縁を望んでも仕方がないと思うだけの「何か」を過去に体験している素振りだ。

　なんでも彼の「呪い」に結び付けるのは良くないが、確かに入居日がそろそろという時に雨が降り出した。雨は毎年のことで彼とは関係ないと分かっているが、当日に領地から被害状況の緊急連絡の手紙が入るのが今後の結婚生活を不安にさせる。

　私は手紙を読み終え、元の状態に戻す。

「ランクーベ公爵の意志は分かりました。災害と聞きましたが、お医者様の派遣などは十分なのでしょうか？　お父様……ルルーシアン公爵にも協力要請を願いましょうか？」

　災害が起きれば必ず復興にはお金と人が必要になる。それに不安が長引けば健康な人でも気が滅入り心に大きな負担をかけてしまう。

「なんと心優しきお言葉。ですが、問題ありません。旦那様は医療発展の為に多額の支援をしておりまして、特に東部には医療施設や医療に関する教育機関はどこの領地よりも優れていると自負しております」

執事の言葉は誇らしげで、旦那様への尊敬を感じる。確かに、社交界でもランクーベ公爵は医療関係に多額の寄付・支援をしていると聞いた。その噂を聞いたから、私も演奏会を開催した時に寄付を募ったのを思いだした。

「それは素晴らしいですね、では私に出来ることは……ありませんね？」

執事の反応を窺いながら尋ねた。

「ルルーシアン公爵令嬢は、旦那様がお戻りになるまでお休みください」

本当に「ゆっくりしてください」の意味なのか「貴方は動かないでください」の意味なのか、相手の思考が読み取れなさ過ぎて、言葉通り受け取っていいのかわからない。

「そうですか……では私は部屋が整うまでこちらで休ませていただきます」

「はい、何かあれば何なりとお申し付けください」

執事が応接室を出ていき、部屋にはジャネットと私だけになった。

「お嬢様」

ジャネットは部屋に誰もいなくなるのを見計らってから口を開く。

「何？」

「先ほど紹介されたお嬢様の部屋は……」

「……何？」

あの部屋に何かあるの？　あの部屋に纏わる有名な呪いの話があったりする？

「客人用の部屋……かと、思います」

「……ジャネットもそう思う？」

呪いや心霊現象の類じゃなくて良かった。それに関しては確かに私もそうじゃないのかなとは思った。

「専門家ではないので定かではありませんが、建物の大きさはルルーシアン公爵家とほぼ同じと見受けられるので、おおよその間取りも変わらないかと……」

私よりも公爵家の屋敷に詳しいジャネットがそう発言するということは、そうなんだろう。

「……ということは、私はランクーベ公爵家に受け入れられていないってこと？」

「そこまでは……分かりません」

ジャネットはハッキリと言葉にしなかったが、表情では肯定している。

社交界で「呪われた公爵」と噂されているが、彼にだって相手を選ぶ権利はある。

彼からしたら、私は「恋人達を引き裂くことに失敗し王妃選定に落選したワガママ令嬢」という世間の印象なのだろう。私達の関係は王命であり、家同士の政略ではない。多少の時間を置けば別れることに何の障害もないといえる。王族からすると社交界で面倒な噂を立てる厄介な人物同士を押し付けただけの関係。

私は今まで誰かを好きになったことがないので恋愛に対しては今でもよく分からない。今でも恋愛はわからない。王妃選定でダルトン令嬢が何故そんなに私を意識するのか、その気持ちを理解しようと思ったが、途中で諦めピアノで頭を埋め尽くしていた。

　なので、突然王命で「結婚しろ」と言われても、それほど嫌だとは感じなかった。前世の感覚で言うところの「お見合い結婚」が近い。相手が暴力を振るう人や変態でなければ問題ない、これといって目立った不満がなかったので結婚してみたという感じだ。

　とはいえ、結婚するからには程々に上手く付き合えればと思っていたが、始まる前に線を引かれた気分だった。

「……私はあの部屋でも充分よ」

　手紙でランクーベ公爵は、「私の自由にして構わない」とあった。きっと、ここで私が「あれは客人用ですよね？　公爵夫人の部屋に移動させてくれませんか」と言えば叶うだろう。だけど、自由にしていいと言われたからと言って、与えられた部屋の位置が気に入らないから変えてもらうのはまさにワガママ令嬢ではないか。「部屋が汚い」「家具が壊れている」「日当たりが悪い」など生活に支障を来すなら訴える必要があるが、準備された部屋にはそんなものは一切なかった。むしろ、家具などは新品を用意してくれたのではないかと思えたくらいだ。

「もしかして……」

　ふと、あることが脳内を過った。

「どうされました？」

「王宮でも私の入居が延期になったじゃない？」

「……はい」

　あの時は私への嫌がらせで部屋が使用不可能になってしまった為に延期を余儀なくされた。もしかしたら、ランクーベ公爵家でも同じことが起きているのかもしれない。公爵家の一部に、この結婚に反対する人間がいて、その人間が本来用意されていた部屋に何かしたのでは？　私の発言でジャネットも何が言いたいのか分かってくれた。

「離縁か……」

私の両親からもランクーベ公爵の手紙からも、いつ離縁しても構わないと言われた。離縁するなら、早い方が良いのかもしれないが、結婚相手に一度も会わずに去るというのも考え物だ。夜会で「一目彼見たさに参加している」「一夜の過ちでもいいからお相手を」と望む女性が多数存在する公爵を一度くらい見てみたいという願望もある。王宮で何度かパーティーを開催したが、私自身が彼を探す余裕が無かったり、彼自身が出席できなかったりということで一度も拝見していないのだ。

ちなみに、自慢していいのか分からないが、私が転生してしまったヴァレリアもかなり美しいと言える。王妃選定の候補者として共に上がったダルトン令嬢は可愛らしい人で、王子は美少年といった感じだった。

暫くしてランクーベ公爵家の使用人が現れ、部屋が整ったことを知らせに来た。

移動し、これから生活する部屋の確認をする。ルルーシアン公爵家の私の部屋とは違うも、高級感溢れる内装で、「呪われた公爵」という印象はなく、その後初めてのランクーベ公爵家の食事も大変美味しく頂いた。主不在の間に使用人からの嫌みや嫌がらせなども全くない。むしろ皆が丁寧すぎるくらいの接し方をする。

ランクーベ公爵家に移り住み、どんな「呪い」が現れるのか数日は身構え緊張していたが、何も起こらないので次第に暇を感じるようになった。

「屋敷を案内していただける？」

「しっ執事に、確認して参ります」

暇だったので「屋敷を見たい」と軽い気持ちで尋ねたのだが、使用人は慌てた様子で確認に向かった。

暫《しばら》くして、先程の使用人と執事を引き連れ戻ってきた。

「私が案内致します」

言葉通り執事に屋敷を案内されることになった。

しかし、何故か部屋の前まで案内されても扉を開ける部屋と開けない部屋があった。

「あの、部屋の中を確認し……て……も……」

執事があまりにも目を見開くので、次の言葉が出なかった。

「……それ、は……申し訳ありません。掃除が行き届いておりませんのでお見せするべきではないかと……お許しください」

「……掃除くら……い……、いえ……そう……ですね……またの機会にさせていただきます」

掃除くらいなら別に気にしませんよ、と言いたかったのだが執事の動揺ぶりが余りにも見ていられなかったので我慢した。

「それでは、こちらを……」

執事は何事も無かったように屋敷の案内に戻る。見る限り、公爵家の使用人がそんなに手抜きをするとは思えない。もしや「呪われた公爵」とは経済状況が悪いという意味なのだろうか？　悪い噂が流れすぎてしまい、取引を打ちきりにされたとか？

しかし、それが真実だった場合、経済状況に問題がありながら私には「商人を呼んでもいい、支払いは執事に」と告げたのには疑問が残る。「男の見栄」や「公爵としての矜持」だとしても、私が本当に散在したらどうするつもりなのだろうか？　私が「ランクーベ公爵は財政難よ。没落するわ」と、社交界噂を広めると思っているのだろうか？

「……ありえるかも」

王妃選定が終了してから私がゴシップ紙を賑わすことはない。だが、過去の私の記事が消えたわけではないので、ランクーベ公爵があの記事を見聞きしていたら私が良からぬ噂を広めないように隙を見せないでいるのかもしれない。

公爵とは数回の手紙のやり取りだけで、実際会ったこともない。その手紙も互いに王命により決定された関係であるので自己紹介のような釣書と、移り住む為に部屋の内装の好みなどの確認といった業務的な内容が主だった。

私達は直接会ったことがない。私の記憶が戻る前にパーティーなどで偶然出会っていてもおかしくないのだが、ランクーベ公爵は「呪われた公爵」と呼ばれるようになってから、表舞台を極端に避けていたので、過去の私も出会っていない可能性が高い。社交界は紳士にとっても重要な情報源であるにも拘わらず、そこにほとんど参加しないというのは貴族の情報に疎《うと》く私のことも知らない可能性がある……なんて希望は間違っても抱けない。いくら情報に疎《うと》かったとしても、王妃選定の候補者を知らないはずがない。問題はどこまで知っているかだ。

「……私の印象って完全に悪者だよねぇ」

庭の案内の頃にはタイミングが悪く、雨が降りだす。

ランクーベ公爵家では犬を飼っており、窓の向こうでは、突然の雨で犬を犬舎に移しているところだった。私は動物が嫌いなわけではないが、今まで触れたことがない。過去の人生はピアノを中心としていて、手に怪我をしないことが最優先の人生だったので、犬や猫に噛まれたり引っ掻かれたりして怪我をするのを恐れ動物との触れ合いはしてこなかった。

なので、公爵家の犬も遠目からでも大きく賢そうな犬というのが分かったので充分だ。

「あの犬はフェップンと言います」

「フェップンですか？」

私が犬を眺めていたので、執事が教えてくれた。

「はい、旦那様がお付けになりました。旦那様と対面した時に『フェップン』とくしゃみをしたのが由来です」

「それは……面白い付け方ですね」

私がランクーベ公爵に嫁いでから、更に数日。

結局、屋敷を案内されても部屋にいることが多かった。庭を散歩するも頻繁に行けば飽きるし、時間を決めてしまうと次第に義務のようになる。気分転換を義務にしたくはない。暇すぎてつい考えてしまうのは、入ってはいけない部屋のこと。はっきりと言われたわけではないが、扉を開けることも許されなかった、開かずの間。

執務室は旦那様専用の為、入室不可だというのは理解している。あの部屋は、旦那様の部屋から近く、廊下側からでも分かる広そうな部屋だ。他にも違和感を覚えたのは、何度も足元を確認されたこと。私達が進む先で廊下を掃除していた使用人が不注意にバケツを倒してしまい、水溜まりを作り流れていた。その程度で何か起こるとは思えないが案内役の執事が、まるで山道を歩いているかのように心配する。それがかえって転倒に発展しそうだった。神経質なまでに心配されるので、邸内を見て回るだけでも緊張感が漂う。これが「呪われた公爵」の屋敷での常識なのか、それとも「ワガママ令嬢」が奥様としてやってきたことで過剰なくらい丁寧な対応をされているのか……

結局、邸内も庭も散歩しているだけなのに疲れてしまう。すれ違う使用人皆が私の様子を伺っているのが伝わる。こんな時はピアノがあればいいのだが、案内され入室が許された部屋にピアノの存在はなかった。

暇すぎてやることを見つけられないでいると、お母様から手紙が届く。

「身体は大丈夫？　ランクーベ公爵はいい人でしょうけど、何かあればすぐに帰ってきていいのよ」

心配から始まる手紙は、お母様の思いが伝わってくる。最後には「公爵家に来たヴァレリア宛の手紙も同封します」とあり、確認すると二通の手紙があった。パーティーやお茶会などの招待状は処分してほしいと伝えていたので、この二通はそれ以外の内容となる。

何処かで見たような家紋なのだが思い出せない。「まあ、問題ないだろう」と気軽に内容を確認する。

手紙は、王妃選定中に出会った北部のファイン男爵からだった。私が指示した製法で氷を保存し、今年も問題なく保存出来ているという。更に手紙には私が以前依頼した機械も完成したとある。そう、ようやくかき氷が作れるということだ。それ以外にも嬉しい報告が記されていた。それは、今後発売する氷のデザートのシロップに南部特産のジャムを使用する許可を得ることが出来たというもの。ファイン男爵はあれ以来南部の領主と何度もやり取りを交わし、今では良好な関係を築いているらしい。最後に「かき氷」という商品として販売するのに試作してほしいことが書かれている。

暇で、暇で、暇で、暇で、暇で退屈していた私には嬉しい朗報だった。

書類上とはいえ結婚したばかりなので、勝手に王都を離れ北部に行けば、貴族の噂になってしまうのだが、ランクーベ公爵はどう思うだろうか？　私が過度に気にする程、ランクーベ公爵は私に興味はないのかもしれないというのは悲しいので思わないことにした。

執事に許可を得てからファイン男爵に返事を書く。

「北部へ訪ねることは出来ませんが私も試作品は気になるので、ぜひランクーベ公爵家までお越しください」

ランクーベ公爵が「呪われた公爵」というのは彼らも知っているだろう。そんな場所に彼らが果たして本当に来るだろうかというのを私は手紙を送った後に気が付いた。これではなんだか彼らを試しているようになってしまった。

手紙を送って数日後には二人からの返事が届いた。

意外というか当然というか、公爵夫人となった私の提案を拒否することなく「伺わせていただきます」という文字が認めてある。

ランクーベ公爵には「自由に」と言われていたが、突然来客があれば混乱させてしまうので、使用人にも訪問客があることを事前に伝え、当日を待つ。

北部と南部の代表者が到着した。

北部の訪問者はファイン男爵と息子のカリックス、御者二人に更に氷を運ぶ二人の計六名。

南部は私が訪問した領地の領主である、トリルム伯爵と御者と使用人が一人の計三人。そして、私の方はジャネットと執事と使用人の計四人の十三人が応接室に集まった。

かき氷を作るのにはまだ暑さが足りないが、夏本番に間に合うようにするには早くはないどころか遅いくらいだ。今日はこの場にいる皆で、試作品の機械で氷を削り南部特産のシロップをかけ「かき氷」というものが、この世界の人間にも受け入れられるのか反応を確認するのが目的である。

私の大雑把な設計図をもとにしたにも拘らず、あの代表的なかき氷機が出来ていたことに驚く。氷も二十センチの正方形に整えられていて、手際よくかき氷機に準備されていく。上のネジで氷を固定し、横のハンドルで氷が削れ、下のネジで刃の位置を固定する。氷の真下に器を置いて準備は完了。

「……い……いきます」

男爵と共に来た使用人が氷を削っていく。

「「おぉっ」」

まるで通販番組のように、削られた氷が器の上で塔を作る光景に声が漏れた。削る使用人は、氷の塔が自然と崩れるのを待っていたので、見かねた私は器を持ち上げ山になるように傾けながら形を整える。

「……出来ましたね」

南部特産のジャムを出来たてのかき氷に乗せ試食が始まる。

シャリシャリと口の中で氷が溶け、濃厚な南部のジャムと相性抜群。私が一年待ったかき氷を堪能している間、周囲の人間は目を見開いて硬直していた。確かに今日はそこまで暑くないので感動はなく、氷に慣れていない人達にはただの衝撃だったのかもしれない。果たしてその衝撃はこの世界の人に受け入れられるものなのか……

私はかき氷を持ち上げ顔を隠しながら、彼らの様子を静かに盗み見ていた。

「これはっ……」

「なんとっ」

それはどっちの感想？

「面白いっ」

面白い？

「口の中で消えましたっ」

「それに、こちらのジャムとの相性が良いですね」

皆さん初めてのかき氷に興奮している。その様子を見て、私はこの夏一大ブームが巻き起こるのを確信した。

その後も私達はかき氷を食べ続けた。暑さを実感する季節ではないにもかかわらず、冷たい氷を何度も削り理想の氷やシロップの量などを検討する。

「寒っ」

誰かのその言葉で、ようやく私達の体が冷えているのに気付いた。

その反応に執事と目配せを交わし、使用人が暖かい紅茶を準備する。紅茶を飲みながら「かき氷」の成功を確信へと変えていく為に次の話し合いが行われた。

お店は南部と北部に出店する予定。王都にも出店を考えるも都合よく空き店舗は見つからず今回は断念することにした。それでも避暑地として毎年北部には貴族が多く訪れるので、ここで評判が良ければ王都にも出店するという結論になった。

だが、不安なこともある。

去年かき氷を断念したのは、南部の日照りによる干ばつだった。今年も雨は降るものの、充分確保しているかと聞かれると不安だそう。これでまた氷を提供してしまえば、今年もかき氷は遠退いてしまう。

「本格的な夏が訪れる前に、今の時期に南部でお祭りかなんかしてはいかがですか？」

以前は解決策として氷を提供したに過ぎず、問題自体は解決していないので今後も干ばつ・日照りは起こりうる。南部は避寒地という一時的な名所と、特産のジャムで栄えている。だが避寒地として今後も利用されても、特産のジャムの原料の果物が枯れてしまえば領地の利益が落ちてしまう。なら、稼げる時に稼ぐしかない。毎年、国からの支援を待つだけではいけない。国がいつまでも支援してくれるとは限らないし、突然白紙にする可能性だってある。

「……祭りですか？」

南部のトリルム伯爵はお祭りに対して消極的だった。

「はい、南部の暖かさがあれば充分かき氷は売れると思います。そこで宣伝すればかなり話題になると思うのです」

「祭り……ですが、それだとファイン男爵が納得しないのでは？」

トリルム伯爵はファイン男爵の様子を見た。

ファイン男爵は爵位を気にしてか、不満はあるが口にしていいのか悩んでいるのが眉間の皺で確認出来る。南部と北部の合作の「かき氷」、確かに同時に発売するべきだがそれだと問題があるのだ。

「南部の時期にあわせて、北部がかき氷を発売しても時期が合わず売り上げは見込めないでしょう。それは南部も同じで、貴族が北部を利用する期間には発売をしても南部への観光客は期待できません。その時期にかき氷を発売しても、買うのは領民、経済効果は薄いでしょう」

私の言葉に二人は無言ではあるが、理解は示してくれた。

「季節を考え南部で先に発売しますが、そこでしっかりと『北部でも発売します』と宣伝してください。かき氷を知った貴族であれば、氷自体を求めることもあるでしょうから、そこは二人で事前に話し合っておいた方が良いかもしれませんね。氷は季節限定の贅沢品ですから、高値が付くことでしょう」

私の「贅沢品」「高値」という言葉で、トリルム伯爵もファイン男爵も無言で目だけで会話していた。二人とも「氷」が贅沢品扱いになることに気が付いていなかった。特にファイン男爵は毎年凍る湖には辟易して使うことも出来ずにいたが、今度は領地の特産品になろうとしているので、真剣みが増した。私としては、両領地の特産品を使用した名産品として今年の話題となってくれたらいい、方向性だけ示したらあとは利益を得るべき人が得やすい形にするべきだ。

北部はまず、かき氷機と冷蔵庫とかき氷の販売価格など提案し、南部はシロップのジャムの納品を提案している。

「冷蔵庫があるのなら、南部のジャムの元の果物も王都まで運べばいいのに……」

南部のジャムは完熟で収穫しないと甘味がないため、ギリギリまで収穫しない。その為、とても柔らかくなり移送の際に売り物にはならなくなってしまうのと、一番はやはり暑さだ。移送の問題が解決しても、他領地に到着した頃には販売期間が一日となってしまう。そうなると店側も取り扱いが難しく倦厭されがちになる。

だが、冷やしながら移送すれば少しは抑えられるだろうし、一番の問題だった道路の不具合も王妃選定の時に申請し改善されている。そんな今だから完熟一歩手前で収穫すれば問題ないと予想される。両領主のあまりにも白熱過ぎる会話に頭が着いていかず、逃げるように別のことを考えていたことが口に出てしまった。

「へっ？」

私の突拍子もない提案にトリルム伯爵を混乱させたが、まさか声に出ていたとは思っていなかった私も驚いていた。

「……あっ、今は関係ないですよね、余計なことでした。どうぞ話し合いを続けてください」

白熱していた会議に水を差してしまったことを申し訳なくなり、存在を消していく。

「かっ、考えます……」

あっ、今、貴族の悪いところが出てしまった気がする。無言の圧力というか、ハッキリと言葉にしていないのに「やってくれるよね？」というのをしてしまった。

「いえ、私のワガママにお付き合いして……」

「そんなことは！　果物、今なら移送も可能かと。ぜひ、やらせていただきます」

トリルム伯爵は興奮気味に宣言した。

「ぁ……えっと……よろしく……お願いします」

本当に良かったのか分からないが、伯爵は満面の笑みで頷く。その横でファイン男爵も顎に手をやり考え込んでいる。確か以前、男爵も気候が合わず領地の物を他領地で発売ができないと嘆いていた……こちらももしかしたら解決出来そうなのかもしれない。やはり、考えが煮詰まった時はいろんな人と会話するべきなのか。頭の中が整理され、互いに有益な情報も手に入る。

「お祭りでかき氷を発売するとしても、何か目玉になるような物も必要ですよね？」

トリルム伯爵の発言通り、お祭りで屋台と言ってもこちらの国では店先に屋台を出すのが普通なので大して物珍しくない。かき氷一つで貴族を呼び込める程威力はないし、そう簡単ではない。

「そうですね。お祭りの主役になるようなもの……派手なもの……派手なもの……領地の皆で……ダンスとかはどうです？」

「今からの練習では難しいですね。最低でも一年前からの準備期間が要ります。ん〜、それなら……音楽などはどうでしょう？」

領民にプロ並の演奏力はなくとも、お祭りを盛り上げることが出来る実力者はいるはず。歌自慢や演奏の腕自慢の大会を開催するのもいいのかもしれない。

「……あっ」

伯爵は何か思いついたように私を見つめるので、今まで考えていたことが何処かへ吹き飛んでしまった。

「……何でしょう？」

「ルル……ランクーベ公爵夫人は、ピアノがお得意なのですよね？」

ルルーシアン公爵令嬢と呼ぶべきかランクーベ公爵夫人と呼ぶべきか混乱中のようだが、そこはそちらで答えを見つけてほしい。私としてはどちらでも構わないが、そういえばどちらが正解なのだろう？　書類上結婚はしたが、まだお披露目はしていない。

いや、今の本題はそこではない。

「はっ、はい」

なんとなくだけど、次の展開が読めるような……

「……もし、宜しければ演奏会を開催して頂けないでしょうか？」

やっぱり。

「……私が……ですか？」

「はいっ……出来ませんか？」

「……構いませんが……私が演奏しても人が集まるかどうか……」

以前演奏会を開催し人が集まり成功したのは、私が王妃選定の候補に名乗りをあげていたからであって、今の私には誰も注目していない。現に「王妃選定に落選した」私と「呪われた公爵」が結婚したというのに、ゴシップ紙は報告程度に記載したのみだった。

「いえっ、ルル……夫人が開催するとなれば、絶対に来ます」

伯爵よ、何処からくるの、その自信。思わず一句詠んでしまった。

そこまで私を評価してくれるのは嬉しいが、当日まばらにしか来なかったらいくらワガママ令嬢と言われている私でも泣きたくなるのよ？

私が宣伝出来るのは貴族だけ。それに宣伝したからといって貴族を動かせるだけの影響力は今の私にはない。伯爵の期待には応えたいが……そんな簡単なものではない、本格的な暑さではないが、暑くなり出している南部に人を集めるのは容易ではない。特に貴族は汗をかくことを嫌う。令嬢は匂いにも敏感なので難しい。

本気で呼ぶには宣伝方法から考えなければならないのかもしれない。何か面白い宣伝方法……面白い……何か……

まぁ、そう簡単には思い浮かばない。

「……ピアノ、練習しておきます」

「よろしくお願いします」

ピアノを弾くのは好きだし、演奏会も嫌いじゃないから問題ない。しかし、本当に私が演奏者でいいんだろうか？　たとえば、プロのカシューベルバに依頼した方が女性客の見込みはあるし、彼レベルの演奏家は呼べなくとも南部出身者の方が盛り上がるような気がする。何故この流れになった？　確かお祭りで観光客を増やしたくて……その前は……日照りで干ばつになった時の資金集めだったはず。

あっ、思い出した。私達がしようとしていることって「雨乞い」になるのでは、と思ったのだ。キャンプファイヤー……じゃない、シンボルとなる焚き火とその周辺を囲って舞いを披露する雨乞いも前世の世界のどこかにはあって、科学的根拠が実は僅かにあるって聞いた覚えがある。宗教的なものは覚えていないので置いておいて、確か重要なのは歌と音楽と焚き火だ。曖昧な知識で申し訳ないが、降ってくれたらラッキー、くらいで提案してみようか。

だけど、南部の暑い地方での焚き火は間違いなく人が遠のく。焚き火の代わりになるようなもの……花火はどうだろうか？

「花火は？」

「花火ですか？」

「そうです、花火大会とか……」

自分で言って自分で驚いた。そうだよ、花火大会すれば人は集まるし、なにより「かき氷」が売れる。

「花火大会……ですか？」

「花火はパーティーでの開始や終了の合図で使用することはあります。大会というと競うということですよね？　それは今までにないですね」

あ、こっちの世界では「大会」ってそういう意味になるのか。

「競うまではいかなくとも……花火祭りではいかがですか？」

花火と歌と音楽で空気を振動させ、そこに人の流れも入れば雨が……なんて都合よくいかないのは理解している。お祭りを楽しみながら雨が降ってくれたらラッキー、雨が降らなくてもお祭りが盛り上がり、経済効果が生まれたらラッキーというどちらに転んでもいい状況を作ろうと思っただけなのだが……どうだろう？

「花火……祭り？」

「えぇ、打ち上げ花火を何万発とあげたら盛り上がると思うのですが……どうでしょう？」

「「何万発？」」

「はい」

出来るなら踊りも加われば盛り上がるのだろうけど、今からでは時間が足りない。ん？　それは花火も今から依頼しても足りない？　だから先程「何万発？」と驚かれたのか。今から急いで準備したとしても……

「あの……先程は何万発と言いましたが、開始の合図なのでそこまでしなくても十分盛り上がります……よね？」

危うく花火ではなく、私のワガママを爆発させるところだった。

「そうですね」

トリルム伯爵が安堵するのを見るに、私は限度を知らない数量を提案していたらしい。よく考えれば、前世でも花火大会の尺玉は作るのに何か月もかかる代物だった。それを「今から夏のお祭りに間に合うよう何万発も準備して」というのは恐ろしい依頼だったに違いない。無知で南部の領民を困らせるところだった。気が付いてよかった。

それから、私達は急いで祭りの目玉になる花火の依頼をすることや、南部のかき氷店の準備、私が演奏会をする会場を話し合った。

「やること多いなぁ……あとは宣伝……」

きっと宣伝せずにお祭りをしても、今の時期に南部に訪れる貴族はとても少ない、というよりいない。観光客を呼ぶにはしっかりと事前に宣伝しないといけない。

しかし、そもそも宣伝って、どうやればいいの？　今はパーティーシーズンではないし、お茶会を開催するにも私の呼べる人は王妃選定で私の侍女をしてくれていた、ニクソン令嬢、アドリーヌ令嬢、モアノア令嬢……だけ？

改めて自分の人脈の無さに驚く。前世から知り合いが少なかったので悲しいとは感じないが、これでは皆が期待するような宣伝なんて無理だ。

トリルム伯爵とファイン男爵を見送り今後について考えていると、話し合いに同席していた執事が「ピアノを発注いたしましょうか？」とランクーベ公爵の許可もなく提案する。

貴族であれば何らかの楽器を習うらしいが、公爵はピアノではなくバイオリンを幼い頃に習っていたそうで、公爵家にピアノは存在しなかった。準備してくれるのは有り難いが、ピアノもピンキリ、高いものは大きな宝石並みの値段がする。それを執事の独断で判断して大丈夫なのだろうか？しかし、お粗末なピアノをランクーベ公爵が依頼したとなれば、それはそれで良からぬ噂がたってしまう……

「えっと……ピアノのような値の張るものをラングーベ公爵の許可なく発注するというのは……」

「いえ、その程度でしたら問題ありません」

執事は済ました顔で宣言する。

その程度……公爵家は財政難では？　ああ、それは推測のひとつか。

「本当によろしいのですか？」

「奥様のお望みであれば。事前に旦那様からの許しも得ております」

奥様っ？　今私、奥様って呼ばれました？

「……そうなのですか……。では……お願いできますか？」

「勿論です」

私がかなり高級なおねだりをしたにも拘わらず、執事はなんだか嬉しそうな表情を見せる。

それから執事は職人を呼び寄せ最高級のピアノを製作させようとしていたが、そうなってくるとお祭り後の納品になってしまうと聞く。それでは意味がないので既に完成しているものを所望し、三日後にピアノが公爵家に届いた。

公爵家にピアノが運び込まれ、その日から私はピアノに触れることが許された。

何日も触れていないとかなり指が鈍り納得のいく演奏には程遠く、気が付けば一日中ピアノを弾き続けていた。演奏会を開催するには下手な演奏を披露するわけにはいかないのでひたすら弾き続けるしかない。

「素晴らしい演奏ですね」

「ふぇっ？」

食事の準備が整い私を呼びに来たランクーベ公爵家の使用人が感想をのべてくれたが、彼女が近くにいたことに気が付かず、変な声が出てしまった。

「練習中に口を挟んでしまい申し訳ありません」

「いえ、そう言ってもらえて嬉しいです」

久しぶりにピアノを誉めてもらい上機嫌になる私。自分が意外に単純な女だったことを知る。

そのまま使用人に案内され食堂へ向かう。最近では他人の屋敷で、一人で食事をすることにも慣れてしまった。それを悲しいと思わないことにも、大して不安に思っていない。いつものように静かに食事をしていると執事が報告する。

「領地の問題が深刻で、旦那様はまだ戻ってくることが出来ないそうです」

会いたいような、会わなくても問題ないような……私としては一人の時間に慣れているので、こんな感じの別居婚も悪くない。好きなことをしていいし、お金の心配もないみたいだし、恋愛っていうのも私にはどうもよく分からないので、今の状態に不満はない「旦那様はいつ帰ってくるの？」と執事に追及する気もない。

「あの……毎日練習ばかりでは息が詰まるのではありませんか？」

公爵家の使用人、ルーリが私を気遣ってくれる。

彼女は公爵家に来てから、ジャネットと交代で私の世話をしてくれる人物だ。ちなみに執事の名前はイーサン。彼は代々ランクーベ公爵に遣えている家系らしく、幼い頃からランクーベ公爵家に忠誠を誓っている。なので、この屋敷で誰よりも信頼出来る人なのだそうだ。最近ではほんの少しだけ彼らとの会話が増えてきている。

ルーリが言うには、王都で今話題の大道芸が来ているらしい。玉乗りをするピエロや、松明で炎を吹く男、軟体な女性や、蛇使いに火の輪潜りなど多岐にわたると興奮気味に話してくれる。

そんな話をされて初めて、ランクーベ公爵家に嫁いでから一歩も屋敷の外に出ていないことに気付いた。

「少し行ってみようかな……」

息が詰まるなどは感じていないが、新しい刺激は何かと役に立つ。

私とジャネット、ルーリに御者と護衛騎士を数名引き連れ皆で大道芸を見に行くことにした。突然の提案にもかかわらず、皆さん嫌な顔しないで私のワガママに付き合ってくれる。町の雰囲気にドキドキしながら歩いているとあることに気が付いた。

記憶を取り戻してから、町に行くのは初めてかもしれない。王妃選定の訪問で外出はしたが、孤児院・病院・教会のみで町の様子は知らない。なので、私は今日初めてこの国の町を目にするのだ。

様々なものに目を奪われながらも、目的の大道芸に辿り着いた。

着いて早々、空間を支配するような独特の喋りの支配人に引き込まれる。彼が紹介する人物は誰もが常人離れした特技を披露してくれ、演目が終わる度に自然と拍手していた。楽しい時間はあっという間で、大道芸が終わった頃には日が落ちだしていた。これ程までに人々の心を鷲掴みにする彼らの能力は素晴らしい。彼らの余韻に浸っている私としてはもう少し町を出歩いても平気だと楽観的だが、騎士や使用人ジャネットも「そろそろ屋敷に戻りましょう」と言いながら周囲を確認している。

やはり、平民のような服装でも襲われる時は襲われる。それを懸念しているのだろう。

「そうね、もう帰りましょう」

余韻に浸りながら少し離れて停車している馬車に乗り込む。

「大道芸なんて初めて見た」

「はい、私もです」

ヴァレリアは幼い頃からジャネットと一緒で、もし過去の私が大道芸を見ていたら記憶が食い違うところだった、と言ってから気づいたが、本当に初めてだったようだ。

「彼らが人気なのが分かるわね」

「彼らは旅芸人、常に見ることが出来るものではありませんからね」

「期間限定だから、貴重……」

それってなんだか「かき氷」と同じだ。

……彼らに「かき氷」を宣伝してもらえたら話題になること間違いなしだが、依頼したら引き受けてくれるだろうか？

ピエロに宣伝を頼む方法……宣伝をするピエロという職業を作ればいいのか？　そういう職業の人達を知っている気がする……前世の駅前やテレビで見た記憶がある。ピエロじゃないけど……あの……ほら……なんだっけ……音楽と奇抜な衣裳で道行く人の関心を引き宣伝する……一列に並んで……

「あっ、チンドン屋！」

「お嬢様？」

私が急に声をあげたので同じ馬車にいるジャネットとルーリは驚いた表情で私を見つめる。

「んふっ」

「あぁ……」

私が楽しいことを思い付いてニンマリすると、ジャネットは呆れるような表情をするようになった。面白いことを思い付いたのに、そんな顔するなんて……んふふ、それでも私は気にしないけどねっ。

「どうかされましたか？」

私とジャネットの反応を見てついていけないルーリは困惑していた。

「新たな宣伝方法を思い付いたのっ」

「新たな宣伝方法……ですか？」

「はいっ」

屋敷に着く間、馬車の中で私は思い付いた宣伝方法を二人に説明した。

「また、面白いものを考えましたね」

「凄いです。そんな宣伝の仕方は聞いたことがありません」

二人は肯定的に私の案を受け入れてくれる。二人の反応は私をやる気にさせるが、否定の意見が無さすぎるのもちょっぴり不安になる。

屋敷に無事に到着し、さっそくルーリがイーサンに先程私が思いついた案を報告していた。イーサンも否定的ではなさそうだから、これなら大丈夫、かな。


その後、イーサンと情報を共有し人材を募集することにした。だがそこで気を付けなければならないことがある。音楽が出来るのは当然、派手な化粧をして練り歩くので、性格も重視する必要がある。

簡単に言うと、楽器を弾くことが出来、注目されることが苦ではなく、派手好きな人で面白い格好に偏見がない人……果たしてこんな要望で人材が集まるのか不安だったが、ちゃんと給料も記載した。ランクーベ公爵家と記載するべきか悩んだが、言わずに後々問題になるくらいなら最初から宣言しておくことにしようと決めた。もし王都で人材が集まらなくても、南部や北部でも募集すれば最低でも三人くらいは集まってくれるだろう。

特殊な条件にも拘わらず応募してくれた人達が既に楽器が出来れば嬉しいが、出来なくてもこれから練習すれば最悪お祭りには間に合うだろう。本音を言えば一ヶ月前から宣伝したいが、今回は仕方がない。

そして、面接の当日に集まったのはなんと十三人。呪われた公爵家に足を踏み入れることに躊躇《ためら》いつつも、やはり給金がしっかりと支払われるということで人数が集まった。

既に何らかの楽器が出来る者や、話が上手い者もいたので彼らを全員雇うことにする。全員が長続きするとは思えない。どんな職業でも逃げ出す者はいる。最終的に五人だけでも残ってくれたら充分だ。

契約を交わした十三人に仕事内容を説明する。彼らの反応はいまいちだが、皆根が陽気な性格のためすぐに受け入れる。従業員が集まり安心していたが、ここでも私はやらかしていた。チンドン屋でとても大切なもの……それは……楽器だ。使い慣れた楽器を所持しているのは二名だけで、他の者は音楽に合わせて体を動かすことは好きだが楽器などの高価なものは持っていない。私はそのことを、すっかり忘れていた。

チンドン屋に必要な大きなドラムと当たり鉦と締太鼓に平太鼓も用意しないと……サックスやクラリネットも欲しいが、それはこの国には存在しない。そこはギターやフルートに活躍してもらう。急いで楽器職人に依頼しなければならないのだが、彼らには楽器が入手出来るまでは持ちながら演奏出来るようにしなければならない。あれやこれやと経験の浅い私が動くよりイーサンに頼んだ方が時間短縮になるので、ここは遠慮なく頼むことにした。代々公爵家の執事になる家系なこともあって、イーサンはかなり優秀な人物だ。私のつたない指示にも臨機応変に対応してくれ、速やかに楽器の手配をし、歩きながらの音楽活動で必要になる道具の職人にも渡りをつけてくれた。

既存の楽器はすぐに手に入るがそれを改良するのに時間は掛かり、早くても数週間は必要とのこと。その時間を無駄には出来ないので、私が理想とするこちらの国には珍しい曲調を彼らには体で覚えてもらうことにした。初めは聞き慣れないテンポに戸惑いを見せるも、彼らの持ち前の明るさとノリで順調に進んだ。

私の不手際でかなり遅れてしまった楽器だが、何とか人数分揃えることが出来た。本来であれば楽器は本人の希望で渡したいのだが、ドラムだけは体格で選ばせてもらった。ドラムと太鼓以外は持ち運ぶということで演奏者の体に合わせ、何度か改良しストラップの調整で時間を要したが最良の形に近付いているのを実感し安心する。

そして、全体で練習を重ねること数日。

「今日は皆さんを三つのグループに分けたいと思います」

十三人で練り歩くのもいいのだが、四人や五人……少ない人数では三人でもチンドン屋は成立する。お祭りを宣伝するにはバラけさせ各地で宣伝した方が効果の方が期待出来る。時間もなく、出来るだけ広範囲で宣伝したいので、王都を三グループで満遍なく宣伝しようと思う。

他の領地で宣伝するには領主の許可が必要となるが、王都は今のところ許可は必要ないらしい。というのも、今まで東西南北の領地は祭りがなく「宣伝をする」という概念がなかったらしい。お祭りは建国記念日など、国全体が動くか王都のみで、各地のお祭りは存在していない。なので、今回の南部の花火大会は初の試みとなる。成功すれば各地でもお祭りが行われるだろうし、失敗すればどこもお祭りに手を出さなくなるだろう。今回の南部のお祭りは今後の判断材料となり、お祭りを考える者には必ず一例として挙げられる重要なお祭りとなる。そんな難しいことを考えている余裕などなく、私は曲調を皆に叩き込むのに必死だった。

そして遂に全ての楽器が揃い移動可能な姿で本番同等のグループ練習になったのだが、ここでも私は忘れ物に気が付いた。

「あれ？　衣装と化粧は？」

皆がピエロの格好でも問題はないが、それだと大道芸人がやってくると勘違いされかねない。私としては、出来る限り「チンドン屋」を理想としている。前世の髪型は不可能でも異国風の衣装にして、奇抜さを狙いたい。

今から着物を一から縫うのは無理でも浴衣のようなモノくらいなら間に合うかもしれない。成人式で着物を着た覚えはあるが帯を結ぶのはプロの方にお願いしたので、私にはできない。おぼろげに浴衣の帯が結べるかどうかだ。この際、立体的な部分は既に形を作っておき取り外し可能にしてしまおうか。浴衣という存在を知らない彼らに必死に私の想像を言葉で伝えるも、「それはマントのことですか？」と情報共有が難しく、何度も説明しても余計彼らに疑問を与えてしまった。

当日の衣装についてはイーサンに頼み、柔軟な対応が出来るデザイナーを呼んでもらった。今はパーティーシーズンでもないとはいえ、すぐに腕の良いデザイナーを確保することが出来たのはイーサンの人脈といえる。デザイナーに依頼した時は、見たこともない作りに困惑していたが公爵夫人である私が自信満々に説明する姿に圧倒され言われるがままデザインしていた。

そして今度は、衣装が届く間に化粧と宣伝方法を伝授。宣伝内容は花火大会の日時とかき氷、それに私の演奏会。花火大会と演奏会は質問されても受け答え出来るが、「かき氷」というモノを知らなかったのでまずは彼らにも体験してもらうことにした。

北部から氷を、南部からはジャムを取り寄せ、彼らの前で「かき氷」を作り、試食してもらう。

「うわぁっ」

「なんだこれっ」

「消えたっ」

「んめぇ」

感想は違うが、皆が楽しそうにしているのを見て拒絶でないことに安心する。陽気な性格の人間を採用しているので、リアクションがやや大きいのはあるものの嬉しい反応だ。南部でも彼らと同じ反応であればと願いながら様子を窺っていると、叫び声が上がりだす。

「頭がぁ」

「キーンとなるのはなんだ？」

「痛いが食べたい……」

「んがっ」

意地悪をしたわけではないが、彼らの大袈裟なリアクションを見ると何だか面白くて笑ってしまう。暫く楽しんだ後、冷たい物を食べるとそうなることを教えた。

遂に、私の忘れ物もなく準備が整い「チンドン屋」初仕事となる。

楽観的というか、陽気な彼らも初仕事には緊張している模様。いつも賑やかな彼らなのに、王都に向かう馬車では皆口数が少ない。

人気の無いところで馬車を止め、皆で集合するとかなり目を引く集団だ。

化粧は男女共に色白でピンクをメインに使っている。アジアン風や切れ長にすると、この国の人は平均的に彫りが深く凛々しくなってしまうので、可愛らしさを引き出すよう心掛け、柔らかい印象にする。

「この日のために練習したのです、あなた達なら出来る」

「「「「「「「「「「「「はいっ」」」」」」」」」」」」」

最終チェックをしていく。

彼らの身嗜みや化粧、そして、ドラムには大きめのポスターを貼りストラップが外れないかも何度も確認する。そして最も大事な、南部での花火大会の日時や私の演奏会のこと、そして夏場に食べてほしいかき氷について、間違いはないか入念に確認した。心配なのは彼らが目立ちすぎて、宣伝ポスターまで目がいかず読まれないこと。

「読んでくれさえすれば、良い宣伝になるはずだのだけど……」

私の不安とは裏腹に彼ら全員気合いが入る。彼らに水を差すような発言はせず気合い漲る彼の後姿を見送る。突然曲を奏でながら現れた彼らに気が付いた者達から視線を浴びつつも、チンドン屋は王都の中心的地区に戦いを挑んでいる。私は彼らから少し離れた位置から見守ることにし、さりげなく彼らの周囲に平民に紛れた騎士を配置して安全も確保している。面白いことに、聞きなれない曲調に気が付いた者から動きを止め存在を確かめている。見慣れない光景を訝しげに見つめ、様子を確認する姿にこちらも神経が集中する。曲を奏でながらも、別れ道で三グループに別れ宣伝を続ける。すれ違う人達にチラシを配れば、皆が戸惑いながらもチラシを受けとる。チンドン屋の姿が見えなくなると、チラシを受け取った者達は我に返り今見た光景について口にする。

「なんだ、あれは？」

「……新しい大道芸人とか？」

「チラシにはなんて？」

「花火大会？」

「ヴァレリア・ランクーベ演奏会決定」

「暑い日には『かき氷』を」

「……かき氷ってなんだ？」

「さぁ？」

彼らに意識を奪われた後、姿が見えなくなると今度はチラシに夢中となり話題性はバッチリだ。反応した全ての人が南部のお祭りに興味を持ち訪問するとは思ってはいないが、今度は彼らが口コミで宣伝し王都全体に拡散されるだろう。平民の中でも、時間と資金に余裕のある者だけ限定になるだろうが、「熱くなる」南部に観光に来てくれたらと願う。チンドン屋はゆっくり休憩を挟みながら半日掛けて、王都の端から端までをチンドン屋三組は練り歩く。


今回の南部のお祭りの宣伝方法として「チンドン屋」は、成功といえるだろう。

何故なら、王都では一日中彼らの話題で持ちきりだった……ん？　宣伝内容は、ちゃんと伝わっているのだろうか？　内容が伝わっているのかを確認出来る方法があればいいのだが。やはり今回の宣伝効果があるかどうかは、お祭り当日どれだけ盛り上がるかで決まる。チンドン屋の彼らは、彼らの仕事を全うした。今度は私も演奏会当日に最高の演奏をする為の準備に専念することにした。

意外なことに、宣伝効果は当日より早く知ることが出来た。

チンドン屋の宣伝直後、突然多くの家門から手紙が届いたのだ。恐る恐る確認すると、どの手紙も、演奏会の開催に関して、今までにない宣伝方法だったため俄《にわ》かに信じられず直接本人に確認する手紙だった。相手は女性だけでなく男性からも手紙を頂き、それは手紙の束を重ねると崩れる程の量になる。

「これは一度、お茶会などを開催し説明した方がいいのかもしれないよね？」

「そうですね。初めての宣伝方法ですので、貴族の方も用心深くなっているのだと思います」宣伝はかなりの効果はあったが、やはり初めてのことに貴族達も本物と信じていいのか二の足を踏んでいるようだ。過去、とある新聞に踊らされていた経験のある者は情報が正しいのか用心深く確認するようになっていた。

「よしっ、お茶会を……えっ？　ひ……らくの？　私が……？」

気合いを入れるも、自分の言葉に驚きを隠せなくなりジャネットに助けを求めた。

「……私に聞かないでください」

「ジャネット～」

私が貴族の「お茶会」というものに参加したのは人生で二回、主催したことは一度もない。何をどうすればいいのか分からない……きっと、お祭りや私の演奏会についての確認の話から始まるはず。しかしそれだけだと、何度シミュレーションしてもお茶会が十分も持たない。主催者はお茶会を盛り上げ、招待客がつまらない思いをしないようおもてなししなければならない。つまり、お茶会で話せるようなネタを考えなきゃいけないのか？

「話のネタ……話のネタ……」

かき氷を提供する？　いや、それはダメだ。南部で初のかき氷を披露する為にお祭りを開催し集客を考えているのに、お祭りの宣伝の為に私がかき氷でおもてなししてしまえば、本末転倒である。

それに、北部と南部の傑作を私が奪うわけにはいかない。

「どうしよう……どうしよう……」

「奥様っ」

主人の感情に使用人も引っ張られるものなのか、ルーリもまた慌てた様子で部屋に入ってきた。

「どうしたの？」

慌てている人を見ると逆に少しだけ冷静になった。

「だ、だ、だん、だん、だんな、旦那、旦那様がお戻りになりました」

「……旦那様？　……って、誰のっ？」

ルーリの混乱が移ったのか、脳が「旦那様」という単語を処理できずにいた。旦那様って……なんだっけ？

「……奥様のです」

「奥様って……誰？」

私が混乱していくと、今度はルーリが次第に冷静になっていく。

「……ヴァレリア・ランクーベ公爵夫人です」

「……それって……私？」

「はい」

そうだ。私、結婚していたのだった。すっかり忘れていた。

「私の……旦那様が帰ってきた……ということであっていますか？」

やっと旦那様という存在を理解した私は、私の旦那様が帰って来た報せを確認する。

「はい」

「えええぇぇぇえええ」

旦那様？　私の旦那様？

あ、あ、あ、挨拶……挨拶しなきゃ……ですよね？　旦那様初めましてって挨拶を……あれ？

旦那様に初めましての挨拶はおかしいのか？　頭がまだ混乱しているようだ。

何処にいるのか分からない旦那様の元へ向かう為に、ソファから立ち上がり扉を目指す。慌てたルーリによって開け放たれている部屋と廊下の境を越えるとあるはずのない壁に驚く。一歩下がり、壁ではなく人の胸であるのを理解して相手を確認する。

そこには、息を飲むほどの美しい男性が存在していた。彼の紺碧の瞳に吸い込まれてしまい、思考が停止する。これが夫人や令嬢達が噂する魅惑のランクーベ公爵。

「ヴァレリア・ルルーシアン令嬢、初めまして。オルフレッド・ランクーベです」

うわぁあ、素敵な声……、じゃないっ！

「……ふぇっ、あっ……ヴァ……レリア・ルルーシアンです」

公爵に見惚れすぎて腑抜けた声を上げてしまった。これが、私達の第一印象となるのに……変な女と思われたくないのに、考えれば考えるだけ失敗してしまいそうになる。

「領地のこととはいえ、貴方を出迎えることが出来ず申し訳ないと思っています」

「いえっ。災害であれば仕方がないことですし、手紙で状況を知らせて頂いておりましたのでこちらは問題なく、公爵様のお言葉もあり使用人の方々にも良くしていただきました」

まともな発言をと思考するも、どこか現実的ではなく彼の顔に目を奪われる。

「そう言って頂きこちらとしてもありがたいです」

「もう領地の方は解決されたのですか？」

彼ともっと話したいと思い、脳が一気に覚醒していくのが分かる。

「……終息したというか、自然消滅したというか……今は落ち着いています」

「そう……なんですね」

それは解決したのではなく……その先は、私が追求しなくても分かる。ランクーベ公爵も解決したという表情ではなかった。領地の災害。前世のように天気を予報するのは技術的にも難しく、常に突然、なんの前触れもなく訪れる。まさに災害は「神の怒り」と表現されるのだ。

もしかして、公爵の呪いって災害の頻発する領地の領主を揶揄して「呪われた公爵」と呼ばれているのか？

「令嬢は問題ありませんでしたか？」

「問題……はい。皆さんに良くしていただき、とても快適に過ごし問題などありませんでした」

「……怪我や病気は？」

「怪我や病気ですか？　特にありません」

何故そんなことを聞くのかと思うも、彼は私の全身を確認している。

それでも公爵は心配なのか、公爵の後ろに控えていたイーサンに視線をやる。イーサンは私が怪我や病気を隠していないことの保証人となるかのように頷く。

「……そうですか。何かあればすぐに話してください」

「はい、そうさせて頂きますね」

彼は心配性なのかしら？　初めての夫婦の会話が終わり、お互い相手の反応を窺っている……この後どうすればいいのだろう？

「……令嬢、お茶を……ご一緒できませんか？」

もう少し一緒にいたいと思うも、どうしていいのか分からい私に公爵の方から誘ってくれた。

「はっはい」

私の部屋の前の廊下で話していた私達は談話室へ移動する。談話室を使わずとも私の部屋まで来ているので私の部屋でも良かったのだが、夫婦になったとはいえ私が初対面の男の人を部屋に入れるのを嫌がると思ってか彼は遠慮してくれたのだと思う。現在この部屋の主は私だが、大元は彼の屋敷なのだから気にしなくてもいいのに。それに私達は……結婚した夫婦なのだから。

なんだろう……ランクーベ公爵の隣を歩くだけで緊張してしまう。右隣を歩く彼に神経が右側に集中する。

私、今ちゃんと歩いている？　呼吸は荒くないだろうか？

彼に「ちゃんとしなきゃ」「変に思われないようにしないと」と思うもチラチラ隣の彼を盗み見てしまう。

彼は服の上からでも分かる程逞しく、大人の男の人として意識してしまう。この人が私の旦那様。

「大丈夫ですか？」

「へっ？」

彼を盗み見るあまり私が挙動不審なのに気づかれてしまった。

「私と一緒にいると緊張しますか？」

やっぱりバレてる。

「いえっ、そんな……」

「……我慢しなくていいですよ」

「我慢……ですか？」

えっ、それは私が公爵を盗み見るのではなく、真正面から堂々と眺めてもいいということでしょうか？

旦那様の素晴らしいところは顔や声だけではなく、手は大きく、指は長く美しい。ピアノを弾くには手が大きい方が可動域も広いので技術を磨けばいいと自分に言い聞かせてはみても、やはり羨ましく思ってしまう。触れてみたいと思ってしまう程整っている旦那様を知れば知る程どこもかしこも見惚れてしまう。その逞しい腕に「抱きしめられてみたい」と恋愛初心者の私でさえ思ってしまう程、旦那様は理想的で、気を付けていないと願望をついうっかり口にしてしまいそうだ。

「私が怖かったら、夫婦を続けなくても構いません。誰も令嬢に非があるとは思いませんから」

そんなことを考えていたので、突然何の話をされたのか分からなかった。

「怖い……ですか？」

私は初対面の人に怖いと感じたことはない。その人が明らかな犯罪者とかでない限り「怖い」にはならない。

「私が社交界で呪われた公爵と呼ばれているのは知っています。貴方も王族の命令で逆らえず私のところに来ただけ。健康を損なってまでここに長居することはありませんよ？」

すっかり忘れていたが、私は王族の命令で結婚が決まったのだった。「呪われた公爵」という噂も聞いていたが、人との関係を築くことが苦手な私が結婚出来たのは凄いことで、更に相手がこんなに美しく気遣いも出来る人なんて信じられない。私は一生分の幸せを使ってしまったのではないかと思う程、公爵は素敵な人だ。

彼が多数の医療施設を支援しているのも知っている。私の結婚相手が公爵だと知らされた時に、お父様も「公爵はとても有能で領地経営も素晴らしい」と教えてくれた。きっと、呪われている噂を聞いた私が怖がると思って言ってくれた面もあるのだろうが、お父様は娘を溺愛しつつも貴族として意見を求められた時は公私混同せず厳しい。そんなお父様が認めるということは本当に有能なのだろう。

そんな人が「呪われている」なんて、私としては信じられないでいる。

「今のところ私は公爵様に対して『呪い』と言われるものを感じていません。公爵様は私がいると迷惑ですか？」

「いやっ、迷惑などでは……。……令嬢は……私が怖くないのか？」

「怖くないです」

怖さよりも、格好良さに今も鼓動が早くなっています。

「……だが、いつ気が変わっても私に遠慮せず出ていって構いません」

彼は呪われた公爵と呼ばれるまでに、一度の婚約解消に一度の離縁を経験している。だから「いつか私も他の人と同じように出て行く」と思ってしまうのは分かる。前世の私も人との関係の築き方がわからず、傷つきたくなくて他人と深く関わらないように接していた。今の彼を見ていると、前世の私を思い出す。あの時の私は、誰にも会いたくないと思いながら誰かに自分の存在に気が付いてほしかった。家族は傍にいてくれたが、家族以外の誰かに、私を認めてほしかった。

「私は、公爵様に嫌われない限り出ていかないと思います」

私は本当に公爵に対して恐怖を感じていないという思いを込めて、笑顔で告げた。彼は目を見開き驚きの表情を見せる。それから、私は必死に会話を探した。会話と言っても社交的ではない私は公爵に南部での演奏会のことや貴族から手紙が来ていること等、近況報告ばかりだった。公爵は大らかなのか、私の行動全てを受け止め急遽決めてしまった三日後の立食パーティーも「問題ない」と許可をする。

「万が一当日貴族が不参加だとしても、貴方に問題があるわけではないですから」

「それは……」

どういった意味なのだろうか？

私が招待し、欠席されるのは私に対して何か思うことがあったからで、そこに公爵は関係ないのに。

「私が原因です……」

彼の切ない表情に胸を締め付けられる。何でもかんでも自身の「呪い」のせいにするのは良くない。本当に私が原因だってことはある。伊達にワガママ令嬢はやっていない。

しかし、私がここで否定したところで「貴方は私を知らないから」と言われそうで、その先のうまい返しが思い浮かばない。こんな時に何を話せばと悩んだ末、絞り出した話題はパーティーのことだった。

　南部のお祭りまで既に時間がないので人目を惹く珍しい方法で宣伝をしたのだが、その宣伝の仕方が却って混乱を招いてしまい宣伝内容について説明するパーティーを行うことになり、三日で準備をすることになってしまったと不安を口にすれば、同席した執事が「お任せください」と自信満々な表情だった。

「……立食パーティーには男性もお呼びしても構いませんか？」

　突然の夫婦でも、男性が参加するというのを黙っていて当日に知られ誤解してほしくない為に伝えた。私の招待客の厳選は、お祭りと新しいデザートに興味のある女性とあの宣伝方法に興味のある男性達なので個人的な興味で選択したわけではない。

　あのような宣伝をすれば確認の手紙が届くのを予想しておくべきだったが、男性からも届くとは思っていなかったので驚いた。どの手紙も内容を確認すると「あの宣伝に興味があったので一度、夫人と話したい」というものだけだった。

「あぁ、構いませんよ」

「公爵様も参加していただけますか？」

「私が？」

「やはり男性も参加するので、公爵様もいらっしゃった方が安心するかと……相手方も、私も」

　私なりに頑張って「一緒に参加したい」と伝えてみた。

「……私は……参加しない方がパーティーは円満に進むでしょう」

「呪い」を気にしているのは女性だけではないらしい。そもそも「呪い」を一番気にしているのは彼なのだろう。

「……もし、お時間があれば参加してください」

これ以上しつこくしては嫌われると思い「時間があれば」とした。きっと、公爵が姿を見せることはないだろう。

「……あぁ……はい」

公爵からパーティーの許可を得たので、手紙を頂いた人達に返事を書くことにする。パーティーには彼らだけでなく、北部と南部の代表者も呼ぶことにした。南部のお祭りの宣伝なので、主催者が話した方が影響もあるだろう。決してパーティーが五分で終わることのないように盛り上げてもらおう等とは思っていない。だけど、必ず彼らには来ていただこうと思っている。私は彼に丸投げしたのではない。決して、そのようなことはない。私が南部のパーティーの説明を彼らに丸投げしようだなんてそんなこと、これっぽっちも思っていない。これっぽっちも。

頂いた手紙の返事を書き上げ一安心する。

手紙で急遽三日後にランクーベ公爵家にて立食パーティーを開催と連絡したが、ほぼ全ての人達が出席すると返事が届く。ランクーベ公爵家の執事や使用人にパーティーのことを伝えると、皆さん興奮した様子。話を聞くと、ここ何年もパーティーどころか貴族の訪問客もないのだとか。

それから使用人達は慌ただしく打ち合わせをして計画を練り準備を進めていく。私が率先しなければならないのに、彼らの気合いの入りように圧倒され、確認される度に「それでお願い」としか言えなかった。

ジャネットからは、「彼らに任せすぎです。奥様主催なのですから少しは積極的に指示してください」と忠告を受ける。だけどね、ジャネット。言い訳ではないけど公爵家の使用人が優秀過ぎて口を挟む隙がないのよ。

何もかも任せっぱなしの立食パーティー当日。

北部のファイン男爵と南部のトリルム伯爵が到着したと使用人から報告されたことに驚いた。何故ならまだ、パーティーの三十分前だからだ。やはり、彼らの領地からだと遠いので遅れてはいけないと早めに到着してしまったのだろう。

「応接室で待ってもらって」

パーティーの準備も私自身の準備も整っていたので、彼らと最終打合せをすることにする。

「今回パーティーにお呼びいただき感謝いたします」

「……私はよろしかったのでしょうか？」

伯爵はこの後のパーティーに気合いが入っていたが、男爵の方は招待客の多くが高位貴族と知り、そんなパーティーに参加するのに慣れていないのか戸惑っていた。

「勿論です。今回のパーティーは南部のお祭りの宣伝ですが、一番は『かき氷』を知ってもらう為ですから。夏本番になった時、北部でも販売するのですから宣伝しないと」

「そっ、そうですね」

男爵は不安を抱えつつも、次第に伯爵に引っ張られ自信を持ち始めた……というより宣伝という仕事を任され不安を忘れ始めた。

彼ら二人が気合を入れ、私以上の緊張を見せるには理由がある。二人は今日、冷蔵庫と特産であるジャムの果物を持参している。二人から「ぜひ紹介させてほしい」と懇願され「えぇ、構いませんわ」と懐の大きさを見せつけるも、内心は、おもてなしの会話ネタがなかったので「助かった」と喜んでいた。

そして、時間が近付くと招待客が続々と到着する。

彼らを出迎えるべく会場へと移動し始めようとした時、ランクーベ公爵が現れた。

彼の姿を目撃しただけで伯爵と男爵が緊張した面持《おもも》ちになったのが分かる。これは、相手が公爵だからなのか、それとも「呪われた人」だからなのかは判断できなかった。公爵のことも男性貴族達はどう思っているのか、参考として聞いておけばよかった。

「公爵様？」

「……私はパーティーへの参加は遠慮いたしますが、これを……」

公爵の手には美しいネックレスがあった。それは、公爵の紺碧の瞳や髪と同じ色の宝石。

「素敵ですね……」

彼の手元にある宝石を見て素直な感想を呟き眺め続けていた。

「……奥様っ」

「あっ、そうね。お願い」

私がうっとりと宝石を観ていたのを見かねてジャネットが声をかけ、何を求められているのか理解する。現在身に付けているネックレスをジャネットが外す。そのままジャネットが着けてくれるのかと思ったが、彼女は一歩距離を取り、公爵に声をかけた。

「わ、私が彼女に？」

公爵もジャネットの真意を汲み取ると、まさかお願いされるとは思っていなかったので驚いていた。

「お願いします、旦那様」

ジャネットが再度促すと執事がケースを受け取り、公爵が先程プレゼントしてくれたばかりのネックレスを手に取る。

そのままネックレスをつけるために近づかれ、首に彼の体温を感じた瞬間全てを忘れてドキドキする。

何か現実逃避の考え事を、と思ったところで、あることに気が付いた。ジャネットは公爵のことを「旦那様」と呼んでいる。私はこれからなんと呼べばいいのだろう……なんだかんだで今まで「公爵様」と呼び続けてしまった……。婚約する以上、「旦那様」……はまだ早いしジャネットとかぶるが、「あなた」とか、「オルフレッド様」と呼んで許されるだろうか。

「……着けました」

「あ……ありがとうございます……どう……ですか？」

「綺麗です」

言わせてしまった感はあるが、美しい人に「綺麗」と言われて照れてしまう。

「ぁ……ぃがとう……ございましゅ」

照れと噛んでしまったことで顔だけでなく耳まで熱くなる。恥ずかしくて俯いてしまう。

「では旦那様、奥様のエスコートをお願いします」

ジャネットさん、どさくさに紛れて貴方なんてことを言っているの？

「私が参加しては……」

「女性に恥をかかせないでください」

ジャネットさん。その言い方をしてしまえば大抵の人は断れませんよ。公爵様に選択権を差し上げて？

「……わ……私が、エスコートしても？」

「お……お願いします」

公爵の顔を見ることは出来なかったが、何度も頷き公爵の手を取った。そして、招待客の集まる会場へ公爵のエスコートで登場する。初めて夫婦揃って人前に立つと、招待客もまさか夫婦揃って現れると思っておらず私達夫婦に注目している。

思いのほか、公爵のエスコートに安心している自分に、ようやく気付く。

元から私は恋愛に興味がなく、結婚相手も、暴力や如何わしい趣味のない人なら誰でも構わないと思っていた。むしろ、家の名に瑕がつかないなら結婚しなくてもいいとさえ思っていたのだ。そんな私に、恐ろしい噂のある男性を紹介するなんて嫌がらせか、とすら。

実際は違った。「呪われた公爵」と噂されているが、実際の彼は、心配症なところはあるもののとても優しく素敵な男性だった。領地の災害や流行り病の多さから「呪われた領地」と呼ばれていたことから……実際それは私もこの土地は呪われているのか？　と思う……、それに怯えた令嬢達による婚約解消や離縁が重なり「呪われた公爵」に変換されてしまったのだろう。きっと、あることないことゴシップ紙に話題にされた経験のある私だからこそ、同じ状況の彼とも分かり合えると考え結婚相手に勧めてくれたに違いない。

そう思えば、私は王妃選定で共に戦ったダルトン令嬢と王子にようやく、感謝出来る気がした。

もう、ワガママ令嬢でも咬ませ犬でもない。私は、これからヴァレリア・ランクーベとして生きていく。

新＊感＊覚　ファンタジー！

レジーナブックス Regina

レジーナブックス Regina

錬金術師を
極めて無双します!

ぶっ壊れ錬金術師《チート・アルケミスト》は いつか本気を出してみたい

魔導と科学を極めたら
異世界最強になりました

赤白玉《あかしらたま》ゆずる
イラスト：冬海煌

勇者の転生に巻き込まれてしまったリーヴェ・シェルムが女神からお詫びとしてもらったのは、色んな魔導具が製作できるスキル『魔導器創造』だった。前世で優秀な科学者だったリーヴェはスキルを上手く活用し、チートな錬金術師として異世界を自由気ままに生きていく。そんなある日、欲深い商人の悪徳商売を邪魔したら目をつけられてしまって……？　リケジョがスキルを駆使して異世界を暴れまくります！

詳しくは公式サイトにてご確認ください。
https://www.regina-books.com/

この作品に対する皆様のご意見・ご感想をお待ちしております。

おハガキ・お手紙は以下の宛先にお送りください。

【宛先】

〒150-6019 東京都渋谷区恵比寿 4-20-3 恵比寿ｶﾞｰﾃﾞﾝﾌﾟﾚｲｽﾀﾜｰ 19F
（株）アルファポリス　書籍感想係

メールフォームでのご意見・ご感想は右のＱＲコードから、
あるいは以下のワードで検索をかけてください。

アルファポリス　書籍の感想　検索

ご感想はこちらから

本書は、「アルファポリス」（https://www.alphapolis.co.jp/）に掲載されていたものを、
改稿、加筆のうえ、書籍化したものです。

ワガママ令嬢《れいじょう》に転生《てんせい》かと思《おも》ったら王《おう》妃《ひ》選定《せんてい》が始《はじ》まり
私《わたし》は咬《か》ませ犬《いぬ》だった

天冨 七緒（あまとみ なお）

2024年 5月 5日初版発行

編集－本丸菜々
編集長－倉持真理
発行者－梶本雄介
発行所－株式会社アルファポリス
〒150-6019 東京都渋谷区恵比寿4-20-3 恵比寿ｶﾞｰﾃﾞﾝﾌﾟﾚｲｽﾀﾜｰ19F
TEL 03-6277-1601（営業） 03-6277-1602（編集）
URL https://www.alphapolis.co.jp/
発売元－株式会社星雲社（共同出版社・流通責任出版社）
〒112-0005 東京都文京区水道1-3-30
TEL 03-3868-3275
装丁・本文イラスト－吉田ばな
装丁デザイン－AFTERGLOW
（レーベルフォーマットデザイン―ansyyqdesign）
印刷－中央精版印刷株式会社

価格はカバーに表示されてあります。

落丁乱丁の場合はアルファポリスまでご連絡ください。

送料は小社負担でお取り替えします。


ISBN978-4-434-33780-2 C0093